capa e projeto gráfico **Frede Tizzot**

encadernação **Lab. Gráfico Arte & Letra**

revisão **Raquel Moraes**

© Editora Arte e Letra, 2022

Copyright © 1985, 2008 The Estate of August Willemsen
Original title *Braziliaanse brieven*
First published in 1985 by De Arbeiderspers, Amsterdam

This publication has been made possible
with financial support from the Dutch Foundation for Literature.

Nederlands
letterenfonds
dutch foundation
for literature

W 699
Willemsen, August
Cartas brasileiras / August Willemsen; tradução de Mariângela Guimarães. – Curitiba :
Arte & Letra, 2022.
252 p.

ISBN 978-65-87603-39-1

1. Literatura holandesa   I. Guimarães, Mariângela   II. Título

CDD 839.3

Índice para catálogo sistemático:
1. Literatura holandesa   839.3
Catalogação na Fonte
Bibliotecária responsável: Ana Lúcia Merege - CRB-7 4667

Arte & Letra
Curitiba - PR - Brasil
Fone: (41) 3223-5302
www.arteeletra.com.br - contato@arteeletra.com.br

August Willemsen

CARTAS BRASILEIRAS

tradução
Mariângela Guimarães

exemplar nº 110

Curitiba
2022

Este livro é para Roos

Sumário

1967-1968...9

1973..113

1979..182

1984..198

1967-1968

São Paulo, 12 de fevereiro

Caro Paul,

Chegamos aqui ontem, depois de uma viagem complicada, mas bem-sucedida. Conto sobre isso mais tarde. Existe a possibilidade de já termos uma casa amanhã. Ontem à noite estivemos na casa de uma conhecida de uma amiga de Mieke, Rietje de Waal, casada com um brasileiro e filha de um marceneiro do Stedelijk[1], que mora na Spuistraat em frente ao Hoppe[2]. Como se isso não fosse o bastante, ela nos foi indicada por um certo sr. De Clercq, que estabeleceu filiais do HBU[3] no Rio de Janeiro, Santos, São Paulo e Montevidéu (como alguém consegue fazer isso?), e que eu também conhecia através do meu professor de português, De Jong. De Clercq deveria me apresentar ao cônsul brasileiro em Amsterdã para acelerar o despacho dos nossos vistos. Naquela ocasião ele nos levou "para um cafezinho genuinamente brasileiro" no escritório da Varig, a companhia aérea brasileira, na esquina do Singel com o Geelvinckssteeg. O representante da Varig lá, um tipo tosco com sotaque de Roterdã, tinha uma dica útil para estes estudantes bolsistas: "Você tem que pôr seu carro no avião aqui, sai mais em conta do que comprar um lá." Com o próprio De Clercq ainda surgiu um mal-entendido. Quando exatamente chegaríamos ao Brasil. "Bem, nós partimos de Lisboa dia 30 de janeiro e aí chegamos 11 de fevereiro em São Paulo." "Exato, mas eh... onde vocês vão ficar os outros dez dias?" "Os outros dez dias?" "Sim, vocês... ah! Não me leve a mal, é claro, vocês vão de *barco*." Bem, este De Clercq conhecia Marcos, o marido de Rietje, e foi lá que estivemos ontem à noite. E foi lá que folheamos os jornais procurando casas para alugar. Encontramos uma, "quarto amplo, banheiro e kitchenette", pelo preço anormalmente

---

[1] Museu municipal de Amsterdã.
[2] Café Hoppe, um dos bares mais antigos de Amsterdã.
[3] Hollansche Bank-Unie, banco holandês que atuava principalmente em transações com países sul-americanos. Em 2010 foi comprado pelo Deutsche Bank.

baixo, segundo Marcos, de NCr$ 90,00 (leia-se 90 cruzeiros novos ou 120 florins) por mês. Hoje, domingo, fomos visitar. Quarto pequeno. Banheiro decente. "Kitchenette" é uma pia com balcão, do tamanho de um prato. Mas é tranquilo, décimo andar, fundos e, já que é o mais barato, amanhã às oito horas temos que estar na imobiliária. Se formos os primeiros, o apartamento é nosso, disse o porteiro. Por enquanto estamos em um hotel de NCr$ 10,00 por dia, só para dormir, o que é tão barato que Marcos nem sabia que existia.

16 de fevereiro

Com o apartamento está sendo menos rápido do que esperávamos. Tente imaginar isso: chegamos à imobiliária na segunda-feira, antes das oito horas, éramos os primeiros e o apartamento já estava alugado. Desconfiamos: o anúncio saiu sábado no jornal. Sábado e domingo o escritório está fechado. Amigos do corretor? Nos lembramos das lições sobre corrupção nestes países imprevisíveis. Seria isso? Fomos pra lá e pra cá na cidade por alguns dias, nesta cidade de calor infernal, monstruosa, que cresceu rápido demais, em constante construção e demolição, insanamente movimentada, suja, empoeirada, barulhenta, engarrafada e com calçadas intransitáveis, nos arrastamos por um labirinto de imobiliárias povoadas por burocratas despóticos, até que uma sensação de impotência que eu até então só conhecia dos pesadelos tomou conta de nós e vimos apartamentos e apartamentos até sentir náusea. Não há uma rua onde eles não sejam anunciados com placas ou até faixas. Ficam em edifícios de cinco a vinte e cinco andares, muitos ainda nem acabados, que tomam lugar, em ritmo acelerado, do que ainda resta de casinhas coloniais. Mas... Os apartamentos mais baratos no centro ficam em torno de NCr$ 150,00 (200 florins) por mês e estes são os de um quarto. Imóveis maiores variam de NCr$ 250,00 a 1000,00 ou mais. Para sorte dos brasileiros, a partir de 1 de março o salário mínimo aumentará para NCr$ 105,00. Isso fará diferença. A malandragem é que, na prática, ainda há vários outros custos. Para o elevador, porteiro, serviços, taxa de aluguel ou Deus sabe o quê, então em lugar de NCr$ 150,00 leia NCr$ 200,00, e assim por diante. Além disso, há casas que só são alugadas com contratos de cinco anos e cujo aluguel sobe NCr$ 100,00 por ano. É de ficar maluco. Enfim, pensamos que estávamos entendendo como a coisa funcionava, mas o que vimos ontem quando por acaso passamos em frente ao primeiro apartamento: a placa de ALUGA-SE ainda estava lá. Segundo o porteiro, de fato não havia sido alugado. Ele iria naquela tarde até o corretor, que ele, aliás, achava um "velhaco" (de maneira que começamos a acreditar nele), e perguntou se não queríamos voltar mais tarde. Às cinco horas estávamos de novo ali, a mulher dele abriu o portão, pediu desculpas pelo marido, que estava tomando banho, e o apartamento estava alugado. De novo, ou ainda, ou de repente, sei lá. Você com certeza vai entender, Paul, que isso nos surpreendeu. A coisa ficou realmente misteriosa na manhã seguinte, hoje de manhã, quando vimos no jornal o mesmo anúncio, para o mesmo imóvel, pelo mesmo preço. Fomos para a imobiliária, jornal na mão, e, é claro, o apartamento está para alugar, só que não por NCr$ 90,00, mas por NCr$ 100,00, erro do compositor. E tínhamos que arrumar um fiador. Um fiador é alguém que garante o aluguel de outra pessoa. Claro que não entendemos nada, mas por sorte ainda tínhamos um conhecido aqui, e influente ainda por cima, o sr. Prange, presidente do Clube Holandês em São Paulo, que me foi indicado por De Jong, e ele acabou de declarar por telefone que está disposto a ser nosso fiador. A imobiliária agora está fechada (almoço) e hoje à tarde veremos se o milagre finalmente acontecerá. Neste meio tempo, estamos em um hotel ainda mais barato (NCr$ 6,00). Imundo, chuveiro sem água, funcionários mal-humorados, baratas entre os lençóis e nos biscoitos.

19 de fevereiro

Agora ficou claro para nós que Amsterdã é um paraíso para quem procura onde morar. São Paulo está pululando de imóveis para vender e alugar, mas mesmo que encontre algum por um valor acessível, você não consegue fechar negócio por razões inescrutáveis. Preste bem atenção. Quinta-feira, o dia do episódio anterior, ligo para o sr. Prange perguntando se ele pode ser meu fiador. Um pedido bastante delicado para alguém que nunca encontrei na vida, se você pensar que o corretor quer saber o nome completo do fiador, se é casado, o nome completo de sua esposa, endereço, ocupação, nome do empregador, e principalmente: se é *proprietário* de imóvel. Prange preenche todas as exigências, está mais que disposto, portanto voltamos ao escritório depois do almoço. Agora, no entanto, temos que apresentar o contrato de compra do fiador. Por acaso, iríamos visitar os Pranges naquela noite, então prometo ao corretor, um tanto imprudente, que tudo ficará em ordem na manhã seguinte. À noite Prange escreve uma declaração consistente, repleta de nomes, endereços, números de telefone, carimbos de cartórios, firmas reconhecidas, sua, de sua esposa e do corretor com o qual comprou sua casa em prestações, com base num contrato mutuamente vinculativo. Na manhã seguinte fomos ao escritório. Certos pressentimentos, agressividade latente. O homem nem sequer olha para a declaração de Prange. Contrato de compra, meu senhor, do contrário, não. Eu me controlo, mais por desespero que por elegância, e explico meus argumentos mais que humanos àquele canalha em linguagem resumida: que tenho uma bolsa do governo holandês para estudar literatura brasileira por um ano (alguém tinha me dito que isso deixa as pessoas lisonjeadas), que o dinheiro é suficiente para um ano de aluguel (claro), que quero pagar três meses adiantados (alguns parecem ficar satisfeitos com isso), que nós afinal tínhamos que morar em algum lugar, que não conhecemos ninguém na cidade — saliva gasta à toa. Procurar outro fiador. No dia seguinte vamos ao Consulado Holandês — para que mais serviria. No Consulado, pessoas simpáticas nos indicam resolutamente o diretor local do HBU, que nestes casos costuma oferecer garantia. Com os regulamentos sobre a mesa, o diretor se apressa em desmentir isso, mas depois de alguma insistência, indica que em casos muito especiais, dependendo do tipo de contrato de aluguel e desde que nós façamos um depósito como garantia de *sua* garantia, eventualmente poderia atuar como fiador. Ele liga para o escritório da imobiliária. E assim nos livramos desta casa mal-assombrada, pois de uma hora pra outra, descobrimos que só é alugada com contrato de no mínimo dois anos. Um alívio, acredite em mim. Mas: por quê? Por que anunciar uma casa que aparentemente não querem alugar? Por que as promessas falsas? Desse jeito *nunca* vamos conseguir uma casa. Sem falar na humilhação de nunca perguntarem sobre nós. Quem ou o que éramos. Nem mesmo nossos nomes. Segundo os Pranges, lidamos com um típico caso de cortesia: tudo menos dizer não. Também nos perguntamos onde diabos viviam os brasileiros com salário mínimo. Segundo a senhora Prange, os brasileiros conseguiam viver bem em muitos. "Alugam um apartamentinho e moram ali com mais de uma família." Mas, Mieke perguntou cautelosamente (pois como é que nós, depois de uma semana no Brasil, iríamos contradizer pessoas que moram aqui há vinte anos), isso não seria mais por necessidade do que por escolha? "Ah, nisso os brasileiros são muito diferentes dos holandeses, eles acham aprazível. Nós não poderíamos suportar algo assim, não é?" E aqui a conversa emperrou.

Agora vamos tentar nos subúrbios, onde as casas são mais baratas. Inicialmente queríamos morar no centro, por causa das aulas, e também porque, como europeus, a gente supõe que o centro da cidade é o mais interessante. Mas esta é uma metrópole estranha. Nos parques o gramado é usado como estacionamento. Bancos, mesinhas na calçada, ainda não vi. Eu não deveria me deixar levar por este tipo de pensamento e principalmente não continuar a fazer comparações. Comparar é uma merda. Assim que tivermos uma casa, não ponho mais o pé na rua, a não ser para alguma aula. Eu acompanho os jornais, estudo, leio, escrevo cartas, espero pelas cartas que extraviam — e antes que a gente se dê conta o ano passou. Por ora, nada além destas informações um tanto parciais sobre este país e esta cidade que, naturalmente, estamos vendo de forma tão desfavorável. Você pode escrever para o Consulado Holandês (só as caixas postais são confiáveis), e use aerogramas, assim não podem roubar os selos (ainda que os funcionários dos correios tenham que prestar um juramento dizendo que não são colecionadores). Li no jornal que recentemente encontraram no correio uma pilha esquecida de malas de correspondência. Como ficaram com vergonha de ainda entregá-las, resolveram queimar. Escreva logo, assim saberei que você recebeu esta carta.

Guus

São Paulo, 26 de fevereiro

Caro Paul,

Hoje, domingo, décimo quinto dia desde nossa chegada, o primeiro em nossa própria casa. Finalmente sossego. Este cômodo é metade de alvenaria, metade de madeira e compensado, a janela não tem vidro, só uma veneziana de madeira, não tem água. Para fazer as necessidades ou se refrescar, tem que abrir a porta, descer três degraus e atravessar o pátio até o quartinho com chuveiro, privada e pia. Isso não é nenhum problema, a não ser quando, como agora, é de noite e a lanterna não funciona. Daí é preciso encontrar o caminho, tropeçando e tateando, importunado por insetos, passando por buracos, torrões de terra e por um milharal da minha altura. Nos consideramos sortudos com esta moradia. Como se trata de sublocação, não tinha nenhum contrato, não tivemos que pagar três meses antecipados nem precisou de fiador e é acessível: NCr$ 75,00. Nas últimas duas semanas tenho passado diariamente por ataques de raiva e ódio nos confrontos hostis com imobiliárias, onde até o diretor do HBU não foi considerado bom o suficiente como fiador por não ter comprado o palácio onde mora, mas apenas *alugado*. Fiquei furioso com preços extorsivos, intrigas burocráticas e corrupção (fiadores que podem ser comprados por muito dinheiro), que exigiria demais de mim entrar em detalhes sobre isso. Quando nós, depois desse calvário, percebemos que *nunca* conseguiríamos um fiador, decidimos (bastante tarde, devo confessar em retrospecto) não procurar mais casas no jornal, mas quartos, o que trouxe resultados no mesmo dia e nos ensinou que um pouco menos de conforto supera de longe os aborrecimentos de encontrar um apartamento. E devo dizer que, com tudo isso, acabamos conhecendo a cidade melhor do que a maioria de seus moradores. Nosso ódio pela cidade, proporcional à magnitude de São Paulo, deu lugar a um humor mais equilibrado, embora ainda haja coisas difíceis de aceitar. Aqui não existe o nosso amor europeu por ruínas: começo a compreender o termo "Novo Mundo". Nenhuma casa antiga é poupada, todas são demolidas para construir prédios, todo o centro é um verdadeiro canteiro de obras. Em direção aos subúrbios os prédios altos desaparecem, assim como a pavimentação, até que só restem poeira e lama, de um marrom horrível, colorindo igualmente os barracos e as pessoas. O pedestre é uma barata que, meio sufocada pelos gases dos escapamentos, pode buscar salvação entre os carros estacionados nas calçadas, abrindo caminho sobre lombadas, buracos e escombros. No geral, é melhor não ir para a cidade durante o dia (o que na prática, infelizmente, é impossível evitar na maioria das vezes). Toda manhã, é angustiante pôr o pé pra fora de casa e saber que pelo resto do dia você estará como um dedo preso numa luva melada de calor, poeira, fedor, barulho. Em alguns lugares, dá para suportar à noite. Chuvas tropicais refrescam um pouco, mas também erodem as calçadas, que desmoronam em grande escala. Segundo o sr. Prange, que nos orienta no humor brasileiro, nas crateras e poças que surgem assim às vezes se encontra uma placa de *proibido pescar* ou *entrada do metrô*, mas até agora ainda não tivemos essa sorte. No Rio de Janeiro, que no momento é afligido por chuvas catastróficas, cai uma casa após a outra por causa do solo encharcado, dezenas de famílias soterradas sob escombros, lama e aguaceiro que cai do céu. A indignação sobre isso nos jornais é grande, o governo municipal faz promessas bem concretas, mas justamente agora está ocupado demais com a reabilitação de algumas indústrias afetadas — e quando isso terminar, a calamidade estará esquecida e tudo ficará no mesmo. Portanto, nenhuma reclamação sobre o tempo. E a paisagem urbana, por mais desanimadora que seja, é agraciada por muita beleza humana. Aqui não se vê os quadris largos e pernas curtas como no sul da Europa. Muita carne bronzeada suculenta, olhares desinibidos, seios agressivos e bundas trêmulas sob algodão fininho. Também tivemos sorte em outro aspecto: no dia da nossa chegada, o caos que reina naturalmente nesta cidade foi agravado por duas medidas radicais: a introdução do Cruzeiro Novo e a drástica reorganização do trânsito. Um certo coronel Fontenelle, comumente chamado de Fon-fon (novamente o incorrigível humor brasileiro: *fon-fon* é linguagem infantil para carros), conseguiu o que os Provos queriam em Amsterdã: tirar os carros do centro da cidade. Para isso ele mudou todas as mãos e deslocou centenas de linhas de ônibus, de maneira que ninguém mais consegue encontrar o caminho em sua própria cidade — exceto nós, que chegamos bem agora. E por fim isto, para dar alguma ideia de um sistema monetário que difere um tanto do nosso: os *mil-réis* (1000 reais) foram rebatizados de *cruzeiro* nos anos 30. Mil destes velhos cruzeiros agora são um Cruzeiro Novo e a introdução disso, neste país com sessenta por cento de analfabetos, feita da seguinte forma: as atuais notas de 50 Cruzeiros Velhos (Cr\$ 50) podem ser trocadas nos próximos três meses, sem dedução, por NCr\$ 0,05; entre o quarto e o sexto mês, com uma dedução de 20%, o que significa que então valerão apenas NCr\$ 0,04; do sétimo ao nono mês, perderão quarenta por cento de seu valor, de maneira que poderão ser trocadas por NCr\$ 0,03; do décimo ao décimo segundo mês, perderão sessenta por cento de seu valor, tornando-se equivalentes a NCr\$ 0,02; do décimo terceiro ao décimo quinto mês, perderão oitenta por cento de seu valor, de maneira que se receberá apenas NCr\$ 0,01 por elas; e a partir do décimo quinto mês não terão mais valor algum. NCr\$ 0,01 equivale a 0,013 florins.

Por conta de coisas assim, começamos a perceber que estamos em outra parte do mundo. Mas não vou me permitir comparações prematuras, pois provavelmente ainda estou no estágio de querer ver diferenças só porque sei que estou em outro lugar. Vê se responde; ainda estamos sem cartas de Amsterdã: no endereço que deixei antes da partida, o do Instituto de Estudos Brasileiros, não chegou nada, e nem na posta restante.

Com carinho,

Guus

São Paulo, 6 de abril

Caro Paul,

Muito obrigado pelas suas cartas: de repente *toda* a correspondência apareceu no Instituto hoje de manhã. Nós já estamos mais ou menos instalados. Nem sei mais exatamente o que escrevi a você sobre isso, nesse meio tempo foram enviadas tantas cartas a amigos e parentes que eu realmente não sei mais o que escrevi para quem. Agora comecei a usar papel carbono. Dia 28 de fevereiro fui para Santos para buscar os caixotes com os utensílios domésticos. Depois fui tornando a casa habitável, com ajuda dos caixotes vazios e alguma madeira velha que estava jogada no pátio. Fui capaz até de trocar uma veneziana, que quando fechada deixava passar pouca luz e muito ar, por uma vidraça que eu mesmo fiz, com vidro, madeira, massa, dobradiças e um ferrolho. Ela abre e fecha, e é sob esta janela que estou escrevendo agora, ao lado de uma garrafa recém-comprada de uma cerveja brasileira muito saborosa e supergelada. Nesse ínterim, Mieke limpou tudo e arrumou as coisas, e quando terminou foi para a rua para procurar trabalho, no dia 6 de março, e encontrou no mesmo dia. Ela faz estampas para uma confecção que está começando e recebe mais ou menos 400 florins ao mês por meio período (e uma viagem de ônibus de uma hora e meia). Ainda não sabemos exatamente quanto ela ganha, o acerto do mês passado só virá um destes dias. Aliás, tudo o que tem a ver com dinheiro é complicado. Pelo que entendi, só nos bancos e grandes firmas se pode ter certeza de um dia de pagamento fixo, e acabei de ler no jornal que alguns professores e membros de companhias teatrais decidiram protestar depois de ficarem *nove meses* sem receber salário. Em escala menor também há todo tipo de incógnita. Sempre confusão com o troco, o depósito pela garrafa de leite é mais caro do que o próprio leite, mas a gente toda hora tem que reclamar para receber de volta.

Nesse meio tempo as aulas começaram. Três vezes por semana, por volta das sete da manhã, saio tropeçando por entre roupas estendidas no varal até o banheirinho de alvenaria, que ainda é povoado por moscas, mosquitos e bichos rastejantes como baratas, lagartixas, lacraias, caramujos e peixinhos-de-prata. Não são essas inconveniências que me afligem, mas sim ter que encará-las tão cedo. Um pouco mais tarde, pego o ônibus aqui na esquina, sempre apinhado de gente, meia hora depois desço na Praça da República e aí tenho mais dez minutos de caminhada. Começo a me acostumar à paisagem urbana, conheço razoavelmente o caminho e já contei que as pessoas aqui não são de esconder a sua beleza. As aulas são bagunçadas. A porta fica aberta, estudantes entram e saem o tempo inteiro, ficam conversando e fumando, jogam as bitucas no chão, folheiam revistas ilustradas. No geral, isso dá uma impressão infantil e talvez seja por isso que, apesar da prazerosa relação de um rapaz para dez garotas, não vejo pela frente nenhum contato de algum nível. E é disso que nós estamos começando a sentir falta. Até agora, tenho falado pouco português aqui e, além de ser esta a intenção, eu mesmo gostaria de ter uma conversa de vez em quando. Não sei se essa falta de contato é uma característica desta cidade, se são os brasileiros em geral ou se sou eu. Deixe-me contar quem são nossos conhecidos até agora, depois de quase dois meses.

O casal Prange. Naturalmente, foi muito bonito da parte dele que ele, às cegas, tenha concordado em ser meu fiador, e eles também nos ajudaram de outras maneiras, mas o meio social deles é tão diferente e sempre foi tão diferente do nosso que me pergunto se eles alguma vez realmente entenderam algum dos nossos problemas. Eles moraram na Índia antes. Quando tiveram que sair de lá, e não achavam a Holanda tão aprazível - e talvez a Holanda também não os achasse - seus pensamentos se voltaram para um país onde, em se tratando bem os nativos (citação), ainda se poderia ganhar a vida. Hesitaram entre África do Sul e América do Sul. E escolheram o Brasil, "embora a tia Mathilde diga que o Apartheid não é tão ruim". Ele é muito simpático. Achei algo de tocante na preocupação com que ele perguntou se haveria um endurecimento da língua na Holanda porque ele encontrou na *Panorama* ("afinal, uma revista de família") a palavra "verneuken" [4]. Nem preciso dizer que ele apenas expressou esta suspeita depois que Mieke foi para a cozinha com a sra. Prange ("Agora posso dizer."). De minha parte, me perguntei se ele conhecia a diferença de significado da palavra com ou sem a primeira sílaba, mas não ousei perguntar. Desde então, eles nos apresentaram ao Clube Holandês: uma propriedade espaçosa, situada a poucos quilômetros da cidade, com piscina, bar com mesa de bilhar, restaurante, quadras de tênis, campo de minigolfe, salão de festas, parquinho e gramado. Não tenho a mínima objeção contra isso tudo e principalmente a piscina nos atraiu bastante, com o calor que fazia, porque em todo o Brasil, por motivos de higiene, não há piscinas públicas. Mas passamos o dia inteiro olhando pessoas que faziam o que nós não podíamos fazer. Só podiam nadar os membros, examinados e autorizados pelo médico do Clube, para jogar tênis (o que aliás não sabemos) é preciso ter a roupa de tênis e o boné de

---

[4] Neuken = foder; verneuken = burlar.

tênis e raquete de tênis e suas próprias bolinhas, para o minigolfe também é preciso ter seus próprios tacos e o pingue-pongue é só para os menores de dezoito. E se eu quisesse tomar sol de sunga também não podia, porque fora da piscina é proibido circular em traje de banho e se quisesse jogar futebol no gramado não podia porque a grama não pode ser danificada. À medida que o dia foi passando, e isso foi demorado, fui ficando cada vez mais enfurecido; pela primeira vez tive a sensação de estar num país muito, muito distante. Foi uma experiência estranha, conhecer certo tipo de holandeses que nunca tínhamos encontrado na vida, que eu pensei que já estivesse extinto há décadas. As mulheres reclamam "da empregada", os homens resmungam contra os comunistas, todos monarquistas e no bar um barman alemão.

De Rietje e Marcos ainda não sabemos muito. São da nossa idade e isso só torna mais difícil compreender aquele sininho de mesa, cujo tilintar faz surgir da cozinha uma menina de pele escura para nos trazer ou levar embora alguma coisa. Ele nos foi apresentado como um gênio da economia, que participava com frequência de congressos em Varsóvia, Frankfurt e Paris — e em meio a isso ainda encontrava tempo de assistir ao movimento no Hoppe da janela dos sogros, sem precisar entrar no bar. Mas, segundo Rietje nos assegurou, entre seus colegas Marcos goza da reputação de ter enorme conhecimento literário. Suspeito que esta reputação possa ser atribuída à sua tendência de fazer declarações bastante apodícticas, de um tipo que eu, que acredito que um intelectual deva ser sempre capaz de relativizar, não me permitiria tão facilmente. "Jorge Amado é o maior escritor brasileiro." "Manuel Bandeira — um gênio!" "O Rio Grande do Sul não é terra de escritores. Érico Veríssimo é o único. O Rio Grande do Sul é uma terra de ditadores. Veja Getúlio Vargas." Sou recém chegado, então não quis objetar a isso, mas por acaso tinha acabado de ler algumas coisas sobre a literatura dessa região, então citei alguns escritores. Marcos nunca tinha ouvido falar deles, então concluí discretamente que sua erudição talvez seja enorme, mas só entre economistas. Realmente enorme, e surpreendente para nós que praticamente só andamos de espadrilhas, era a sua coleção de sapatos. Sapatos para todas as ocasiões. Inclusive dois pares de "sapatos de congresso". Ele parece ter muitos amigos que seriam interessantes conhecer, o que deverá acontecer em breve, pois fomos convidados para a inauguração de sua casa nova, da qual ouvimos falar maravilhas, sol, gramado, piscina, pulverizador de água rotativo no jardim, biquínis, uísque, tudo isso escondido dos olhos ávidos dos passantes por um muro coberto de cacos de vidro. Agora que estou me soltando um pouco aqui, acho que não é a primeira vez que tenho uma vaga vontade de algo que antigamente, se me lembro bem, chamávamos de "festa". Fomos a uma festa, sim, mas era outro tipo de coisa, ainda que tivesse seu charme.

Veja bem, neste complexo de casa e casebres, inicialmente distinguimos "a senhoria", "a empregada" e "a mãe". Também havia homens, mas todos são chamados de "aquele cara". Graças às conversas esclarecedoras, acompanhadas de tragos de cachaça, que Mieke teve com "a mãe", descobrimos que a senhoria é a mãe e que a mãe é a avó. Além disso, na semana passada um casal inadimplente foi embora da casa em frente à nossa, de maneira que a estrutura deste mundinho agora ficou um pouco mais simples. A senhoria, Nair, é bem gorda e caminha balançando livremente em largos vestidos verdes, tem amáveis olhos castanhos e cabelos escuros até onde se vê o repartido. A festa era o aniversário dela e ela nos convidou para beber uma cerveja. Parecia uma creche. Todos levaram seus filhos, pois deixá-los dormindo é privá-los de amor. A cerveja apareceu em forma de espuma saindo de uma longa mangueira montada num barril com pedaços de gelo que derretiam sem transferir sua temperatura para a bebida. Também não faltou o gozador, um cinquentão barrigudo com um repertório de piadas prontas. Ele levou um filho bêbado, com quem conversei freneticamente. A música vinha de uma radiola: antigos sucessos brasileiros, sambas, tangos, boleros. A festa foi isso. Os vestidos de Nair, aliás, nos últimos tempos são camisolas, pois o que é que se faz a partir de duas semanas de gravidez: dormir. Ela dorme praticamente todo o tempo em que não está comendo. A criança, assim como o outro menino de cerca de dez meses, é de Otávio, que nos foi apresentado como marido dela. Mas... Nair foi casada com um homem rico que ela abandonou porque batia nela. A lei brasileira só reconhece a separação de corpos. Portanto, Nair abandonou seu marido (com quem ela continua casada perante a lei) como proprietária de cinco casas, foi morar em uma delas e deu um emprego a Otávio, um lindo e bronco herói de cinema dos anos vinte, que divide a cama com ela, limpa o canil e, no resto do tempo, faz exercícios com alteres no meio do pátio e arrasta madeiras podres para se manter em forma para o bom desempenho das atividades citadas. A avó, Aparecida, bebe às escondidas na casa transversal à nossa. O marido da empregada, Manuel, é ascensorista num edifício e está "estudando para ser eletricista". Ao perguntarmos se ele não achava seu trabalho monótono, ele respondeu: "Não, de jeito nenhum, é muito bacana, a gente vê sempre as mesmas caras." E por fim a empregada, Maria, vai todas as noites para sua casinha de madeira na esquina, depois de ter passado o dia inteiro lavando a roupa de todo mundo e cuidando do filho de Nair. Tem vinte e cinco anos, é magérrima, anda curvada e todos os zíperes de seus vestidos estão arrebentados.

Este é o ambiente em que vivemos. Não tire a conclusão de que não gostamos. Por dinheiro nenhum eu voltaria a morar num daqueles apartamentos que corremos atrás no começo. Se conseguirmos fazer um círculo razoável de conhecidos, acredito em um ano bem agradável. Até prevejo que sentirei saudades quando voltar para a Holanda. Mas com isso você tem que lembrar que eu ainda tenho que querer achar tudo interessante, para não viver com a perspectiva de passar um ano inteiro num país miserável. De qualquer forma, o que há de negligente, desleixado, anônimo, indiferente aqui, dá uma grande sensação de liberdade. Hora de um rápido balancete. Antes da partida, nossas informações vieram de pessoas que sempre se encontraram em uma situação financeira muito diferente da nossa, de maneira que nenhuma delas foi capaz de nos fornecer qualquer informação de utilidade prática. Depois de dificuldades nos primeiros quatorze dias devido a essa informação insuficiente e nos quais tivemos que descobrir tudo por conta própria, com algum dano, mas sem nenhum vexame, agora posso dar notícias moderadamente otimistas. A propósito, você já se deu conta de que quando receber esta carta já estaremos fora há quase quatro meses? Saudações calorosas e votos de que todos estejam bem.

Guus

São Paulo, 4 de maio

Caro Paul,

Você faz muitas perguntas. Em dois meses e meio tantas coisas não habituais tornaram-se habituais, de maneira que eu já não sei julgar o que pode ser estranho ou interessante para outra pessoa. Tenho que me recolocar em nossa vida na Kanaalstraat para me dar conta que nós, por exemplo, estamos alojados de modo bastante curioso. Se não escrevi a respeito com mais detalhes, deve ser porque já comecei a me acostumar desde o dia em que nos mudamos. E é *preciso* se acostumar, do contrário a gente fica resistindo e torna nossa própria vida impossível. Acho que finalmente chegamos a um alojamento como os habitados por brasileiros "comuns", que talvez se diferenciem muito menos de nós do que às vezes nos é dito, e que, de longe, preferem isso a viverem amontoados em um apartamento caro e inóspito. A Rua Cardoso de Almeida, onde estamos no n.º 67, no bairro Perdizes, é uma rua muito movimentada para os padrões de Amsterdã, mas para os paulistas é relativamente tranquila, na região em que o centro passa quase despercebido para a incomensurável periferia. A diferença não está tanto na movimentação, mas nas construções: aqui ainda há as chamadas casas "coloniais" de um ou dois andares, separadas umas das outras por corredores de um metro de largura que levam a pátios internos onde ainda há casinhas de madeira em meio a tudo que cresce e viceja ali em termos de flora e aves. Ilhas provincianas em plena metrópole. Há um certo encanto nisso — e talvez algo de estranho que para nós agora se tornou normal. Moramos em um espaço em que metade é uma parte dividida de um grande cômodo dos fundos da "casa principal" (até vale a pena explicar como é!) e a outra metade, que forma um L largo com a primeira, é um antigo jardim de inverno ou estufa fechado com compensado de madeira. Os cômodos são separados por portas de vidro, as antigas portas externas, enquanto as elegantes balaustradas agora ficam dentro. Quando chove tem goteira, quando venta entra vento, quando faz frio é frio e quando faz calor é fresco. No cômodo que citei primeiro ficam a cama e a máquina de costura de Mieke; o outro serve como cozinha e meu escritório. Usamos os baús como armários de cozinha; uma porta, que encontramos no pátio e colocamos em cima, é a nossa mesa. Cozinhamos num fogareiro a gás que foi deixado pelos antigos moradores. Minha escrivaninha fica encostada na outra parede. Com algumas prateleiras de livros, uma tábua de passar roupa que eu mesmo fiz, seis pontos de luz e uma trepadeira guiada pela janela e pela porta, metamorfoseamos este casebre em uma casinha que, nas atuais circunstâncias, nos parece esplêndida. Entre a nossa casa e o muro que divide este complexo do que fica contíguo, tem um canil com um buldogue de aparência muito traiçoeira. O bicho é quase tão grande quanto uma pessoa, chora como uma pessoa, mas é tratado como um cachorro: sempre acorrentado, num canil pequeno demais, sem correr, sem gatos, nada. A propósito, temos vários coabitantes do reino animal. Ao lado da nossa cama ficam dois enormes sprays, um para os mosquitos e outro para as baratas, monstros imundos, de uns cinco a seis centímetros, que agem de maneira muito atrevida. À noite, o chão é de domínio dos camundongos. Às vezes sou acordado com seus guinchos. Então lhes dou pedacinhos de pão e assim eles ficam quietos um tempinho. Quando levanto e eles tentam contornar o canto do L a toda velocidade, escorregam no chão liso de ladrilho e surge um efeito conhecido dos desenhos animados de patinhas girando velozmente por um instante antes que o corpo correspondente consiga se mover. Acho que nosso amor por esses bichinhos de quatro patas é uma espécie de reparação por aquele que nós encontramos diante da nossa escada, horrivelmente mutilado pela ratoeira de Nair, e varremos pra fora da casa com a poeira e restos de comida — dois cotos inflamados em vez das patinhas da frente. Ainda estava vivo. E agora? Como se mata um camundongo? Decidimos pelo afogamento. No começo eu não quis, quando criança sempre tinha pesadelos com afogamento. Mas Mieke conseguiu me convencer que uma pessoa, e mais ainda um camundongo, logo perde a consciência, e de fato me lembro que, quando uma vez quase me afoguei de verdade, olhava para as casas através da água sem medo ou pânico. Enchemos um balde com água e eu empurrei o camundongo para um pedaço de papelão. Com isso ele ficou de barriga pra cima e, como parece também ser o caso com homens que morrem por enforcamento, pude ver que ele teve uma ereção — e isso foi o mais triste de tudo.

De que coisas holandesas sentimos falta? Em ordem de urgência: pão integral, música clássica e pessoas. Comida e bebida não são um problema. Arroz, tomate, berinjela, pimentão, batata, ovo, cebola, carne, tudo custa muito pouco. Um quilo de café custa 50 cêntimos, um litro de leite 40 cêntimos, um garrafão de quatro litros e meio de um vinho (razoável) 5 florins e uma garrafa de conhaque brasileiro, que não tem nada a ver com cognac, 3,50 florins, o que ainda é caro se comparado ao veneno nacional, cachaça (destilado de cana de açúcar com um teor alcoólico de 54%), cujo litro gira em torno de 1 florim e com a qual se faz, entre outras coisas, caipirinha: pedacinhos de limão num copo, açúcar de cana, soque como num pilão, coloque a mesma quantidade de cachaça, mexa. É fresca, fácil de beber e tem efeito avassalador. Fora isso, há na esquina o bar Dois Amigos, o único boteco decente nesta cidade de seis milhões de habitantes, onde por 2 florins por pessoa temos um prato de arroz com feijão, uma travessa de carne acebolada, salada, uma garrafa de cerveja e ainda café. Em média, podemos viver com 6 florins por dia e precisa ser assim porque a transferência do dinheiro do aluguel pelo HBU tem dado problemas e Mieke ainda não recebeu o salário da confecção. Recebeu uma promissória de 400 florins, mas o que se pode comprar com isso?

Música clássica. Aparentemente, países que ainda têm uma música popular viva não precisam disso. Lembro que também sempre sentia falta em minhas viagens por Portugal e pela Espanha: só uma vez, por acaso, um fragmento de Mozart de uma janela aberta. *Quase* sempre: também me lembro de uma vez que eu, em 1959, cheguei mais ou menos por acaso a Portugal, e peguei uma carona com um senhor num Mercedes de antes da guerra, como os que ainda rodam por aí, um senhor que foi muito gentil e me ofereceu um almoço num albergue na estrada. Estávamos comendo e conversando, com alguma dificuldade, pois meu conhecimento de português se limitava ao espanhol, e de repente alguns estalos sinalizaram que um rádio tinha sido ligado. E então começou, bem certinho, do início, uma peça que eu, metido como era, sempre costumava ouvir com uma certa complacência e que naquele momento me emocionou de maneira indescritível: a Pastoral de Beethoven. As lágrimas caíam na minha sopa e eu não conseguia dizer mais nada. Até hoje não consigo ouvir essa peça sem me lembrar disso e sentir (quase) a mesma emoção. Deve ter sido pelo inesperado, por ter acontecido num lugar onde eu tinha aprendido a não esperar por isso. Assim como na loja de revistas Van Gelderen, no Damrak, onde trabalhei por tanto tempo. O "velho" Van Gelderen não queria ter música clássica no rádio nas suas lojas: espantava os clientes. E ele tinha o péssimo hábito de aparecer para controlar nos momentos mais inesperados. Mas às vezes, quando ele já tinha passado no começo da noite, por exemplo, e nós sabíamos que ele não voltaria, procurávamos algo decente. Peças conhecidas, que eu mesmo tinha em disco, *naquele lugar* de repente ganhavam um impacto emocional que fazia com que eu tivesse que correr para o banheiro, para não desabar em lágrimas no meio da loja. Em viagens, passava semanas sem. E agora já são meses. A loja de discos do outro lado da rua toca música popular brasileira o dia inteiro, sucessos do ídolo nacional Roberto Carlos, hits como *Black is black* e *Guantanamera*, muita coisa de Johnny Hallyday, que aqui é muito popular, e tudo isso não me incomoda nem um pouco. Mas a necessidade de algo eterno às vezes é imensa.

Pessoas, pois é. Depois da última carta ainda não fizemos muito progresso. Em nossa viagem por Portugal, encontramos em Albufeira um dono de bar muito amável, num lugar onde comemos muitíssimo bem duas vezes, que tem um sobrinho em São Paulo. Deixamos passar bastante tempo até procurá-lo, porque ele mora num bairro onde não fomos conduzidos em nossas peregrinações. Mas ele é um homem muito simpático, que nos recebeu com uma cordialidade constrangedora. Imediatamente nos ofereceu sua casa e sua carteira, das quais, modestos como somos, apenas aceitamos a segunda. Aliás, achamos bem desagradável ter que pedir dinheiro emprestado a desconhecidos no exterior devido à negligência de terceiros. Ele se chama Eduardo, sua esposa Pilar e eles têm duas filhinhas. Você sabe que eu não gosto muito facilmente de crianças, mas essas sobem no meu colo e eu até gosto, e se Eduardo tiver me dado bebida suficiente, leio para elas ou conto historinhas, coisas que nunca fiz em toda a minha vida. Uma das meninas, a mais nova, de uns seis anos, uma menina realmente muito bonita, manca um pouquinho. Para mim é a enésima prova de que não existe um Deus, a não ser que ele seja muito,

muito malvado, para fazer alguém bonito e manco: beleza desperdiçada. Talvez por isso a minha afeição? Soma-se a isso o fato de eu ter acabado de ler um livro de um escritor brasileiro do século passado, Machado de Assis, que logo me deixou extremamente impressionado. Nesse livro, *Memórias Póstumas de Brás Cubas*, aparece uma menina cujas chances de casamento são anuladas porque ela manca, embora seja muito bonita. E o escritor se pergunta: "Por que coxa se bela, por que bela se coxa?" Isso *parece* cínico, mas eu vejo como uma formulação genial de um destino trágico e irônico.

Começo a acreditar que fiz uma boa escolha com os estudos, ao menos no que diz respeito ao conteúdo que eu, como sempre, recolho dos livros. As aulas não valem muito a pena, então logo me perguntei se eu aguentaria sair da cama para isso às sete da manhã durante um ano inteiro. E hoje cedo aconteceu: a primeira ausência após um mês de persistentes presenças. Ontem à noite, Mieke e eu tivemos um ataque conjunto de alcoolismo. Não aconteceu uma coisa parecida com aqueles seus amigos na Índia? Alcoólicos por isolamento cultural? Resistimos por bastante tempo, mas a falta de humor entre as pessoas com quem temos contato e os preços atraentes das bebidas fortes nos fez cair em tentação. As pessoas são simpáticas, até demais, mas conosco são tão sérias e excruciantemente educadas. O que se pode fazer, então? Passei o resto do dia enfiado nos livros, até que hoje à tarde, pra lutar contra uma sensação indefinida de insipidez, fiz de novo uma caipirinha, algumas fotos (Mieke na escadinha, Mieke no beiral da porta, Guus na janela, Guus no parapeito, etc), e comecei esta carta.

Por fim, os últimos acontecimentos na vila, pois isso afinal representa nove décimos da nossa vida social. Nair, que como proprietária do imóvel adquiriu uma certa astúcia, assim que os inadimplentes saíram sugeriu que nos instalássemos na casa da frente, que suspeitamos que seja mais difícil de alugar do que a nossa. Esses planos agora tomam a proporção de chantagem, desde o triste acidente com o transformador. Você sabe que Mieke tinha pego uma máquina de costura elétrica da Puck especialmente para esta viagem, e depois descobrimos (o que nenhum informante soube nos dizer antes da partida) que a voltagem em São Paulo não é 220, mas 110/115. Portanto compramos um transformador, e o que aconteceu semana passada: ele pegou fogo. Grossas nuvens de fumaça saíam da nossa casinha e nós dois estávamos tão concentrados no trabalho que os vizinhos perceberam antes de nós. Consternação. Agora, o chuveiro aqui é elétrico, e é 220. Manuel, que estuda para ser eletricista, já tinha nos sugerido antes, pensando na máquina de costura, puxar um fio do chuveiro até a casa que agora está vazia. No entanto, nós não queríamos nos mudar, então compramos o transformador e você já deve ter entendido que a história "do fio" voltou à tona quando o transformador queimou. Nair não quer puxar um fio de seu próprio chuveiro até nossa casa porque diz ter medo que a coisa toda pegue fogo. Ela argumenta que na outra casa teremos água corrente (o que é verdade e por isso mesmo é mais cara) e que podemos montar ali a janela que fizemos (como se eu não tivesse mais nada pra fazer). Resumindo, não queremos ir para a outra casa, depois de tudo o que reformamos aqui, e por que é menor, e mais baixa, e por que sabemos que ela só quer isso porque imagina que uma máquina de costura elétrica consome muita energia. Por isso pressionou até sua própria mãe, que também tinha uma máquina de costura elétrica, a convertê-la para pedal.

São essas, entre outras, as coisas que nos ocupam por aqui. Nossas enfáticas saudações aos Van Breestraat (você não faz ideia de como esse nome tão prosaico, sob a pressão das circunstâncias, pode se transformar numa música tão linda e nostálgica como seu portador jamais fez) e diga aos preguiçosos do n.º 10 que eles bem que podem nos responder também. Saiba que a correspondência começa a ser para nós praticamente o único contato com a parte pensante do mundo.

Guus

São Paulo, 2 de junho

Caro Paul,

Já faz quase quatro meses que me pergunto o que estou achando daqui e ainda não sei. Há muita gentileza e muitos aborrecimentos, e isso ao mesmo tempo, o que torna difícil "achar" alguma coisa. Chegamos aqui com as previsões de ex-navegantes do Brasil (como eles mesmos se definem, embora todos sempre voem) de que acharíamos fan-tás-ti-co, mas elas ainda não se realizaram: nenhum deles veio para cá em circunstâncias como a nossa, e ter dinheiro muda a maneira que as pessoas veem as coisas. No começo ficamos felizes em simplesmente achar tudo horrível. Mas agora, agora que vivemos com dificuldade, mas na verdade agradavelmente com as pessoas da nossa "vilinha", tudo o que vivencio ao mesmo tempo se impõe e se opõe. Claro que é assim em toda parte (é até um velho pensamento de estimação que eu tenho, que chamo de "simultaneidade de sentimentos opostos", formulado séculos atrás em noites inteiras de bebedeira filosófica com Ype Bekker e Johannes Boer, enquanto namoradinhas da escola caíam no sono sobre nossos peitos, ou nós sobre os delas), mas aqui é tão evidente. A gente vê de tudo. Uma cidade sem fachadas. Uma cidade sem critério estético, onde rico e pobre, velho e novo, bonito e feio são jogados lado a lado, e onde nada, mas nada mesmo, é feito para preservar algo que acidentalmente era belo ou para ajeitar algo feio. É isso o que quero dizer: a gente começa a se acostumar a esta feiura arquitetônica, incrível, mas é verdade. Por que é que *nós* é que teríamos razão? Por que o antigo é bonito e o novo feio por definição? Começo a duvidar deste "critério estético" e a comparar a anarquia desta paisagem urbana de forma mais favorável com a cultura decodificada de Amsterdã, onde um motim é desencadeado cada vez que se coloca um banco ao lado de uma casa à beira de um canal, e onde para cada paralelepípedo torto é preciso uma autorização. Também compreendo agora que a liberdade com que caminho pelas ruas aqui, uma liberdade maior que em Amsterdã, não é apenas consequência do fato de que esta é realmente uma metrópole, onde, por tanta variedade de raças e tipos de pessoas seria simplesmente cansativo demais ficar achando que alguém é "estranho", mas também que essa liberdade é o avesso daquela falta de contato e da boa indiferença casual, e torna possível que as pessoas morram miseravelmente na rua. Tudo muito confuso. Os holandeses que moram aqui não têm tanta dificuldade com isso: eles nunca andam a pé. Se sentem em casa nesta sociedade pós-colonial onde a escravidão foi abolida há apenas oitenta anos. Eles têm empregados, em lugar de serem empregados. E todos têm os mesmos argumentos em relação à miséria exibida nas ruas, tão idênticos que parecem até estudados. Nunca dê dinheiro a mendigos, vão gastar em bebidas. Mulheres com crianças: aquelas crianças são compradas por uma organização que as aluga para as mendigas pra despertarem mais pena. (Como se aquelas mulheres não pudessem ter filhos. Mas imaginando que fosse como dizem, não há algo de muito errado para precisarem fazer isso?) Não é preciso mendigar: quem quer consegue trabalhar, você sabia que um mendigo desses às vezes ganha mais que o salário mínimo? (E sabia que é comum ficar meses sem receber um salário mínimo?) E o argumento mais extremo: hospital de graça. Defesa infalível (porque, de fato, existe) de quem não depende disso contra aqueles que não querem se internar. Como o anão na nossa esquina. Ficava sentado dia e noite na calçada entre a farmácia e o banco, morrendo aos poucos sem que ninguém notasse. Sífilis, tétano, tuberculose, subnutrição, feridas abertas. Ele não mendigava. Pegava o que lhe davam. Com isso comprava, ao contrário do que se supunha, uma maçã ou um pedaço de bolo. Certo dia foi pego pela polícia e levado a um hospital, de onde ele fugiu depois de vinte e quatro horas, de volta para a sua esquina. Dois dias depois estava morto. "Não devia ter fugido." Outros dizem que pessoas assim tomam banho pela primeira vez na vida no hospital, de maneira que a camada protetora de sujeira desaparece e elas acabam sucumbindo a infecções. Própria culpa? É estranho obter uma resposta casual quando se pergunta a respeito: "Aquele cara? Ah, ele morreu." Fica a sensação de que você podia, devia ter feito alguma coisa, como quando um amigo comete suicídio. Perto do correio, quase sempre tem uma velha senhora mendigando. Recentemente quis dar qualquer coisa pra ela, mas a menor nota que eu tinha era muito mais do que a "média". Quando lhe dei, ela me olhou e começou a chorar baixinho. Não acredito que ninguém é pobre por que quer.

E sim, ainda que seja uma transição brusca, agora a grande notícia, com a qual eu deveria ter começado, mas estava muito nervoso ou encabulado: nós também nos tornamos colonizadores. O acaso quis que dentre os muitos conterrâneos holandeses a serviço de empresas como Lever, Shell, Philips, o casal Driessen sairá de licença e irá para a Holanda de 25 de junho até meados de outubro, e pediu que cuidemos da casa deles neste período (isso através dos Pranges). Uma mansão em meio a um grande jardim com todo tipo de vida tropical, palmeiras, bananeiras, mamoeiros, papagaios, colibris — enfim, muitas coisas ainda devem acontecer, mas a intenção é que a gente vá morar lá, naquela casa com varanda, rede, rádio, toca discos, banheiro, quartos de dormir, máquina de lavar, fogão, geladeira, lareira, um gambá no sótão, jardineiro uma vez por semana e dia e noite uma empregada de vinte e quatro anos que parece ser bonita e já vem adornada com o nome Olinda. E tudo isso de graça, a dez quilômetros de distância e duzentos metros acima da poluição de São Paulo.

De barraco para palácio. Embora isso não seja bem verdade. É uma grande mudança, mas nossa casa atual está longe de ser um extremo da sociedade brasileira, assim como nossa futura casa também não é o outro extremo. Há pessoas mais ricas. Penso no sr. Roos, um dos residentes holandeses mais antigos de São Paulo (desde 1920, aproximadamente). Ele possui uma propriedade cercada num subúrbio, chamada chácara, com uma piscina de 25 metros, uma sala de cinema, um complexo de casas para os funcionários, uma antena de transmissão particular, estábulos para cavalos. Ele se tornou grande na área de seguros e admite humildemente que nestes tempos difíceis já não conseguiria construir uma chácara assim. Sobre uma de suas empregadas ele comenta: "Ela é preta como piche... mas tem alma branca." Na frente da mulher. Ficamos sem jeito, mas ele continua: "Ela ainda é filha de uma escrava de verdade, de antigamente, são estas que a gente tem que ter, são as mais fiéis e as melhores cozinheiras. Mas já quase não se acha." Metade dos convidados para o aniversário de Roos era de alemães, que roubavam a cena com seu humor incorrigível. As pessoas rolavam de rir na mesa, principalmente as mulheres (levadas à beira de uma espécie de histeria permanente graças aos muitos anos de tédio), quando um alemão colossal (não posso fazer nada, era assim mesmo) pôs um sutiã em seu barrigão sem camisa. Depois do almoço, no gramado, a conversa foi toda em alemão e todos estavam levemente bêbados. Eu bebi o que pude, mas não ajudou. Fiquei ali cabisbaixo me perguntado: onde diabos eu vim parar? O que estou fazendo aqui? Por que a covardia de expressar minha aversão apenas com o silêncio? Além disso, você já deve ter entendido que Roos já não pisa fora daquela chácara há muito tempo, mal conhece a cidade e nunca tem contato com brasileiros, a não ser seus funcionários. Aliás, todos têm a opinião unânime de que não se pode conviver com brasileiros. Ouvimos isso dos Pranges logo no começo e, por mais que aquilo fosse irritante (por que outro motivo eu estaria aqui?), é ainda mais irritante agora que não podemos mais refutá-los como gostaríamos. As boas maneiras são uma barreira que não pode ser superada. Você não consegue saber o que é sincero e o que é etiqueta. Além disso, não dá pra conversar com pessoas pobres porque são ignorantes, e não dá pra conversar com pessoas inteligentes porque são ricas. Embora — não, aqui a tentação de uma fala contundente foi mais forte que eu. Ser ignorante é diferente de ser analfabeto e com analfabetos eu ainda consigo bater papo no bar Dois Amigos, desde que eu deixe assuntos relacionados ao meu estudo de lado. E é isso que quero dizer com minha fala contundente e não totalmente incorreta: sobre esses assuntos eu na verdade não posso falar com ninguém, pois o pior de tudo é a ignorância pretenciosa que se passa por inteligência: mistura de um certo conhecimento geral, presunção, cortesia e hipocrisia. A universidade... Hoje de manhã fui de novo assistir a uma aula. Daqui a quatorze dias faço trinta e um anos e não preciso mais ir para a escola. O professor lê na frente da classe e manda fazer resumos do que ele leu, como fazíamos antigamente no colégio. Os alunos da frente prestam atenção, às vezes até fazem perguntas, e isso por sua vez leva a discussões que a gente nunca sabe se são mais ou menos interessantes que o tópico da aula. Atrás todos ficam cochichando, dando risada, fazendo anotações ou lendo às escondidas o livro inglês (este ano *Orgulho e Preconceito*) exigido por uma outra disciplina. Eu sempre fico atrás, porque tenho dificuldade em chegar na hora e porque as meninas são rápidas em reservar todos os lugares da frente com cadernos ou jornais, porque o importante é se sentar ao lado de uma amiga. A isso se soma o fato das aulas do professor de literatura brasileira, Aderaldo Castello, que embora seja um grande erudito, não terem pé nem cabeça. Sua letra é ilegível e a voz muito baixa. Do fundo da sala gritam constantemente que não conseguem ouvi-lo, ao que ele responde muito gentilmente pedindo que falem mais baixo. Acho que esses estudantes têm um certo medo de livros. De qualquer forma, Aderaldo começou com duas aulas introdutórias sobre o que é estudar, ou o que deveria ser, para depois passar a dar uma bibliografia. Ótimo, mas levou um mês pra fazer isso, e a gente pode encontrar a mesma bibliografia em seus próprios excelentes livros. Depois de termos isso, ele começou um "curto comentário crítico" sobre cada um dos títulos, o que tomou mais uma semana. Em seguida fez uma pequena seleção sobre quais livros realmente deveriam ser lidos e, depois de terminar isso, alguém perguntou *que capítulos* dos livros tinham que ser lidos. Agora sempre penso, não importa a matéria: "Ok, procuro isso depois em casa, tranquilamente, num *livro*", então quando Aderaldo finalmente começou com o século dezesseis, eu já tinha trabalhado sozinho os séculos dezesseis, dezessete e dezoito, e me senti parcialmente dispensado da obrigação de presença. Aqui, no entanto, as pessoas entendem a presença nas aulas como "reunião social". Todo dia (e não acham nem um pouco ruim que seja às oito da manhã, mesmo que pra isso tenham que viajar duas horas) ficam de novo incrivelmente felizes em se encontrar, se abraçando e dando beijinhos nas bochechas, e a tagarelice não pode ser contida por nenhum professor ou campainha (campainha!). Também é sintomático que cada vez que alguém faz uma pergunta os outros comecem imediatamente a conversar, como se a resposta não pudesse ser interessante para alguma outra pessoa além de quem perguntou. Enfim, você já entendeu, Paul, não adianta eu bater na porta dos intelectuais para contato ou um pouquinho de refinamento. A festa de Rietje e Marcos também foi assim. Não era pra chegar muito cedo, mas às dez horas (o que ainda era cedo pra nós) metade das pessoas já tinha ido embora. Parecia mais uma recepção do que uma festa. Sem música, sem dança. Uma empregada negra, uniformizada com avental branco, servia quitutes. Bebida tinha bastante, mas não me foi dado o tempo para beber o suficiente:

à uma hora, bem quando eu começava a ficar um pouco mais sociável, os últimos convidados foram pra casa — e éramos nós.

Leitor atento que é, você deve ter concluído com este lamento que nós estamos bastante sozinhos. Dá pra dizer isso, sim. Portanto, procuramos com cada vez mais frequência consolo na bebida e, pelo menos neste setor, prevejo que, voltando à Holanda, pensarei com saudade nos coquetéis deliciosos e baratos que nós mesmos fazemos aqui, ou que bebemos em esquinas expostas ao vento, em piscinas de espelhos, aço e azulejos chamadas botecos, que não têm nem mesa nem cadeiras onde se possa descansar as canelas, que são desprovidos de tudo aquilo que nós entendemos como "ambiente agradável" (que frescos incuráveis nós somos), mas que têm aquele quê despojado, anônimo, trivial, descomplicado, com que as coisas acontecem aqui. O mesmo despojamento etc. que torna possível (e aí a gente tem de novo: simultaneidade de sentimentos contraditórios) começar um negócio sem ter um centavo de capital, empregar funcionários e não pagar — como aconteceu com Mieke. Ela ficou dois meses naquela confecção. Quando após o primeiro mês ela ingenuamente esperava seu salário, recebeu uma parte — e ficou nisso, partes, e ainda assim porque ela semanalmente, e depois quase diariamente, apelava pras lágrimas. As outras costureiras, com medo de perder o emprego, não protestavam, ficavam felizes se depois de chorar um pouco fossem pra casa uma vez por semana com uma nota de dez. O nosso caso agora está nas mãos de um advogado, vizinho de Prange, que vai fazer isso de graça pra gente. Muito simpático, mas o caso pode levar de um a dois anos, então Mieke já está começando a trabalhar como costureira para senhoras holandesas e fabrica bonecas e bichinhos de pano que vende com sucesso no Clube Holandês. Tudo tem ao menos dois lados.

Por isso uma nota alegre pra terminar. Semana passada, um casal de príncipes japoneses visitou a cidade de São Paulo. A rota do cortejo era conhecida por todos e vi com meus próprios olhos meio milhão de japoneses esperando ao longo do trajeto. Só os motoristas de ônibus não sabiam de nada. Um deslocamento que normalmente duraria quinze minutos levou duas horas e terminou num outro destino. Todo mundo agiu como se soubesse o caminho, porque a pior coisa neste lugar é admitir que não se sabe alguma coisa, até que numa ruazinha demos de cara com um ônibus com o mesmo destino. Daí todos puderam descer. Para que eu mesmo acreditasse que os brasileiros são um povo muito legal, me perguntei como seria se algo assim acontecesse na Holanda, como isso seria encarado — e tenho que reconhecer que a vida então me pareceu bem menos atormentada do que o resto desta carta leva a crer. Todo mundo sorrindo. E a gente ainda viu muita coisa. Passamos por bairros onde eu mesmo nunca tinha estado. Barracos fincados em paredões rochosos, escombros habitados, com putas menores de idade nas portas, cheias de lascívia, em calças cor-de-rosa tão assustadoramente apertadas que esmagam a região que está sob a hipotética braguilha.

Enfim, estou estudando bastante e escrevo minhas peças um tanto quanto insignificantes para *Het Vrije Volk*[5], que sem exceção são consideradas "muito aproveitáveis", mas para as quais os primeiros honorários ainda não entraram. Às vezes penso que se não estivéssemos em dificuldades financeiras e pudéssemos nos permitir mais nesta droga de cidade, talvez até não fosse assim uma droga de cidade. Logo saberemos isso em nosso "esplêndido isolamento", economizando o dinheiro do aluguel. O que faremos depois, ainda não sei. Talvez morar no Rio, ou fazer uma pequena viagem, pois seria decepcionante, pra dizer o mínimo, passar um ano inteiro no Brasil e só ter visto o que todo brasileiro considera a cidade mais feia de seu país. Ainda não definhamos, mas lembre-se que receber notícias de Amsterdã é praticamente a nossa única alegria.

Guus

---

[5] Revista social-democrática que circulou entre 1945 e 1991.

São Paulo, 14 de junho

Caro Paul,

Sua resposta foi muito rápida. Sabe que, no tempo em que estamos aqui, diferenciamos os destinatários em prováveis, improváveis e impossíveis. Essa classificação concerne à chance de receber uma resposta. Considerando o quanto você é ocupado, tínhamos colocado você entre os improváveis. Perdoe-nos. Foi um engano, mais que um erro. Aliás, não acertamos com quase ninguém. Amigos próximos persistem num silêncio impressionante, conhecidos superficiais nos enchem de correspondência. Com sua última carta, você entrou numa categoria especial.

Começo a acreditar que o vagabundo que eu pensava ser não é tão vagabundo assim, nem o poeta era um poeta, o músico um músico, o homem de línguas um pesquisador. A palavra portuguesa *saudade* é considerada intraduzível, você pode consultar Slauerhoff ou se contentar com algo como "anseio", mas talvez você entenda o que eu quero dizer se eu disser que nós até hoje não encontramos ninguém, mas ninguém mesmo, tanto brasileiros quanto holandeses, com quem não tivéssemos a sensação de ter que medir nossas palavras. Os holandeses, ainda que sejam tão prestativos, são todos cristãos de direita (não que eu seja tão de esquerda, acredito que aos meus olhos eles são mais de direita do que eu de esquerda para eles), e os brasileiros permanecem inalcançáveis atrás de um muro de eloquente polidez. Percebo que por acaso estou respondendo aqui à sua quarta pergunta. É de deixar qualquer um desesperado. Falta humor, falta senso de relatividade, a universidade é uma escolinha, intelectuais hipócritas e outras destas coisas que pareciam pitorescas em viagem de férias e que eu aqui comecei a odiar porque elas tornam a vida insuportável agora que não estamos em férias. Paul, mais uma vez: *não vá para a Espanha*. Mieke e eu decidimos que, para os estudos, eu ainda viajarei outras vezes a Portugal e ao Brasil, sozinho, e que daqui pra frente passaremos as férias conjuntas em lugares como Islândia ou Dinamarca, onde, dizem, há espelhos em que você pode se olhar sem ter que cair de joelhos, onde quando passa uma mulher atraente os homens não começam todos a remexer no seu pau e onde o ponto alto do humor não seja fazer cachorros que só têm uma pata dianteira tropeçar numa corda no meio da rua.

Quinta pergunta. O calor de fato continua agradável, principalmente porque abriu espaço para o frio: seis graus, a temperatura mais baixa dos últimos três anos. Coberto de óleo e sob as cobertas, isso ajuda. Terceira pergunta. Amsterdã é um éden, um lugar tranquilíssimo em comparação com esta cidade, que fica entre uma sala de máquinas e um aviário — este último por causa dos policiais que apitam com toda a força de seus pulmões toda vez que o semáforo muda. Os apitos não param, dia e noite. Outro dia acordei de madrugada (às quatro ou cinco horas) e fiquei ouvindo os apitos do cruzamento, fora os latidos e gemidos do cachorro, o chiado dos camundongos, o barulho dos pingos da chuva. Mais dez dias, então poderemos ficar em completo silêncio, ou junto a uma lareira crepitando suavemente, devotados ao estudo, ao amor e, inteiramente dedicados ao espírito como estaremos então, à nossa correspondência com o Velho Mundo, para depois descansar de uma coisa e outra na rede da varanda, olhando para colinas cobertas de árvores, com Mozart ao fundo. Primeira pergunta. Nosso primeiro filme foi um western sádico italiano, *Um* dólar furado. Esse tipo de filme é muito popular aqui e é chamado *bangue-bangue*: determinação onomatopeica. Falando em tiros: no ônibus, na volta do Consulado, comecei a conversar com uma italiana que veio para o Brasil aos seis anos de idade (e até hoje, quarenta anos depois, ainda sente falta da Itália e fala italiano com palavras portuguesas), cujo pai morreu seis meses depois da chegada e cujo marido é (era) alfaiate, aquele tipo de alfaiate que ainda se sentava na mesa de pernas cruzadas e que um dia, também muitos anos atrás, caiu da mesa de uma forma tão infeliz que ficou paraplégico, após o que a boa mulher teve que trabalhar como costureira, o que para ela não deu tão certo como para Mieke, porque já há vinte anos ela tem reumatismo nos dedos e principalmente porque trabalha para senhoras brasileiras — essa mulher me perguntou o que eu achei da guerra. Guerra? Eu não sabia de nada, porque não temos dinheiro para comprar jornal. Só fiquei sabendo depois que Nasser já tinha capitulado. Agora os judeus choram na sinagoga e os árabes choram na mesquita. Bangue-bangue. Depois ficamos um bom tempo sem ver nada. O segundo foi *O espião que veio do frio*. Muito bom, só que não entendemos nada. Mas nos tornamos fãs de Burton, por isso depois vimos

Quem tem medo de Virginia Woolf. Segunda pergunta. O teatro parece ser muito bom, mas ainda não vimos nada, por falta de dinheiro, por desleixo e por medo de ter que renunciar a mais uma ilusão.

Perguntas respondidas. Estou aqui, cerca de seis da tarde, tremendo um pouquinho, bebendo caipirinhas pelo calor que elas trazem, imaginando que em Amsterdã são dez horas, como de fato são, e uma bela noite de verão, o que não se sabe ao certo. Posso ficar em casa ou ir para o centro, aqui não faz diferença. Os bares no centro são exatamente como os da periferia. Trânsito por toda parte, nenhum atrativo. Portanto não fazemos nenhuma objeção ao fato de em breve estarmos a dez quilômetros de distância. Mas como diabos se fala com uma empregada? Perguntei à senhora Prange: "Como o seu marido lida com a empregada?" "Meu marido? Ele nunca lida com ela." Nossa vila está em rebuliço com a mudança. De repente percebemos que as pessoas gostam de nós. Nair até disse: "Quando finalmente temos gente boa aqui, eles vão embora." O fato de irmos para uma mansão, onde além do mais não precisaremos pagar aluguel, aparentemente não é argumento suficiente: "Vocês estão bem aqui, não estão? É agradável aqui, não é?" É agradável. Anteontem à noite festejaram Santo Antônio. Fazem isso com fogos. Dia 24 de junho ainda teremos os fogos de São João e no dia 29 os de São Pedro. Gosto de participar disso. Só falta um totem. Já há mais de um mês a cidade ficou ainda menos segura do que é com as bombinhas, busca-pés, rojões e outros petardos. E ninguém parece ouvir o barulho infernal. Viciados em drogas ensurdecedoras. Eu quase morro de susto toda vez. Daí praguejo contra o país, a cidade e os católicos, em especial, até uma quantidade segura de gerações. Mas bem, na vila fizeram uma fogueira com os galhos da árvore de Otávio. A madeira estava úmida, mas bem regada com gasolina pareceu propensa a pegar fogo após uma explosão surda. Depois a madeira acabou. As fagulhas subiam até o alto das casas sem que os moradores temessem qualquer perigo para seus barracos de madeira, fora a morte de eventuais plantas e insetos. Bem no alto flutuavam balões de papel feitos em casa com uma pequena gôndola embaixo na qual uma vela queima por muito tempo. O ar no balão esquenta e ele sobe até alturas enormes. Até que queima e cai, semeando morte e destruição. São proibidos há alguns anos, os bombeiros não davam conta no mês de junho. Mas é uma bela visão, e é tradição, portanto continua. Em cadeiras em volta da nossa fogueira, doze pessoas, das quais três quartos são mulheres. Bebe-se quentão a noite inteira, uma infusão quente de gengibre com açúcar e cinquenta por cento de cachaça. Para acompanhar, pipoca e batata doce. Olhando para o fogo. Uma festa incrível. Os olhos castanhos de Nair brilham de um modo incalculável quando ela bebe. Otávio apareceu perto da meia noite. "Ah, muito bem, fogueira com os *meus* galhos!" Todos os moradores tinham me avisado sobre ele: não era confiável, jogador, putanheiro. Ele se sentou ao meu lado no círculo, presumivelmente me vendo como o único ali que ainda não o odiava, e começou a me confidenciar que tinha jogado. "Ganhou?" "Shsh!" E olhou em volta circunspecto. Ninguém pode saber. Mas todos sabem. Então ele me dá um tapa enérgico na coxa e solta uma gargalhada "Bangue-bangue!" Eu retribuo a risada, alegre. Três semanas atrás ele me levou ao cinema, naturalmente um bangue-bangue. Mal nos sentamos e ele começou a gemer e se contorcer na poltrona. Ele tinha reparado em duas garotas atrás de nós. Quando já não aguentava mais, sugeriu que fôssemos sentar ao lado delas. "Mulatas, cara." Ele já tinha apoquentado sobre isso no carro. Ele só "se esfregava", não fazia mais nada, disse. "Nada supera as mulatas!" Naquele momento o filme começou. Depois que terminou, ele não me arrastou para a jogatina ou para um bordel, como toda a vila tinha previsto, simplesmente me levou pra casa. Bebemos uma cervejinha. A noite de Santo Antônio durou até as últimas chamas se apagarem. Caímos na cama bêbados e com um bafo do cão. Hoje de manhã o que restou da fogueira ainda fumegava.

Isso parece legal, e na verdade é, mas como e onde trocar ideias com alguém que as tenha? Seu lamento "ah se eu estivesse no Brasil" só faz sentido se você trouxer junto todo o caos de Amsterdã. Nesse meio tempo, vou me agarrando aos aspectos positivos deste exílio, e são coisas que me lembram da minha infância e juventude: pensar, escrever. Pensar no Destino pessoal, fazer um balanço das Oportunidades Aproveitadas e Perdidas, o que fazer com meus Múltiplos Talentos? Mas antigamente eu era mais filosófico e agora não consigo me livrar da sensação de impostor. Portanto, meus caros, escrevam todos para nós, e com mais frequência, do contrário, quando voltarmos, se isso um dia acontecer, não vamos mais entender vocês. Eu os saúdo profusamente.

Guus

São Paulo, 15 de junho

Caro Paul,

Só mais uma cartinha. Estou começando a ficar estressado mesmo. Hoje, véspera do meu aniversário, uma crise de desânimo: por que continuar os estudos se acho este um país de merda, por que não tenho nem dinheiro para comprar uma fita nova para a máquina de escrever, etc. Fui vencido pela vontade de escrever, mas ao mesmo tempo fiquei cansado só de pensar nisso. Então não fiz nada por um tempo, o que foi ainda pior, e então pensei de novo no velho Paul. Para me proteger de uma impulsividade excessiva, primeiro escrevi duas cartas furiosas, respectivamente para nossos inquilinos (que escrevem com toda a calma que já depositaram o aluguel, embora o extrato mostre que isso não é verdade) e para o Hollandsche Bank-Unie NV (reclamando sobre a terceira violação do que eu entendo como serviço). Entre essas ocupações, esbocei mentalmente a primeira página desta carta que, portanto, começa agora.

Quando viemos morar nesta casinha, as coisas estavam razoavelmente bem cuidadas. As plantas e tal. Uma árvore podada começava a brotar de novo, parecia um poste com uma peruca. Tudo crescia muito. A peruca se tornou uma copa de verdade, com sombra e tudo, o milho cresceu e virou um bosque de três metros, e nos canteirinhos, rente ao muro, crescia uma massa de plantas de todo tipo. Nosso orgulho e alegria diária era ter, junto à nossa escadinha, um exemplar tropical com longos caules roxos e folhas como orelhas de elefante. No outro canto uma trepadeira, que nós nem tínhamos percebido, começou a crescer de uma maneira que já não era possível conter. Esticamos cordinhas ao redor da janela e da porta para que a trepadeira fizesse jus ao seu nome. Ela bem que queria e em duas semanas já tinha crescido pra todo canto. Mas cresceu demais e começou a amarelar. E então outras folhas também começaram a apodrecer e a atrair insetos. Pois bem: hoje de uma ponta à outra da vila, tudo foi retirado, capinado, cortado, podado, arrancado, desenraizado, destruído. A árvore transformada num toco. Somente à nossa orelha de elefante foi concedida a graça de manter meia dúzia de suas tantas maravilhosas folhas. A vilinha quase romântica, repleta de verde, agora é um depósito de lixo com um monte de sucata, tábuas carcomidas, pilhas de galhos e folhas apodrecendo, uma banheira enferrujada. Bem quando "tínhamos" que ir embora, começávamos a nos afeiçoar. Agora não sobrou nada. E por quê? Porque a vovó tem medo que taturanas venenosas possam cair de uma árvore na sua cabeça. E também há mosquitos cujas picadas sabe-se com certeza que podem matar, embora isso nunca tenha acontecido a ninguém. Se eu digo que é uma pena para a vila, que as plantas eram bonitas, eles morrem de rir. Que ideia absurda! Ah, estes americanos. Acham plantas bonitas. Logo elas crescem de novo. E esta é a dificuldade para nós. Se você compreender que o que aconteceu aqui aconteceu em escala muito maior por toda a cidade, vai entender que há momentos em que ficamos muito insatisfeitos com o ambiente à nossa volta.

17 de junho

Depois de uma semana de tempo tipicamente holandês, o bom sol reapareceu ontem para dar brilho ao meu aniversário. Fui ao Consulado para ver se havia correspondência (sim) e ao HBU para ver se tinha dinheiro (não). Então decidi (e não foi fácil, mas, puta merda, era meu aniversário) participar ao diretor do HBU que nós, além de nossas dívidas, não tínhamos mais dinheiro para chegar nem ao fim de semana, que tínhamos valores a receber e se ele, quem sabe, poderia fazer alguma coisa. Este diretor do HBU daqui me parece um caso peculiar. Nunca na vida vi um funcionário de cargo tão alto fazer tão pouco. Horas falando baboseiras, toda vez que falo com ele. A cada meia hora recebe um telefonema que despacha com duas palavrinhas. Tenho a impressão de que lhe dou trabalho há anos. Mas quase lhe dei um beijo, pois sem muitos rodeios ele se dispôs a me emprestar 100 Cruzeiros (130 florins), com os quais nós não só podemos passar o fim de semana, mas inclusive festejar meu aniversário. Se me lembro bem, agora é época de morangos na Holanda, portanto, Paul, jogue três morangos num copo, adicione três colherinhas de açúcar, macere bem com um socador, complete com aguardente, mexa e beba. Passamos a tarde consumindo este e outros drinques. Depois, para manter em alta a ilusão de um dia de festa, fomos para "a cidade", onde fomos parar num teatro de variedades com garotas nuas que acabou sendo um lugar bastante agradável. Decidimos imediatamente nos juntar ao circo, também por causa da minha atual crise nos estudos, mas só de pensar em trabalhar doze horas por dia ficamos assustados. Hoje comemoro de novo e devo dizer: é maravilhoso. O dinheiro emprestado acabou, mas ele era pra isso mesmo. Hoje à noite esperamos os vizinhos para uma fondue bourguignonne.

19 de junho

Manuel só pôde vir mais tarde, ninguém encontrava Otávio em lugar nenhum, como de costume, e assim foi uma noite bagunçada. Nair e Maria vieram por volta das nove e ficaram boquiabertas com os apetrechos improvisados para a fondue. Acharam o fogo pavoroso. Maria, a amiga de Mieke ali, estava um pouco sem jeito, talvez por não estar acostumada a se sentar com dona Nair na mesma mesa, mas Nair logo se soltou (com o vinho). Depois de algum tempo Aparecida apareceu, a velhinha meio suja, sempre desleixada, que, como todos sabem, bebe escondido, depois das habituais recusas no início, finalmente aceitou uma garrafa de cerveja, que esvaziou com notável rapidez. (Isto de ficar primeiro recusando tudo o que a gente oferece é de deixar incrivelmente irritado, mas eles devem nos achar um casal de grosseirões que aceita tudo logo de cara.) Um pouco depois surgiu Otávio, que pegava um pedacinho de carne aqui e ali, mas que no mais, assim como Maria, ficou só na coca-cola. Por volta das dez, Maria começou a ficar nervosa: Manuel e Otávio não se dão bem. Os dois me fazem de confidente pra falar mal do outro. Segundo Manuel, Otávio uma vez quis estuprar Maria, enquanto Otávio conta triste que Manuel já foi seu melhor amigo, mas que a vida é cheia de traições. A tensão se resolveu de maneira elegante: um minuto após a chegada de Manuel, Otávio se levantou, despediu-se discretamente e desapareceu. Não me lembro muito do que aconteceu depois, então devo ter me divertido. Um detalhe: as taturanas. As mulheres declaravam seriamente que as lagartas entravam por suas partes íntimas, se aninhavam no útero e ali cresciam, cresciam, até que a mulher paria um monstro. Não gostaram muito que a gente risse disso. Lá por duas horas, Maria e Manuel foram embora. Mieke e eu nos despedíamos de Nair, já com as escovas de dente na mão, quando Otávio reapareceu com uma enorme pizza calabresa. As garrafas foram imediatamente abertas de novo, a vovó foi se achegando e começamos tudo de novo. Esse foi, portanto, meu segundo aniversário, e ontem foi o terceiro. À tarde, porque era domingo, atendemos de novo ao chamado fatal dos raros bares com terraço na cidade, então estou hoje, às duas e vinte, lutando contra o mesmo sentimento, totalmente mergulhado nos escritos graças à presença de Mieke que também está escrevendo (na mesma mesa, onde mais?) usando um sutiã que acabou de cortar. O casamento agora começa a ficar realmente gostoso.

Desde que um precise do outro. Sabe qual o problema com nossos amigos aqui? Acho que eles não percebem muito bem a diferença entre eles e nós. Claro, eu sou um estudante um tanto indefinido numa área que segundo eles não dá dinheiro, que faz sua mulher ganhar o pão, mas compreender que o dinheiro que ganhamos a cada dia só dá mesmo para comer e beber aquele dia e nem para pagar o aluguel — não. Certas pessoas nem sabem mais o preço de quase nada. Também pagam pouco para seus funcionários, mas fazem questão de dizer que ainda pagam mais que os brasileiros. Uma terra de senhores e escravos, até hoje. Nosso isolamento é em parte porque não somos nem uma coisa nem outra. O lado bom disso é que, ao contrário da Holanda, França, Portugal, este país não é burguês. Não tem "classe média". Nós somos a classe média de São Paulo. Intelectuais e estudantes, todos abastados, organizam reuniões alegres (a chamada esquerda festiva), e quando numa demonstração contra a comida no refeitório, que naturalmente não é tão boa quanto a da casa de papai e mamãe, alguém leva um safanão da polícia, a foto do jornal depois fica um ano inteiro pregada no corredor da universidade. Às vezes uma foto dessas chega até a Europa, e isso nós traduzimos como "resistência dos estudantes" ou que "há um movimento" na universidade. Quando terminam os estudos, se casam com uma virgem e entram para o establishment. Assim tudo é aceito pelos que aceitam e mantido pelos que mantêm. Entre os quais nossos amigos holandeses. Cá estão eles de novo. E agora paro de falar disso. Sabe o que ainda é a coisa mais difícil para nós: eles são legais. Legais mesmo. Prestativos, amistosos, hospitaleiros, empáticos — mais do que se pode logicamente esperar de um completo estranho. E no entanto, você está ali tendo uma conversa agradável com eles e de repente *sente* que virá uma palavra "equivocada". Quando a conversa é sobre pobreza ou mendigos, a gente já *sabe* o que virá. *E vem mesmo*.

Me desculpe, fui chato, mas tinha que pôr isso pra fora. Acho que nós também temos que ir pra fora. Amanhã tudo volta ao normal, quer dizer, de outro jeito. Aos poucos temos que preparar a mudança. Saudações exaustas,

Guus

São Paulo 26 de junho

Caro Paul,

Tivemos um fim de semana intenso. Por causa da mudança e dos santos. Os santos aqui, nem queira saber. Chegamos a festejar São João três vezes. Não que tenhamos nos convertido, vou explicar. Os rojões já vieram com tudo no sábado às seis da manhã, seguidos de uma alvorada de sinos na igreja da esquina. Às sete horas, danças e outros rituais atávicos. Depois, rojões o dia inteiro e às três horas fogos de artifício. Como é que inventam um troço assim. Ao mesmo tempo — como se o diabo estivesse brincando — um café reformado reabriu na esquina, nota bene, com um terraço gigante, como ainda não tínhamos visto em parte alguma da cidade. Cerveja de graça. No fim da tarde, fomos para o São João no Clube Holandês, para as crianças, então foi ótimo para Mieke com suas bonecas e bichinhos. Fiquei ali duas horas em silêncio olhando fixo para uma fogueira colossal, da maneira que aos poucos se torna característica em mim. À noite, São João para os adultos na nossa vilinha, com quentão em volta da fogueira, uma festa um tanto ofuscada pela realidade incompreensível para todos de que aquela seria nossa última noite ali. E então no domingo viemos pra cá, prestativamente transportados, com malas e tudo (os baús já tinham sido trazidos na sexta com um caminhão de mudança), por um casal de "novos" holandeses que tínhamos encontrado brevemente (não no Clube). Ele, Edu Zandvliet, nos consternou imediatamente quando, ao entrar em nossa casinha, ficou olhando estupefato ao redor por algum tempo, e então não soube dizer nada além de: "Nossa, começar assim no Brasil..." (que repetiu três vezes). Na nossa chegada, Olinda estava supernervosa com os novos "patrões", e nós não menos com a "empregada". Ao fim do segundo dia, os nervos de lá e de cá ainda não se acalmaram totalmente, mas o fato é que ela, ao servir a refeição, perguntou se queríamos qualquer coisa, "cerveja ou algo assim", uma demonstração de empatia que dá esperanças para o futuro. E no mais, sim, por mais bonita e espaçosa que seja esta casa, é e continua sendo uma casa de pessoas normais. Quero dizer: de repente percebemos que só há uma mesa. Claro, costumava ser assim, a mesa onde se come e onde de vez em quando se escreve uma carta. Nós sempre precisamos de três: uma para comer e mesas de trabalho para Mieke e para mim. De maneira que também tive que usar meu talento para a improvisação aqui e usar os baús para fazer uma espécie de escrivaninha num delicioso, amplo e tranquilo jardim de inverno. Minha mesa fica diante de uma janela que, através de um agave da altura de um homem, dá vista para palmeiras, orquídeas, um pinheiro, coroas de cristo, pés de maracujá e várias plantas e bichos dos quais não sei o nome. Daqui não consigo ver o fim do jardim, não porque realmente seja tão extenso, mas porque no final ele tem um declive em direção à rua. Deste lado ficam diversas mansões deste tipo, do outro lado fica um hospital que há anos está em construção no qual, por falta de dinheiro, não estão mais trabalhando. Um colosso monstruoso, de doze andares, que nos tira metade da vista das montanhas. No primeiro dia, ontem, portanto, não fizemos nada além de curtir. Nada de desfazer as malas, organizar coisas, só sentar a tarde inteira na varanda e ouvir música.

26 de julho

De repente passou um mês. A princípio eu esperava por uma resposta para a minha carta de 15-19 de junho (que até agora não veio), mas o real motivo é que, após toda a insatisfação interior descarregada ao escrever cartas e mais cartas a todos os nossos amigos que escrevem diligentemente, tanto que às vezes não conseguia pegar nos estudos, depois da mudança eu me reconciliei com o universo e me joguei tão fanaticamente nos livros (às aulas eu raramente vou) que Mieke já está reclamando que não me vê mais, que não consegue falar comigo, etc. Mas para mim esta é a desvantagem de trabalhar duro e não beber. Na verdade, estamos bem. Mieke agora está trabalhando para as senhoras Wiesebron, Van Beusekom e Overgoor, graças a um anúncio na revista do Clube, Rood-Wit-Blauw[6] (um achado!). Ela se dá bem principalmente com a última e até troca ideias (uma experiência totalmente nova) sobre Hermans e Mulisch[7]! O advogado informou que o caso de Mieke será analisado dia 28 de agosto, então isso significa 400 florins no horizonte. Olinda cozinha muito bem e cumpre suas obrigações com uma precisão que chega a doer. Em resumo, a realização da felicidade terrena. Pois é, antes você estivesse aqui. Tudo começou com a visita de ontem, Rietje e Marcos vieram para o almoço. Antes um coquetel-Olinda: cinzano, cachaça, soda, gelo, limão. Para acompanhar a pizza-Olinda, cerveja. Depois da pizza (tudo na varanda, metade sol, metade sombra) café com licor. Como o licor deixa a gente com sede, de novo cerveja, e como a cerveja desce como água, depois da cerveja mais um coquetel. Quando os ingredientes para o drinque acabaram (e as visitas foram embora) voltamos à cerveja, com goles de cachaça entre uma e outra para lutar contra o sono e, bem quando eu estava dançando sozinho, Mieke ficou deprimida. Fui me sentar perto dela, ainda que não pudesse ser de muita utilidade moral.

Hoje de manhã, ainda relativamente cedo, por volta de dez e meia, fui até a varanda e soube imediatamente: um dia perdido. Ainda me pus a trabalhar, mas percebi que estava enrolando e ao meio dia decidi tornar a enrolação realidade. Tinha chovido à noite. O sol brilhava sobre

---

[6] Vermelho, branco e azul, as cores da bandeira da Holanda.

[7] Willem Frederik Hermans e Harry Mulisch, dois grandes escritores holandeses.

montanhas e bosques através de finos cirros. Bandos de pássaros amarelos esvoaçavam ululando pelo jardim. No telhado do hotel, meninos negros empinavam pipas. Era lindo demais. E agora estou aqui, enterrado em sentimentos de culpa que o nosso tipo de gente sempre tem de sobra quando há realmente algo a desfrutar. Escondo meu coquetel em algum lugar na sombra, para não tornar tudo ainda mais atraente para Mieke, que hoje tem que trabalhar em seu quartinho de costura. E também pensando em Olinda. Creio eu que ela acha uma coisa incrível: a mulher que vai trabalhar e o marido que fica sozinho na sala *lendo*! Além do mais não temos filhos, não levantamos às sete, mas às nove horas, tiramos os móveis de lugar, largamos livros, revistas e copos por toda parte, e, sim, é preciso dizer: também somos uns porcalhões. Não nos comportamos. Arrotamos, peidamos, nos tocamos com lascívia, bebemos — vivo num estado de constante alarme. Posso ser flagrado a qualquer momento. No começo, eu sumia de manhã para o andar de baixo o mais rápido possível, em vez de ficar mais meia hora vadiando na varanda. Mas com o esplêndido clima de inverno que faz agora, considero a possibilidade de ficar de calção de banho e, portanto, estudar na varanda sem roupa. Porém, quando estudo história da literatura brasileira ou aprendo minhas palavras em árabe, estou realmente trabalhando, só que não parece. Logo, aproveitar o sol, a varanda, a vista, aparentando não estar fazendo nada, enquanto ela, abelha operária, limpa os azulejos ou tira pó dos gerânios — não sei. Uma vantagem, claro, é que ela cuida da comida: faz as compras, cozinha, põe a mesa, tira a mesa, lava a louça — e serve a refeição. E aí começam de novo as dúvidas. Devo dizer "obrigado" depois de ser servido ou não. Pode ser tão grosseiro não dizer quanto ridículo dizer. Uma coisa mínima, certamente, mas repetida três vezes ao dia (e por falar nisso, optamos pelo ridículo). Além disso, é claro que não dá mais para beber e babar despreocupadamente como no nosso pardieiro, onde a mesa às vezes flutuava na bebida derramada, onde as sementes de laranja podiam ser amigavelmente cuspidas no entorno e limpávamos as facas sujas na borda da mesa. Aqui a mesa é posta, com toalha e tudo. Depois de servir, ela volta para a cozinha, que é separada por uma porta de vaivém, e de lá escutamos como ela come sozinha a mesma coisa que temos à mesa. O primeiro impulso é: venha para a mesa. Mas porque, como europeus esquisitos, aprendemos a não poder prescindir da privacidade, e portanto não querer ter todo dia um estranho à mesa, só damos atenção a este impulso algumas vezes. Inicialmente, pareceu que ela só se sentia pior com isso: se atrapalhava toda, deixava o talher cair no chão, se sujava, enrubescia. Nos lembramos das regras inculcadas por nossos amigos: a empregada *quer* ser subalterna, então é preciso agir assim, o tratamento em pé de igualdade gera abusos, você dá a mão, pegam o braço. Mas Olinda não quer nenhum braço, ela agora acha gostoso comer com a gente de vez em quando. Uma outra vantagem é que ela arruma a casa. O que é ótimo para Mieke, que todo dia passa horas andando de ônibus para fazer toda espécie de vestidos tortos para suas clientes. Mas essa vantagem significa que eu nunca sei exatamente onde a silenciosa doméstica está e que ela em princípio pode aparecer a qualquer momento, por qualquer porta. Pra mim continua a ser motivo de espanto que *ninguém* que conhecemos parece se incomodar com a presença de uma terceira pessoa (quarta? quinta? sexta?) na casa. No mais, Olinda é uma pessoa muito legal, a ponto de comover. Tem ótimas ideias para as refeições, põe uma florzinha do jardim no quarto, é honesta com dinheiro, sabe ler e escrever — um bilhete premiado, como dizem as senhoras do Clube, brancas de inveja. Que só reclamam de suas empregadas. Hoje em dia elas já não param no emprego, nunca estão contentes com o que recebem, fazem exigências, são preguiçosas e engravidam. Somos poupados de tudo isso. A gravidez, em todo caso, já tinha acontecido antes que viéssemos: Olinda tinha acabado de chegar à casa dos Driessens, que na sua inocência acharam que ela estava tendo um ataque epilético enquanto estava tendo um aborto no chão da cozinha. Vestígio de um marido agressivo que ela tinha abandonado e que agora anda atrás dela, com a faca entre os dentes, em algum canto deste meio continente. Não pense que este caso é uma exceção; pelo contrário. E isso me fez pensar, e este pensar por sua vez me levou a perguntas que eu nunca me havia feito antes, e que não ouso responder por medo da resposta. Para nós, é claro, ter empregados é uma coisa infecta. Mas o que aconteceria aqui se todas as mulheres que fugiram de casa, enjeitadas, desquitadas, que não aprenderam nada além do trabalho doméstico, se a instituição "empregada" não existisse? A mesma coisa com os engraxates na rua. A gente se sente como um feitor de escravos quando se senta numa espécie de trono e lá embaixo um negro começa a se matar de trabalhar (= *trabalho escravo*) para deixar seu sapato, com o qual você pisa diariamente em todo tipo de sujeira, brilhando como novo. Mas não estarei ajudando esse negro em nada se por conta de minha sensibilidade eu lhe tirar a clientela. Talvez ele não consiga fazer nenhuma outra coisa além de engraxar sapatos e como quer que você veja: é trabalho, não é mendicância. É claro que isso tudo cresceu dessa forma historicamente. Três séculos de sociedade escravocrata. As casas nunca são construídas sem uma área de serviço, uma parte para os empregados: quartos e banheiros próprios, lavanderia, frequentemente uma entrada separada e um elevador separado. Na rua, a mesma discriminação, uma discriminação em relação a *trabalho*: trabalho para senhores e trabalho para escravos, mas como os senhores eram brancos e os escravos negros, continua um pouco assim, e o fator cor da pele, ainda que não esteja em primeiro lugar, é parte integrante dessa discriminação. Agora, a resposta da qual eu tinha tanto medo se resume mais ou menos a isso: temo que seja possível chegar aqui como uma pessoa perfeitamente decente e depois de cinco ou dez anos retornar como um perfeito colonizador. A adaptação é inevitável se você não quiser permanecer pra sempre como um estranho. Eu chegaria inclusive a considerar nosso desajuste mais como um defeito nosso do que do país. A indescritível naturalidade com que todas essas coisas são aceitas e a frivolidade com que as pessoas lidam com isso me fazem duvidar das inclinações de nossa complicada e complexa vida emocional. Na verdade, tudo é permitido, tudo é possível, ao menos é o que parece: poluir o ar, obstruir a visão, propaganda antiética, deixar o sangue menstrual correr na rua, concubinato, começar negócios sem ter um diploma, comprar carteira de motorista e se vestir *muito* à vontade. É impressionante o quanto somos brindados com peitos e bundas, ou até saliências mais nobres, num dia qualquer da semana. Aqui, nós somos os vitorianos. Mieke se sente a calvinista acanhada com complexo de seios, enquanto até mulheres de idade espetam os peitos como lápis no lombo da gente dentro dos ônibus lotados. Mas chega disso, ou as crianças não poderão ler esta carta.

Estamos nos sentindo bastante bem agora. À noite, sonhamos com cenas obscenas ambientadas em Amsterdã, que esquecemos assim que a luz do sol bate nas persianas. No fim do dia, acendo a lareira, o que às vezes me leva a contemplações inúteis. Sem querer encher o seu saco com o que tem "girado" em minha mente, não quero privar você da minha teoria sobre o crepitar do fogo. Me parece que é o ar. Pequenas ilhotas de ar, bolhas, poderia-se dizer, originadas dentro da madeira. A madeira é aquecida. A umidade na madeira evapora e vira ar. O ar é aquecido. O que surge então na madeira: pressão. Quando o fogo atinge uma dessas ilhotas de pressão de ar, há uma mini explosão: o crepitar! Às vezes a combustão não acontece de uma só vez, mas gradualmente. Então ouvimos um silvo, ou sopro, talvez melhor comparado com um pum humano, com a ressalva de que, saindo da madeira, vem acompanhado de uma longa chama amarela. — É de ficar louco. Mas é verdade, estamos vivendo num padrão que eu nunca mais poderei alcançar na minha vida e podemos até nos permitir lembrar com carinho do nosso barraco. Claro. No que diz respeito a isso, não tenho ilusões sobre minha generosidade: ter deixado pra trás a própria miséria também torna a dos outros menos intensa. Embora sejamos sempre lembrados dela. Quando descemos o jardim, do outro lado da rua tem uma casinha sem janelas que abriga um homem e uma mulher, duas filhas adolescentes, algumas criancinhas, cachorros, galinhas e às vezes um cavalo. A família é um tanto desvirtuada: um litro de cachaça é mais barato que um pão. Recentemente comemos frango. Eu, acostumado com nossas criaturas higienizadas e ocas, queria começar a salgar e temperar, no entanto percebi que o frango estava depenado, mas, no mais, intacto. Cortei o bicho ao meio e comecei a sentir náuseas de remexer naquele troço. Um caos sangrento. Tripas tremelicando. O pescocinho, normalmente uma iguaria, tinha uns tubos esbranquiçados assustadores, esôfago, traqueia, sei lá como esses bichos são engendrados, de maneira que eu, contra os meus princípios, joguei junto com o restante do lixo num pacote de papel para os cachorros do outro lado. Coloquei tudo praticamente embaixo do focinho de um cachorro que já estava ali, pronto, mas ele mal teve tempo de cheirar e um pequerrucho, comandado à distância por gritos lá de dentro, levou embora o pacote do cachorro.

Aquelas pessoas também comem frango de vez em quando. A ironia é que eles têm água de uma torneira do terreno do hospital, enquanto nós estamos há quatro dias sem. Estou parecendo um cigano, com a barba por fazer, cabelos ensebados. E isso a cem metros de uma caixa d'água. Montes de cocô nos vasos, camisas sujas, bafo.

Como você pode ver, Paul, estou sempre aqui na varanda, mas tenho dificuldade de curtir. Ambivalente — esta é a palavra para descrever nossos sentimentos. Pra ser sincero, temo que eu só vá valorizar todas estas delícias quando logo mais, em fevereiro, começar a ficar frio no Golfo de Biscaia. A consciência do frio que nos aguarda definitivamente não intensifica o prazer destes dias quentes. Mas tenho certeza que os dias frios irão intensificar a lembrança do calor. Eis uma natureza romântica em seu melhor estilo. Eu já viajo há anos e durante todos esses anos me pergunto por quê. Não tenho interesse por países estrangeiros. Na verdade, só gosto de me mover, ou ser movido, de preferência por paisagens pouco povoadas. Gosto de partir, não de chegar. Dá pra chamar isso de viajante? Me consolo com Baudelaire: "Les vrais voyageurs sont ceux-la seuls / qui partent pour partir".[8] Quando fico em algum lugar, quero fazer ali o mesmo que faço em casa. É estranho, poucas vezes tentei tanto formular meus pensamentos sobre uma coisa e poucos de meus pensamentos foram tão mal formulados, nenhuma formulação ofereceu tão pouca elucidação como esta. Vou poupá-lo de outros de meus raciocínios ao sol e saúdo você entusiasticamente.

Guus.

PS: De volta para a sombra. Só mais isto, a propósito da naturalidade do fenômeno "empregadas domésticas": só agora que eu mesmo tive contato com isso, consegui compreender um verso do poeta Manuel Bandeira que diz assim: "Bebi o café que eu mesmo preparei". Inicialmente eu não tinha entendido: por que ele diz isso? O que tem de especial em preparar o próprio café, todo mundo faz isso, não? Agora entendi que entre pessoas abastadas (e todos os escritores são) *ninguém* prepara o pró-

---

[8] "Os verdadeiros viajantes são só aqueles / que partem por partir"

prio café. E quando este verso aparece naquele poema, para os brasileiros significa: "Veja como eu sou pobre e solitário, não tenho nem empregada para preparar o meu café".

São Paulo, 16 de agosto

Caro Paul,

Então, de fato, mais uma carta extraviada. Até agora você tinha sido poupado, mas a correspondência com outros sofreu bastante com isso. Frustrante demais, não ter certeza se nossas cartas vão chegar e culpar as pessoas por não responderem quando talvez não tenham recebido nada.

É impressionante, há mais ou menos quatorze dias todos os nossos amigos, como se tivessem combinado, começaram a perguntar o que você também perguntou na sua última carta: afinal, quando vamos voltar. E mais impressionante ainda: nós marcamos a passagem, e para o dia 26 de dezembro, chegando em Roterdã no dia 10 de janeiro. Nossos planos: ficamos nesta casa até o fim deste mês, a partir de 1 de setembro podemos ir para a casa dos vizinhos (ainda muito maior), a um pulinho daqui, ocupar a casa de hóspedes, que é totalmente independente (três cômodos, mais banheiro e cozinha), e ficar lá o tempo que quisermos. Talvez ainda possamos fazer uma pequena viajem, pois os inquilinos na Kanaalstraat pagaram dois alugueis atrasados de uma só vez, *Het Vrije Volk* me pagou, o HBU não cometeu nenhum erro, e assim nós estamos, pela primeira vez em aproximadamente meio ano, totalmente sem dívidas. Dia 28 será finalizado o caso de Mieke com a confecção, mas nisso eu não tenho muita confiança. Esqueci de contar sobre os vizinhos na carta anterior. Em nossa primeira visita, fomos levados pela sra. De Vroome (a partir de agora Sjoukje) até o salão e tínhamos apenas começado a conversar quando ouvimos um assovio estranho vindo do lado de fora. "Oh", disse Sjoukje, "lá vem Martin". Logo depois apareceu na porta um cara de jeitão rústico, com uma banana descascada na mão. Quando nos viu, não sabia se ia pra frente ou pra trás e o que fazer com a banana. Indeciso, ficou um tempo pisando de um pé para o outro, enquanto Sjoukje disse: "Entra logo, vai, coma logo esta banana." Depois de hesitar um pouco, ele pôs a banana numa tigela e entrou de uma vez por todas. Ficamos por um instante com a impressão de que tínhamos sido atraídos para um hospício de luxo, o que nem seria uma suposição tão inoportuna, mas quando a garrafa de cognac *não* foi colocada de volta no armário depois que os copos foram servidos, pelo contrário, foi colocada ao lado da minha cadeira, percebemos que um pequeno milagre estava ocorrendo.

No mais, não acontece muita coisa. Apesar disso, escrevemos continuamente, embora toda vez eu entre nos correios tenha uma sensação de aflição e catástrofe iminente. Lá tem dois relógios elétricos pendurados que, desde que chegamos aqui, em fevereiro, estão parados respectivamente às onze e quinze e onze e vinte e cinco. Em compensação, a luzinha vermelha embaixo de Maria, num nicho, eu nunca vi falhar. Para implorar pela bênção das cartas chegarem intactas, não é um luxo supérfluo.

Queria na verdade falar de Maria. É estranho, realmente muito estranho, mas só agora me dei conta que, até esta viagem, nunca estive plenamente consciente de que o catolicismo *existia*. Ainda me lembro quando fomos até Nijmegen para uma reunião de orientação com um professor de português que viveu durante muitos anos no Brasil e na sua porta de entrada havia um azulejo com os dizeres em português: *Deus abençoe esta casa*. Mieke disse: "Este cara é católico." E eu: "Isso ainda existe?" Vejo como uma coisa de antigamente, ou de tribos primitivas, em outros países. Uma espécie de superstição, incompatível com qualquer forma de inteligência, mantida teimosamente aqui e ali, mas predestinada a desaparecer. Eu já tinha viajado pela Espanha e por Portugal, mas em férias, e o que eu vi do catolicismo ali eu considerei como folclore. Em todo caso, não alguma coisa que se levasse a sério. Da última vez foi diferente. Ainda vou escrever mais sobre isso, sobre nossa viagem de vinda: Espanha, Portugal, a viagem de navio. Talvez eu já tivesse, desde o começo da viagem, a noção de que era uma despedida das férias, uma transição das férias para a vida, razão pela qual decidi manter um diário. Isso só aconteceu a bordo. Acabei de desenterrar um trecho de vinte e cinco páginas que na época achei bastante bom. Bem, pelo visto não passei meio ano aqui em vão: *não* é bom. É insosso. Se não acredita em mim, começa assim:

"A bordo do 'Amazon', 1 de fevereiro de 1967. Pela primeira vez na minha vida posso ir da cama para o bar sem precisar pegar frio. 'O bar' é um salão com mesas, cadeiras, canapés encostados nas paredes, com um balcão num canto e no outro canto uma lojinha. Esse espaço está ligado à 'biblioteca' por uma porta de vaivém que está sempre virada para a direção errada. Ali há, de fato, duas estantes de livros. Entre elas, encostadas na parede, escrivaninhas, numa das quais estou escrevendo agora. Não dá muito certo porque", etc. etc. etc.. "Hoje à noite tem baile na biblioteca. No meio, o piso vazio escancarado. Sofás e assentos encostados nas paredes para os que tomam chá de cadeira e os voyeurs. Uma festinha de escola, baile da turma, albergue da juventude. Amostra da América do Sul? Deus me livre. Peruas, saias compridas demais, anáguas aparecendo, meias escorregando, pernas curtas, barrigas salientes, olhos muito juntos, escuros e inexpressivos, em rostos incompreensíveis, com frequência carrancudos."

Quando leio penso: quem escreveu isso? Essa piada? Só mais uma colagem de citações (autocensuradas) sobre a viagem:

"De trem para San Sebastian. Lá pegamos o avião para Málaga. No aeroporto de Madri encontramos Aldo van Eyck e sua esposa, que eu conhecia vagamente. Estavam a caminho do sul da Espanha, sem destino certo. Nós tínhamos um destino: Almuñécar, e assim fomos os quatro até lá, num carro alugado por eles. Andrés imediatamente nos ofereceu seu apartamento.

Eu tinha comentado com Aldo sobre os charmes de Jete e Otívar, que não são prostitutas, mas pequenos vilarejos ao longo da estrada para Granada, o tipo de lugar que eu sou simplesmente tímido demais para visitar, mas que observo à distância. Aldo não. Ele manobrou o carro até uma pracinha minúscula e, depois disso, começou uma palestra peripatética entre os silenciosos muros brancos e as janelas gradeadas com muitos olhos negros. Ele é um mestre neste tipo de coisa. Lembro-me de um lugarejo onde provocamos uma revolta popular. De todos os cantos, de todas as casas, na frente de nós, atrás, por cima, de toda parte vinham crianças, e também adultos, fazendo algazarra, mostrando a língua. E Aldo continuando a apontar para detalhes marcantes de um telhado e uma janela, de uma porta e um batente, enquanto sorria e acenava com a cabeça para este e aquele. Quando voltamos para o carro, a praça estava coalhada de gente. Cenas assim aumentam muitíssimo a minha sensação de ser um intruso. Aldo desconhecia essa sensação, por isso não entendia. Comigo isso só piora. Combato com a bebida. Bares têm uma fascinação mais que normal pra mim. Quero entrar em todos e sair de todos também, porque eu não sei o que posso estar perdendo em outro lugar. Só não quero ir embora do último bar, porque é o último. Isso às vezes pode ser desagradável para quem está junto. Naquele dia, por exemplo, com os Van Eycks, tarde da noite num lugar onde Judas verdadeiramente perdeu as botas, onde num café gelado inauguravam o ano novo com cantoria e vinho a rodo e até um violonista, que para sua e minha tristeza não conseguia se fazer ouvir sobre *Yellow Submarine* — ali não me ocorreu nem de longe que os outros estivessem cansados e quisessem ir pra casa (a uns cem quilômetros por uma estrada cheia de curvas). "Pelo amor de deus", ouvi Hannie dizer para Mieke, compadecida, "e eu que achava que eu é que tinha um marido difícil..." E ainda por cima tenho que ser tratado com o maior tato, do contrário fico irritado com as pessoas que vêm me perturbar quando finalmente chego 'neste ponto'.

Considerando tudo, cada vez menos consigo suportar os espanhóis e seus maus-tratos aos animais, 'hombredad' e culto à morte. Embora já tenha pensado diferente no passado. E por isso mesmo, ou seja, por nostalgia, fui a um teatro em Lisboa onde Antonio se apresentava com seu balé. Mas não fui além das fotos do lado de fora: aquelas posturas, aqueles 'perfis esculpidos', aquela afetação com a mandíbula, queixo pra cima, aquela bateção raivosa de pés — quem diabos enxergou a palavra 'orgulho' neste contexto? 'Um espanhol orgulhoso.' Depois de todas as minhas viagens por aquele país, não posso imaginar nada além de um sujeito baixinho que se enfurece por qualquer motivo. Orgulho por quê? Todo mundo tem uma pátria e você tem a sua por puro acaso. Família: a mesma coisa. A única coisa que consigo imaginar é o que eu chamaria de 'orgulho conveniente': uma certa satisfação por um bom desempenho. Mas o outro orgulho ou honra — honra? Nem sei o que é, é algo que não entendo. Não entendo como alguém pode ser 'ferido' nisso e se sentir obrigado a todo tipo de retaliação monstruosa. Se você me chamar de filho da puta, e eu sei que minha mãe não é puta, o que me importa? Se você me chamar de idiota, tem duas possibilidades: ou eu não sou, e então isso só diz algo sobre você, ou eu sou (episódio Van Eyck), e daí você tem razão. Orgulho, honra — não vejo nada nisso além da origem mais estúpida de desgraças e derramamento de sangue.

A Espanha me fascina, pela paisagem, o vazio, a ausência de pessoas. Em Portugal me sinto mais à vontade. Fomos de trem de Málaga até a fronteira, Ayamonte, e foi um alívio entrar em Portugal. Em Tavira alugamos um Volkswagen e rodamos por uma semana pelo Algarve. Visitamos lugarejos muito primitivos. Quando entrávamos num bar por lá, um bando compacto de crianças nos seguia, imediatamente enxotados pelos adultos, que por sua vez eram obrigados a fingir que nós não éramos nada de especial, e que depois um por um, como que por acaso, entravam no bar e botavam os olhos em nós pra não mais tirar por muito tempo, em silêncio, imóveis, enquanto aos poucos o queixo caía. Me lembro que uma vez um escritor português chamou seu país de 'o país mais atrasado de toda a África'. Até em Lisboa aconteceu de jovens que pareciam estudantes, ao nos aproximarmos, começarem a se abaixar de maneira ridícula, levantando os olhos para o céu e perguntando quando passávamos se em cima estava frio, atirando em Mieke pelas costas com uma pistolinha d'água. Não consigo encontrar explicação para um cretinismo assim. Não posso nem quero acreditar que um povo é estúpido *en bloc* e esse nem é o menor motivo para que isso continue sendo tão imensamente irritante em pessoas que em geral são tão simpáticas."

Fim da citação. Ao ler isso você pode se perguntar o que eu um dia fui procurar nesses países. É claro que há muito mais. É claro que eu tinha (e tenho) motivos para visitá-los. Mas já disse: isso foi uma despedida das férias. Escrevi a bordo, estava indo viver por um ano num país assim, um país católico, e imaginei que estivesse vendo ao meu redor meu futuro ambiente de convivência. De repente existia o *catolicismo*, não via nada mais além disso. Entrei em pânico e perdi todo o resto de vista. Alguns fragmentos de raiva e desespero:

"Até aqui a bordo Mieke é importunada por idiotas lambe-cruz: 'Psiu! Minissaia!' De fato há um certo contraste entre ela e as mulheres (às vezes da mesma idade) que colocam um xale sobre os joelhos assim que se sentam."

"As mulheres casadas ficam abaixo do convés com a criançada. E quando sobem é para cochilar ou conversar num convés intermediário, balançando bebês pra dormir e, uma vez que dormem, continuam sacudindo até que acordem. Evitam a piscina."

"Uma criança cor de lagosta está gritando no meio do salão. O pai está sentado ao lado jogando baralho e nem se mexe. Ao redor, mulheres negras olham com uma ternura insondável para o aspirador de pó espástico."

"Ainda vejo diante de mim Carmela, a irmã de Andrés, que quando respondemos à habitual pergunta se tínhamos filhos dizendo que primeiro queríamos viajar e estudar, realmente ficou fora de si e gritou para nós: 'Não, não! Isso não é bom! Primeiro os filhos, primeiro os filhos!', e que ainda me chama de 'muy malo', visto que um plano que desagrada tanto a Deus só poderia ter saído do meu cérebro egoísta."

"Quando olho ao meu redor, às vezes me pergunto se é realmente necessário que toda essa gente tenha cérebro. Não seria um luxo supérfluo, considerando o fato de que ainda não foram além do catolicismo? O protestantismo também não tem nenhuma graça, como aliás nenhuma religião, mas surgiu do pensamento crítico, estimula o raciocínio, e assim por fim acabará morrendo. O catolicismo não dá essa esperança para o futuro. Dá para ser um bom católico sem nunca precisar pensar sobre essa crença, sem entender nada de nada, até sem crer, simplesmente usando alguns tiques e reflexos condicionados (fazer o sinal da cruz, rezar o terço, acender velas). O catolicismo desencoraja a reflexão, como toda ditadura. Eu consideraria uma superstição, não mais prejudicial que outras, não fosse por este aspecto de poder, porque a ignorância em que um sistema estruturado sólida e hierarquicamente mantém as pessoas, reforça o poder desse mesmo sistema em uma interação que não tem como ser rompida. Ocasionalmente, é claro que não pode ser com muita frequência, mas algumas vezes me dou conta da dimensão desse sistema gigantesco, genial e monstruoso, baseado em absolutamente nada, em vento (não deixemos que isso se perca de vista por conta da emoção), que é aceito e adorado cegamente há séculos em sua firmeza monolítica; que poder sobre corpo e alma de dezenas de milhões de pessoas um único homem pode exercer impunemente, um poder que é maior do que o de qualquer ditador, porque ultrapassa fronteiras, e é mais absoluto porque se estende até a consciência das pessoas, determina suas ações e seu pensar e não-pensar, pelos conceitos que formam sobre amor, filhos, esposa, virgem, puta, noiva, prazer, culpa, pecado, o que pode e o que não pode, pelos costumes do que comer e do que beber, se lhes for concedida comida e bebida, em como lidar com o julgamento dos outros e não sei mais quantas coisas — então penso: o papa, quer se chame Pio ou Paulo, seja ele italiano ou hotentote, é o primeiro que se qualifica para ser indiciado no Tribunal Russel por crimes contra a humanidade. Toda vez que protestam contra Franco, Salazar, Johnson, não posso deixar de pensar: energia desperdiçada. São só muletas, novatos ridículos se comparados ao megalômano de Roma. E então também penso: se fosse um cara um pouquinho íntegro, um dia ele diria: 'Gente, vamos acabar com isso. Já foi o bastante. Aguentamos por vinte séculos, mas agora realmente não dá mais. Sinto muito por aqueles que acreditavam em mim, mas admita que a culpa também é um pouco sua. Sucedâneo de Deus! Sucessor de Pedro! Infalível! Puxa vida. Abra os olhos. Não, admito que enganamos todo mundo e vamos assim dar o assunto por encerrado. Talvez, se eu dissesse isso assim, de novo algumas pessoas se sentiriam 'ofendidas em sua fé'. Seria um incômodo pra mim. Mas a existência desta igreja é para mim um insulto diário e contínuo à minha descrença."

Bem, Paul, a viagem foi assim, em duplo retrospecto e muito resumidamente. É claro que não foi tão agitada o tempo todo. Também fizemos o que as pessoas em geral fazem a bordo de um navio. Tinha a piscina, o bar com uísque barato, eu li, escrevi, joguinhos no convés me levaram à total decadência física, não me entediei em momento algum. O oceano é ok (o mar é tão mais mar do que a terra é terra), e quando desembarcamos em Santos eu já estava odiando as pessoas, mas apegado ao navio. Mieke estava um pouco menos entusiasmada, mas porque sofre de enjoo. Uma vez perguntei de passagem a um lobo do mar qual era o melhor remédio contra isso. "Beber", ele respondeu sem pestanejar. "Embriagar-se." Imediatamente eu era todo ouvidos, e ele explicou: nosso sistema vestibular registra o balanço do horizonte, que normalmente é o ponto fixo no mundo. Dá sinais de desconforto que o corpo traduz em náuseas. O álcool altera os sentidos, entre outros o do equilíbrio. O cambalear dos bêbados é bem conhecido. Se nós, portanto, desligarmos o sistema vestibular, não registramos o balanço do horizonte e não ficamos enjoados. Se isso se sustenta cientificamente eu não sei. Só sei que não fiquei enjoado.

Ao reler meu diário de bordo, que parece de muito tempo atrás, mas mesmo assim não completamente idiota, ficou claro para mim que, apesar do fato de ser um outro (novo) mundo, até agora me sinto mais à vontade no Brasil, especialmente na rua, do que na Espanha ou em Portugal. Não apenas porque uma única vez alguém me perguntou se fazia frio em cima (e foi uma criança), mas inclusive aconteceu recentemente, numa rua movimentada do centro, de uma jovem que vinha na direção contrária, uma moça bonita, abrir um sorriso largo e falar bem alto: "Oh, um homem alto! Que bonito!" Eu devolvi o sorriso e ambos continuamos caminhando. Isso é um olhar diferente. E mais: é menos católico, ao menos na superfície. Naturalmente, o sistema não muda, e eu ainda poderia suscitar sem nenhum esforço a mesma ira do diário de viagem, mas não se percebe muito disso nas ruas. As mulheres não se vestem todas de preto. Nada de xales nos joelhos, enfim, já falei antes sobre as mulheres. A única coisa que ainda afeta visivelmente é a relação homem-mulher. Mas vou parar por aqui, já falei o suficiente. Aliás tenho que pôr fim a esta carta.

Nossa saudade está (temporariamente?) menos intensa, por diversos motivos. Estou estudando muito e isso é o melhor de tudo. É um terreno inexplorado, tudo é novo e tem muita coisa boa. O aspecto de improvisação que a vida tem aqui começa a nos agradar mais a cada dia. "Isso seria proibido na Holanda" são palavras célebres, *não* significando que aí seja melhor. E ainda há algo curioso: nós dois temos sonhado muito nos últimos tempos, todo tipo de coisas horríveis que estamos relativamente resignados a deixar de lado. Foi assim que vi Theo Kley, junto com alguns amigos comuns, cair de um viaduto num carro branco enquanto diante dos olhos sonhadores de Mieke o café Hoppe desapareceu nas chamas de maravilhosos fogos de artifício. Como se, inconscientemente, nós eliminássemos os objetos de nossa saudade para com isso eliminarmos a própria saudade. Por fim, temos tido contatos agradáveis com os holandeses que evitam o Clube, principalmente os De Vroomes, pessoas adoráveis, e os Zandvliets, com quem há alguns dias, numa noite em que Mieke iria apenas fazer a prova de um vestido, as coisas se degeneraram de maneira terrível.

Estamos há três semanas sem água, o que parece ter ligação com a pavimentação da rua ao lado da caixa d'água. Às vezes o reservatório da casa enche durante a noite, às vezes não, e então Olinda vai buscar baldes d'água na torneira do outro lado da rua. Anteontem acabou a água dali também. A próxima rua a ser asfaltada será a nossa. O que acontecerá então está na mão dos deuses, e esta é uma ideia tranquilizadora.

Guus

São Paulo, 29 de agosto

Caro Paul,

Acabei de organizar toda a correspondência recebida por nome numa caixa de sapatos: 147 cartas. As cartas que enviamos devem estar um pouco abaixo disso. É assim: se não há comunicação direta, o negócio é escrever. Às vezes posso resmungar sobre nosso isolamento, ainda que seja esplêndido, também significa uma compulsão por escrever, e, neste sentido, é isso o que sempre desejei. Me lembro literalmente como se fosse ontem de um sonho de alguns anos atrás, na primavera de 1964, um dos piores que já tive na vida. Estávamos numa sala de aula onde havia um clima deprimente. Pieter Rommers, principalmente, dava uma impressão de muita tristeza. Saindo dali, senti uma crosta nos meus lábios. Arranquei, mas por baixo era ainda mais dura. Fui até Pieter Rommers e vi uma mancha na mão dele. Eu a toquei e estava em carne viva. Naquele momento vi a mesma coisa na minha própria mão. A mancha se espalhava pela pele, como um córtex. Lá fora, na grama, senti que eu ficava cada vez mais pesado, logo não podia mais andar, meus pés se enraizaram no chão. Eu queria beijar Dafne, mas não podia mais ir até ela. Eu ainda conseguia me virar, mas não sair do lugar. Fui virando na direção dela, num grande esforço para me tirar da terra. Até que não pude mais, nem voltar, tinha endurecido, tinha virado uma árvore.

Um eucalipto. Bonito, mas seco. Ainda perguntei a Henk Haverkate: "Por que você não virou árvore?" "Eu não bebi ontem, não tanto." Olhei para Pieter Rommers, um pouco mais adiante: também era um eucalipto. Quando acordei as lágrimas jorravam dos meus olhos. A sensação dos meus lábios como uma crosta e dos meus pés na terra continuaram por um tempo após ter acordado. O anseio por tudo que, como árvore, eu não poderia mais fazer, era insuportável: andar, me movimentar, sentir outra pessoa se encostando em mim, falar, beijar. Anseio por tudo o que de repente tinha perdido, sinceridade, autenticidade, amizade, paixão, presença de espírito.

Aquele sonho foi um aviso num momento particularmente conturbado: estava sem casa, dormia aqui e ali, fugia para o bar, bebia demais, estudos estagnados. Mas foi um aviso que atingiu o objetivo. Percebi que uma das maneiras, *a maneira,* de me livrar daquela sensação recorrente de "virar árvore" era colocar meus pensamentos no papel. Portanto agora me sinto, em grande medida, desenraizado. Ademais, nos últimos dias, devido à doença da minha mãe, escrevi à beça para a família, de maneira que além de desenraizado também me sinto oco. No fundo minha vontade é de me encher de cognac na varanda ouvindo o coro das cigarras. Ou dos Beatles. Sim, também providenciei a música de festa aqui, porque pessoas que poderiam comprar estes discos com muito mais facilidade do que nós, por uma ou outra razão, não compram. Não só a música, até a decoração nós que fizemos: vinte folhas enormes de bananeira, maiores que eu, cortadas sob risco de vida numa parte do jardim que parece uma selva — e esta foi a primeira vez desde 1948 que eu subi numa árvore. Além disso, durante a festa, uma concentração alcoólica de holandeses, americanos e até alguns brasileiros, dancei de novo pela primeira vez desde a nossa despedida em dezembro, e terminei a noite dando meu primeiro beijo numa outra mulher desde 25 de janeiro: na bochecha de Hetty Zandvliet, nossa anfitriã, na despedida, então tudo bem razoável. Dilema: será que eles são realmente "boas pessoas", ou nossos padrões mudaram? O que nos preocupa aqui em São Paulo não é a distância entre a Holanda e o Brasil, mas a entre Amsterdã e Alphen aan de Rijn[9].

---

[9] Cidade do interior da Holanda.

Amanhã, carregar tudo para a outra casa. De uma coisa eu tenho certeza: se não tivéssemos tido a sorte de poder ficar em casas sem pagar aluguel desde 25 de junho, já teríamos retornado sem nenhum vintém. Desde ontem já não acreditamos mais que receberemos o dinheiro da confecção. Udson's Modas Ltda., a ré, foi condenada à revelia a pagar o dobro do montante da dívida, mais danos materiais, férias e gratificação de Natal, totalizando NCr$ 1000,00, aplicada a correção monetária (o que não é má ideia num país como o Brasil). Boa legislação, pode-se pensar ao ouvir isso. Mas devido ao lento funcionamento do sistema judicial, recursos, apelações, apreensões, execuções públicas, falências, os casos podem se prolongar por anos e cair no esquecimento. Para nós já é certo que os papéis irão se perder naquele edifício kafkesco de doze andares, com dois juízes por andar que tratam vinte casos deste tipo por dia, nos quais o empregado sempre ganha, sem que pareça que o empregador está perdendo. Escadas, portais, corredores, salas de espera, gente saindo pelo ladrão, cheiro de suor, cochichos, roncos. Um ritual curto e esotérico e o caso está resolvido. E era uma vez o dinheiro. Por isso (na verdade só para poder fazer mais uma viagenzinha, mesmo que seja para o Rio) decidi pedir um complemento para a minha bolsa ao Ministério da Educação e Ciência.

6 de setembro

Neste meio tempo me mudei, recebi sua carta. Fiquei boquiaberto sobre os boatos que correm a meu respeito em Amsterdã. É completamente incompreensível como uma mensagem que vai contra tudo o que escrevemos de repente pode começar a circular a esta distância. Eventualmente, alguns holandeses podem ter visto na revista do Clube o anúncio de que Mieke procurava um emprego como costureira, mas daí a concluir que eu não queira mais voltar... Além do mais, nenhuma destas pessoas mora em Amsterdã. Deve ter a ver com como "certas pessoas" leem cartas. Quanto à disposição de escrever de nossos amigos, não podemos reclamar, mas você é um dos poucos que não só *escreve*, mas também *corresponde*. Quero dizer: percebemos com crescente surpresa que muitas pessoas que nos escrevem não reagem a coisas que nós escrevemos e nem mesmo respondem a perguntas explícitas que fazemos. Tenho a impressão de que a maioria recebe uma carta, lê, põe de lado, joga fora, e depois de um tempo pensa: "Ah, é, ainda tenho que escrever para esta e aquela pessoa". Mas porra, não é uma cervejinha que a gente está oferecendo um para o outro! Aliás, se ameaçamos aos poucos ficar imunes à falta de cérebro das pessoas, isso é menos pelas experiências no Brasil do que pelo que se passa na Holanda. O HBU (com filiais em três continentes) faz tolices quase mensalmente. A última piada: os extratos, que pedi que fossem enviados para a minha mãe, agora são enviados para mim. A SSGZ[10], a quem eu tinha enviado um formulário de reclamação já em dezembro do ano passado pedindo que estornassem 90 francos franceses para mim no HBU, avisou na semana passada (depois de dois lembretes meus) que o dinheiro inicialmente tinha sido depositado na conta corrente errada, mas que agora seria transferido para a conta corrente certa. E eu nem tenho conta corrente! A Goed Wonen[11], a quem pedi que enviasse os números 4, 5 e 6 de 1966, enviou o 3, 4 e 5. O escritório de assuntos estudantis da Universidade, ao qual eu tinha informado daqui sobre o meu paradeiro, duração da minha estada e endereço do Consulado, ligou para a minha mãe perguntando *onde eu estou*.

Agora vou responder rapidamente às suas perguntas, embora seja um equívoco pensar que nós temos mais para contar do que vocês só porque estamos no exterior: para nós, Amsterdã agora fica no estrangeiro. Na verdade, tudo é estrangeiro, mas isso não torna tudo o que acontece interessante, ainda que alguns viajantes pensem assim. De fato, eu poderia escrever sobre o que vejo na Holanda da mesma forma como escrevo sobre o que vejo no Brasil.

Humor. Dois loucos à noite no terraço do hospício. Um rouxinol canta.

"Você escutou", diz um deles, "uma cotovia."

"Uma cotovia, está louco? Isso é uma truta."

"Que idiotice", retruca o outro, "ainda mais à noite!"

---

[10] Stichting Steunpunt Geestelijke Zorg (fundação de apoio à saúde mental).
[11] Revista de decoração.

Medicina (talvez humor também, mas neste caso negro). Câncer no Brasil é reservado para quem é bem de vida. O homem comum está ocupado com tísica, elefantíase, lepra, doença de Chagas, esquistossomose ou simplesmente fome. Há excelentes médicos, mas aos assistentes falta a necessária genialidade. Um jovem de vinte anos, conhecido dos nossos vizinhos (agora os Driessens), tem câncer no esôfago. Eles removeram a parede interna do esôfago e substituíram com peritônio do abdome. O peritônio foi substituído por um pedaço subcutâneo da coxa. Um transplante genial. Então o rapaz ficou numa câmara antisséptica com seus tecidos recém-embaralhados, vivendo de alimentos líquidos. Tudo ia bem, até que chega um enfermeiro que, por compaixão pelo coitado, traz um prato de arroz com feijão e bife. Uma garfada foi suficiente. Nem o esôfago nem o estômago resistem e o rapaz morre sob dor infernal.

Estudos. Bem, um monte de nomes que não significam lhufas pra você. Por isso nunca escrevi nada sobre isso. Mas me lembro que, ainda no nosso barraco, cheguei prontamente à conclusão de que era uma boa escolha. Por que só agora, uma vez que eu já estudo português há cinco anos? Porque da literatura portuguesa moderna (com exceção de Fernando Pessoa, sobre quem já falei uma vez) pouca coisa me atraía. Bela escrita, literatura pedante. Só aqui percebi que também se pode escrever de maneira simples nesta língua. Ainda me lembro de ter dito uma vez a Mieke: "Caramba, eu leio poetas aqui que são como pessoas normais". Um Carlos Drummond de Andrade, Manuel Bandeira, Vinícius de Moraes, João Cabral de Melo Neto — descubro uma coisa atrás da outra. Também na prosa. Machado de Assis, um homem do século passado, mas tão próximo. Quando comecei com ele, era como se estivesse ouvindo em vez de lendo. Também reconheci imediatamente, na primeira página, embora fosse completamente desconhecido, como algo que eu mesmo escreveria — se eu fosse escritor. Graciliano Ramos, romances maravilhosamente austeros. Ganhei um deles de um farmacêutico do bairro, um homem simpático que leu muita coisa, com quem eu conversava de vez em quando e que agora até vem me visitar para papear sobre literatura brasileira. Ele é a única pessoa que encontrei até o momento com quem posso fazer isso, porque ele fala sobre isso de forma "normal": sem retórica, clichês, pretensão.

Traduções. Por enquanto, você terá que se virar com os dois livros traduzidos que eu conheço. Um deles, *Lições de Abismo*, é de Gustavo Corção, que desde sua conversão ao catolicismo escreve artigos criminosos em *O Estado de São Paulo*. O paradoxal é que, mesmo ele sendo tão católico, algumas vezes concordo com ele, como quando ele diz que "nada é mais monstruoso que um católico socializante". Também acho, mas por outros motivos. Hoje em dia, aparentemente existem aqueles padres que se comprometem a aliviar as carências do povo, e o fato de isso ser desaprovado pelos "superiores" (e por Corção) só é mais uma prova da criminalidade dos "superiores" e de Corção. Mas eu digo: já que você faz isso, padre, seja homem, tire esta roupa boba e dê um pontapé na igreja como um todo. Se for banido, ou como quer que digam, eu consideraria uma honra. Mas manter o hábito da igreja e querer se fazer de bonzinho para cair nas graças "do povo" — não me convence nem um pouco. Também pela inconsequência: o sistema joga as pessoas na miséria e os servos mais inferiores deste mesmo sistema tentam, contra a vontade do sistema, tirá-las dali novamente. Não, então o outro livro. *Os Sertões* (1902), de Euclides da Cunha, traduzido por meu professor, M. de Jong, como *De Binnenlanden* (1954). Temo que este livro tenha caído no vazio na Holanda. Quem conhece o escritor? Quem conhece o livro? Quem conhece o tradutor? Quem sabe que existe uma coisa chamada literatura brasileira? Eu morava no Singel[12], num sótão em cima da casa da mãe do meu amigo Jaap Hillenius; eu num quartinho de frente, Jaap nos fundos. Numa noite, sabendo que ele estava de cama, resfriado, cheguei em casa com um litro de rum. Naquele dia, ele tinha lido *Os Sertões* de uma tacada só e ficou alucinado pelo livro. Naquela época (devia ser 1958) a gente só queria saber quem era mais alucinado pelo quê. Passamos semanas sem conseguir decidir entre *Ligações perigosas*, *O vermelho e o negro*, ou não importa qual epigrama de Léautaud (que eu agora acho um bobo choramingão). Jaap então ficou alucinado por *Os Sertões*. O livro ainda estava na casa do Bas, na Leidsestraat, então eu imediatamente comprei no dia seguinte, para ver se eu ficaria ainda mais alucinado. Mas na tal noite nós bebemos toda a

---

[12] Canal na área central de Amsterdã.

garrafa de rum e foi com isso que ficamos alucinados! O resfriado tinha passado no dia seguinte, mas Jaap passou outros dois dias na cama com a cabeça pesada. Na mesma noite (ainda), por volta da uma, fui ao Bamboo Bar para lavar o gosto do rum com uma cerveja e trombei com uma antiga colega de escola a quem contei o drama de Canudos, meio como tinha entendido pelo relato emocionado de Jaap. Eu agora não saberia dizer quem ficou mais alucinado pelo livro, mas pensei: deve valer a pena aprender português só pra ler este livro no original. Uns anos mais tarde eu comecei a estudar português, nesse ínterim também por outros motivos, e algum tempo atrás terminei de ler o original de *Os Sertões*. Arrebatador. Barroco bárbaro. Intraduzível. Estudiosos determinaram que, das línguas europeias, o inglês e o português são as que têm maior vocabulário. E a minha impressão é que todo esse vocabulário está em *Os Sertões*. Terminei a leitura fascinado. Quando Mieke conta, seja a brasileiros ou a holandeses, que eu li *Os Sertões*, ninguém acredita. Todos têm o livro. Ninguém lê. Os brasileiros não entendem. É muito difícil. Com palavras estranhas.

Nuvens de insetos me atrapalham na hora de escrever. E os bastardinhos ainda por cima gostam de uma bebida, tenho sempre que colocar um pedaço de papel cobrindo meu copo. À esquerda, à direita, ao meu redor, uma luta mortal é travada em zunidos contra a névoa de uma de nossas perniciosas latas de inseticida. Os trópicos, como tudo o mais, têm seus prós e contras. É agradável, por exemplo, poder transar sem o eterno puxar de lençóis e cobertas para cobrir partes desnudas. Mas uma coisa à qual eu jamais irei me acostumar: insetos. Houve um momento na minha vida em que eu achei ter superado o patamar dos insetos. Foi quando, em 1956, nos Pirineus, junto com o mesmo Jaap Hillenius, me abriguei num celeiro em casta promiscuidade com nada menos que três amigas da escola. O feno era trazido fresco todos os dias. Uma vez ali, se mexia. Gafanhotos se emaranhavam em nossos cabelos. Quando Jaap acordava no meio da noite, ficava matraqueando: "Aranhas, besouros, bichinhos, aranhas, besouros, bichinhos..." Fiquei tão acostumado com isso que pensei: superei o patamar dos insetos. Mas não. Só há uma chance de se acostumar com isso se você sabe que será permanente. E ainda assim...

7 de setembro

Esta noite Mieke dormiu com uma lata de inseticida. Pelo menos bem perto. Ontem, depois que apaguei a vela, ainda ouvi alguns zumbidos e fiquei deitado de costas, esperando, mas o sono me venceu. Agora à pouco choveu pela primeira vez desde 15 de junho. Quero dizer, chuva de verdade. Estava tudo empoeirado, não tinha mais nenhum pedacinho de grama verde. Um balde que estava em frente à porta encheu em poucos minutos: a água era preta. Estou enviando algumas fotos. Comprei esta máquina sob o lema: nunca se sabe quando você voltará ao Brasil, e é verdade, mas as únicas fotos que valem a pena ver são as que fizemos na Espanha e em Portugal. Gosto de ler as suas cartas. Eu o saúdo, novamente bastante desenraizado.

Guus

São Paulo, 26 de setembro

Caro Paul,

Esta noite a Grande Ceifadora causou estragos de novo. Barbara Meter, que voltava de um festival de cinema no litoral da Bélgica, se enforcou enquanto se hospedava na casa de amigos em Heemstede. Wendel, a esposa de Ber van Meer, caiu do barco e se afogou. Marian Plug, vítima de uma depressão, se internou numa instituição na Polônia e lá foi morta com injeções por um enfermeiro cujas investidas ela rejeitou. Ype Bekker, uma antiga colega de escola, foi convocada para o serviço militar e teve um ataque fatal do coração enquanto estava de guarda.

Quando você diz que eu escrevo mais sobre lembranças do que sobre o Brasil é, em primeiro lugar, um tanto exagerado; em segundo, não sei o que eu deveria contar sobre um país que eu não conheço; e em terceiro, você pode concluir que pelo menos não estamos pior do que antes. Mas vamos lá, nosso círculo social. Dos amigos, em geral, podemos dizer que alguns, que começaram promissores, constantemente decepcionam, enquanto outros, depois de um início medonho, estão ficando mais próximos. Com Marcos foi logo ladeira abaixo. Ele trabalhava demais. Quando não caía no sono quando vinha nos visitar, revelava sua verdadeira natureza, assim como seus amigos intelectuais, com quem eu achava que me daria tão bem. Ambiciosos, machões, católicos, cheios de pretensão, belas palavras e ideias prontas, uma acumulação de conhecimentos factuais que quer passar por inteligência, declarações apodíticas. Sempre os mesmos nomes, Érico Veríssimo, Jorge Amado, Manuel Bandeira, que também são os mais famosos (e os dois primeiros certamente não os melhores), e avisos bem intencionados, *ex cathedra*, contra escritores "sujos" ou "perigosos". Há pouco tempo percebi que eu, até que encontrássemos Marcos e seus amigos, nunca tinha conhecido pessoas realmente arrogantes. Achava que não existiam, que alguém com um mínimo de bom senso sempre seria capaz de relativizar. Já os Pranges fazem uma evolução em direção contrária. No começo, apesar de serem tão prestativos, foi meio chocante. Em seguida, no Clube, aprendemos que podia ser muito pior, e agora, em relação a eles, nos sentimos como filhos crescidos com seus pais, que em sua sabedoria e benevolência ilimitadas, são perdoados por não podermos conversar com eles sobre qualquer assunto. E assim, dos membros do Clube, os Pranges são os únicos que encontramos regularmente e com prazer. Conhecemos faz pouco tempo na casa dos Navratils um tal Zwier Veldhoen ("no café"), que dentro em breve nos levará para Santos, pra passar um dia na praia. Uma iniciativa simples — mas como estamos animados! Este é o nosso problema aqui: não ter dinheiro nem pra sair *um dia* desta droga de cidade. Até agora ninguém tinha tido a ideia de uma carona assim. E como poderiam: Na casa dos Navratils todos ficaram estupefatos quando ouviram que em nosso círculo de amigos em Amsterdã ninguém tem um emprego fixo regular. "Seu marido é representante de qual empresa?" "Ele não é representante de nenhuma empresa, ele estuda literatura brasileira." "Literatura brasileira? E isso existe?" Quando Mieke conta que precisa receber o pagamento por seus serviços de costura na hora ou não teremos dinheiro para comida no dia seguinte, eles riem incrédulos. Além disso, é impressionante que quase todos tenham algo a ver com a igreja, de uma maneira ou de outra. Você sabe, aquelas pessoas que "não são religiosas", mas quando vão embora têm na mão o folhetinho da igreja calvinista. E Zwier Veldhoen é o primeiro holandês até agora que dá a impressão de não estar permanentemente medindo suas palavras quando estamos em grupo e que de vez em quando até tira sarro dos outros. Mais uma coisa sobre ele. Ontem foi a abertura da Bienal aqui. Estávamos curiosos a respeito, mas todos falavam com horror sobre a Bienal anterior, de 1965, na qual a Holanda foi representada por um "artista" cujas obras consistiam em pinturas e altos-relevos em gesso representando genitais humanos de tamanho fenomenal. Com isso ele "tinha jogado o nome da Holanda na lama". Despertou nosso interesse, mas ninguém se lembrava do nome do artista, de tão ruim. Até que Zwier, que tinha gostado do trabalho, nos disse o que nós mesmos poderíamos ter concluído, que era Melle[13].

Ontem à noite, pela primeira vez desde que estamos aqui, nos permitimos uma "saidinha": jantamos no centro, num restaurante caro, fomos ao teatro, tomamos uma cervejinha. Total: 30 florins. Hoje estávamos completamente lisos, não tinha nada em casa. Mieke foi ao trabalho e ao Consulado, eu comecei a definhar. Até que, às cinco e dez, eu tive uma ideia: devolver garrafas. Por sinal, um procedimento nada simples. Ao comprar bebidas em garrafas com depósito você recebe um recibo com o valor do depósito. Sem esse recibo, eles não trocam a garrafa por dinheiro. Uma vez aconteceu de comprarmos uma garrafa de leite em A, pela qual obtivemos um recibo, depois compramos uma garrafa de leite em B, onde trocamos a garrafa comprada em A, mas quando quisemos pegar o depósito pela garrafa vazia não conseguimos porque A viu que não era a sua garrafa e B que não era o seu recibo. Agora eu tinha uma sacola cheia de garrafas de três estabelecimentos distintos, com seis recibos específicos, mas as dificuldades foram muito diferentes do que eu esperava. Em um estabelecimento eles vieram com uma história incompreensível sobre o problema de devolver simultaneamente garrafas grandes e pequenas. A gente deveria poder registrar este tipo de coisa. Depois de eu ter ouvido a explicação três vezes e ainda não ter entendido nada, eles desistiram. Então agora tenho carne, pão, cerveja, cachaça e limão, e mais NCr$ 4,60 de troco.

---

[13] Melle Oldeboerrigter (Amsterdã, 27 de maio de 1908 - 24 de maio de 1976), artista holandês que assinava seus trabalhos só com o primeiro nome.

Nesta segunda casa, nada de empregada. Os De Vroomes não vão sair de licença, e era pedir demais que Alzira também cuidasse das nossas coisas — pedir demais e contra a nossa vontade. Ainda que Olinda seja a pérola dentre as empregadas, eu ficava louco com aquele vaivém pela casa. E logo recaímos nos hábitos pagãos da nossa cozinha no casebre de Perdizes. Até as bebidas são as mesmas. Na casa anterior eu costumava fazer coquetéis, Deus sabe lá por quê, deve ter sido a influência do ambiente, nunca fui de beber coquetéis, e mal chegamos aqui e é de novo cachaça e caipirinha.

"A casinha." Agora não estamos mais morando na diagonal, mas bem em frente. Logo ela terá que desaparecer, por causa do asfaltamento da rua. Os holandeses aqui já se regozijam há semanas com essa demolição. Por quê? Os moradores não causam nenhum incômodo, não xingam nem gritam e são asseados: toda manhã se lavam na torneira, as roupas balançam diariamente no varal. Resposta: são tão sujos. Sujos? É, o homem está sempre bêbado e, vocês não veem, mas de manhã eles saem com um penico cheio na mão e esvaziam no mato. Bem, eu digo, isso é mais uma prova de que não se deve levantar cedo, mas principalmente: aquelas pessoas não têm culpa se não têm um banheiro com água corrente e acho educado que eles joguem seu cocó no mato e não no meio da rua, como cachorros e cavalos. Não, eu acho que aquela casinha deixa os holandeses com uma espécie de sentimento de culpa, é uma mancha de consciência em seus "anos felizes no Brasil". A casinha é um pedaço de um mundo a ser detonado, do qual eles sabem da existência, mas que preferem não ver e também manter escondido de seus filhinhos loiros, o que eles iriam pensar daquilo? Mas, fazer o quê, isso é o Brasil (está vendo, Paul?). Um brasileiro rico não ficaria com a consciência inquieta, simplesmente porque não tem consciência. Sua noção de classe é grande o suficiente para suportar a fome ao lado da sua porta.

Este é um dia feliz. Primeiro o dinheiro das garrafas, e agora Mieke chegou com a correspondência e, adivinha, o governo está sendo muito gentil conosco: "meu" professor De Jong escreve que a bolsa adicional de 1250 florins, solicitada no dia 6 de setembro, já foi concedida, em parte graças à sua mágica intervenção. De repente a perspectiva libertadora de poder em breve deixar esta cidade. Selvagens planos de viagem. Mieke já está deitada no chão com um mapa. Brasília, rio São Francisco, Recife, Bahia, Rio de Janeiro. Nosso retorno ainda está marcado para 10 de janeiro. Você irá nos buscar no frio lancinante, com o vento rugindo? Saudações a todos.

Guus

São Paulo, 27 de outubro

Caro Paul,

Algo terrível: este ano não teve outubro. De setembro já passamos praticamente para novembro. O tempo, que no começo se arrastava, de repente agora voa — e ficam buracos. A viagem no fim deste ano, o retorno, os planos e possibilidades em constante modificação, as doenças de Mieke; e algo muito traiçoeiro com meus estudos: à medida que realmente me familiarizo com a matéria, cresce em velocidade redobrada a parte dela que eu sei que ainda não sei. Anulei a reserva do dia 26 de dezembro: o tempo era curto demais para planejar a viagem e estudar. Assim que fiz a reserva para o navio de 15 de janeiro, os De Vroomes avisaram que talvez saíssem de licença até a metade de janeiro, o que atrapalha todos os planos, porque eles não confiam em deixar Alzira cuidando da casa. Confusão e incerteza.

Dinheiro. Parece que a Udson's Modas já estava falida quando contratou Mieke. Os donos estão foragidos. Nesse meio tempo, recebi o dinheiro do Ministério. Eu olho, olho de novo, e não acredito: enviei o pedido no dia 6 de setembro, no dia 21 de setembro eles depositaram, dia 18 de outubro o dinheiro estava aqui. Com o aluguel e algum dinheiro da *Het Vrije Volk*, nossa conta subiu para o valor jamais imaginado de 2000 florins, que obviamente não está mais lá, por alguns motivos compreensíveis e um desagradável. No começo deste mês, estávamos andando pela Bienal (exposição maravilhosa por sinal, que destruiu ainda mais a minha fé na arte do Velho Mundo) e de repente Mieke ficou imóvel. Dor, uma dor infernal no ombro esquerdo, quase desmaiando, pálida, mancando, gemendo, táxi, cama, médico, diagnose: reumatismo. Dez dias depois, laboratório, análises, exames de sangue, outro diagnóstico: neurite. Cápsulas, pomada de massagem: 153,52 florins. De novo pálida: não foi para isso que recebemos a subvenção extra. Além disso, Mieke já não pode mais ganhar nada com costura. E eu esfregando, cozinhando, lavando, torcendo, fazendo compras. Tudo bem, mas não conseguia mais estudar. Embora isso talvez seja um pouco hipócrita. O caso é que agora, pela primeira vez, estamos bem e imediatamente os estudos ficaram estagnados, a única coisa que antes sempre andava bem. Passamos horas planejando a viagem. As distâncias são terríveis, mas pode-se dizer que os preços dos meios de transporte são simbólicos. E tinha que ser assim, porque a rota planejada cobre uma área do tamanho da França e da Espanha juntas. Vamos percorrer uns 4000 quilômetros de trem e, além disso, ainda uns 1500 de ônibus, mais uma viagem de barco de 1370 quilômetros pelo São Francisco, pagando (como me foi dito) 50 florins por pessoa pela semana inteira (inclusive refeições). É difícil conseguir informações a respeito. As agências de viagem não sabem nada. Sim, sabem sobre a mesma viagem num barco de luxo, com transporte saindo e voltando por São Paulo, pernoites em hotéis caros e refeições em restaurantes, à *raison* de 800 florins por pessoa, mas não é o que queremos. Quando explicamos o que queremos fazer, nos olham como loucos varridos e logo nos indicam outra agência. Vamos deixar pra ver isso em Pirapora, de onde o barco parte. E no norte da Bahia, quero ir para Canudos. Um velho sonho. Acho que depois de ter lido *Os Sertões* e alimentar a ideia de aprender português, comecei ao mesmo tempo a nutrir a ideia de visitar o local da ação. Você conhece o meu amor (também compartilhado por você) por paisagens desérticas. A natureza, a terra, são presenças tão absolutas nesse livro que na verdade é impossível querer aprender seu idioma sem querer ver a região descrita nele. Não imagino que seja agradável estar lá, mas por sorte sou masoquista. Nossos amigos holandeses, que foram os primeiros a nos dizer: "São Paulo não é o Brasil", agora só ficam nos prevenindo: "Vocês não sabem o que estão fazendo! Já viram um trem brasileiro alguma vez? E o calor! Em pleno verão! E as condições de higiene! Estão vacinados contra tifo, febre amarela e malária? Têm um mosquiteiro? No interior os mosquitos devoram a gente. Têm antídoto contra picada de aranha, cobra, escorpião?" Ah, gente, nas minhas andanças pela Espanha aprendi muito bem o que é calor, e os trens não podem ser muito mais lentos que os de lá. Mas nem é isso. Quando essas pessoas falam de trens, estão falando de primeira classe, com cama e tudo. Como podemos deixar claro pra eles o que nós vamos fazer? Vamos descobrir tudo sozinhos de novo, assim como quando chegamos aqui, e como eu sempre fiz. Nunca consegui testemunhar o que outras pessoas me contaram anteriormente dos países que visitei. Mas estou mais empolgado com esta viagem do que com qualquer outra na minha vida.

Dinheiro (gostaria de não precisar dizer) pode aliviar muita coisa, até a falta de almas gêmeas. Não que se possa comprá-las com ele, mas, como posso dizer, as coisas que se pode comprar com ele podem fazer esquecer dessa falta. A bebida, em particular, já evitou um racha entre nós e Hetty e Edu, nossos antípodas mais queridos. Há uma ou duas semanas atrás estivemos na casa deles, e eu estava folheando uma *Manchete* com uma reportagem sobre a Bienal. Vi uma foto de Baldacine Cézar, um escultor francês que, ressentido por não ter recebido o prêmio principal, recusou um outro prêmio. Fiz o seguinte comentário: "Este cara parece Theo Kley." "Não", disse Mieke, "ele parece Ber." "Sabe o que é", eu disse, para não dar o braço a torcer, "ele tem a cara de Ber e a expressão de Theo." Daí os Zandvliets quiseram saber de quem estávamos falando. Então esboçamos uma daquelas cenas urbanas pitorescas, no caso a comemoração da Festa da Rainha/1 de maio no Hoppe. ("O quê?" "Hoppe. Um café.") Um café onde o supracitado Kley e sua turma cantavam músicas republicanas como contraponto a canções monarquistas em outra parte do bar, até que Harry ("Harry?" "Harry do Hoppe, o dono"), depois de tentar em vão exercer alguma autoridade subindo no balcão, enxotou republicanos e monarquistas para a rua à força, onde ambas as partes começaram a cantar a famosa "Slaap kindje slaap"[14]. E assim a incompatibilidade implícita entre esses amigos ganhou um nome e esse nome é Orange[15]. Lógico, deveríamos saber, mas nem sempre dá pra dei-

---

[14] Canção de ninar holandesa.
[15] Nome da família real holandesa.

xar de mencionar. Agora o assunto eram os Orange, a rainha, Bernhard[16], o casamento de Beatrix[17]. Cheguei três vezes ao ponto de me levantar e ir embora e três vezes fui contido por um copo servido a tempo — até que não estivesse mais em estado de me levantar e sair. Dois de um lado, dois de outro, com as cabeças contra uma parede invisível entre nós. Momentos de grande pesar. Então eu disse: "Querido Edu, eu fico tão triste com estas conversas, não quer colocar um disco?" E então ele pôs um LP brasileiro que eu tive que traduzir. Quando eu voltar para Amsterdã não vou entender, mas aqui não queremos perder estas pessoas. Acabamos dormindo lá e quando desejamos boa noite uns aos outros foi com abraços e jurando amor eterno. Não compreendo, não compreendo. Também não compreendo todas as pessoas que moram felicíssimas aqui durante anos. Começa com uma "transferência" e os dois anos planejados sempre acabam sendo insuficientes, ficam mais um ano, e mais um ano, até que ficam aqui por uns dez anos. As mulheres se entediam, as crianças têm dificuldade de adaptação, problemas com a língua, e o atraso educacional que nunca mais poderá ser recuperado. Parece que eles não deixam nada pra trás na Holanda, parecem não sentir falta de nada, nem de amigos, nem de ambiente, de nenhum meio intelectual ou artístico ao qual pertencessem. Será que tem a ver com o fato de que ninguém, mas ninguém mesmo, vem de Amsterdã? Alguma vez na vida você já teve que conviver com pessoas de Woerden, Alphen aan de Rijn, Bladel, Groningen, Heerugowaard [18] — e ainda por cima todas ao mesmo tempo? Mieke diz que não devemos alimentar ilusões sobre pessoas que pareçam eventualmente simpáticas, porque qualquer um que possa sobreviver aqui por mais de um ano sem conflitos de consciência, de alguma forma tem algo de errado. Não sei. Sou muito temeroso em relação à coerção do meio, à necessidade de adaptação, que se manifesta de maneira furtiva e imperceptível. As pessoas daqui de cima, os De Vroomes, nunca poderemos retribuir o que eles fazem e fizeram por nós. E não só isso: os dois falam português fluentemente, Sjoukje inclusive lê livros brasileiros, um caso único. Mas

---

[16] Príncipe Bernhard, nobre alemão, esposo da rainha Juliana, da Holanda.
[17] Princesa Beatrix, então herdeira do trono da Holanda e futura rainha, de 1980 a 2013.
[18] Cidades do interior da Holanda.

atenção. A casinha. A rua foi asfaltada duas semanas atrás, ou seja, foi tomada por escavadeiras. Arrebentaram cinco vezes o encanamento d'água. Fontes da altura das árvores daqui ficaram jorrando durante horas, de maneira que ficou claro para nós que com este método de pavimentação a água já não sairá das torneiras de forma tão espontânea. Com a casinha aconteceu algo diferente do que todos esperavam. Não foi demolida. Foi desmontada pedra por pedra pelos moradores e reconstruída pedra por pedra cinquenta metros adiante, embaixo das árvores. Semana passada, Mieke estava tomando chá com as vizinhas lá em cima e todas estavam de acordo que era uma "tranquilidade". "Tranquilidade?", Mieke quis saber. "Que aquela casinha não esteja mais ali, claro." "Ah", disse Mieke, "eu preferiria que tivessem tirado aquele hospital." E mais. Há cerca de um mês, os De Vroomes têm um cachorro, Tommy. Um amor de animal. A primeira vez levei um susto danado, porque ele late pra tudo o que não conhece. E é pra isso que está aqui. Ontem estávamos Mieke, Sjoukje e eu no muro do jardim, passou um caminhão pela rua e Tommy começou a latir como um possesso. "Ele não gosta de caminhões, hein?" "Não, não é isso. Ele só late quando tem negros." "O quê?" "Pois é, todo cachorro faz isso. É o cheiro. Nenhum cachorro suporta aquele cheiro. Você não sabia? Por isso todo negro morre de medo de cachorro." Fiquei completamente perturbado. Pessoas que cedem metade da sua casa pra você, colocam móveis, trazem frutas, chamam médico em caso de doença. Leem livros brasileiros. Gostam de música clássica. E não há o que dizer, porque eles têm certeza que não discriminam. E nós? Agora sou capaz de duvidar de tudo, se já não duvidava. E também acredito que nos preocupamos muito com isso. Veja a gente aqui, Mieke e eu, no Brasil, e não fazemos mais que tagarelar sobre os holandeses. Mas pelo amor de Deus, também são uns holandeses tão *desconhecidos* pra nós. Me envergonho diante de mim mesmo, porque aparentemente sempre vivi numa ilha em Amsterdã e me envergonho diante desses holandeses porque eles podem cumprir o papel de fornecedores de bebidas e moradia, mas para os contatos mais esotéricos continuamos a pedir amparo aos amigos do outro lado do oceano. Por isso não garanto o que aconteceria comigo se tivesse que viver aqui por mais tempo e é por isso que vou parar de falar disso.

Não vou parar. Vou começar a falar sobre o avesso disso. Às vezes, quando não consigo mais suportar a solidão, quando me dou conta de que os holandeses são para nós os mais estrangeiros e que eu detesto os intelectuais brasileiros, de vez em quando dou uma saída à noite com alguns cruzeiros no bolso para beber uma cervejinha. Na maioria das vezes depois de ficar estudando até uma hora da manhã e quando Mieke já está dormindo. Mas outro dia não voltei pra casa depois de meia hora, como de costume. Cheguei às cinco. Isso ainda não tinha acontecido durante este ano inteiro. Mas caí numa jogatina com um velhaco durão. Muito público por conta deste americano. E se tem uma coisa que eu gosto é de público. Meu amigo era morador de rua, e quando fiquei bêbado o bastante ele perguntou se eu tinha um lugar pra ele dormir. Eu não pude negar, embora tivesse esperança que Mieke acordasse e mandasse o homem embora, afinal estamos em uma casa emprestada com os moradores bem em cima de nossas cabeças. Bem, chegamos à cozinha e começávamos a tomar uma cachaça quando Mieke, que em geral tem um sono tão pesado, apareceu. No dia seguinte, na hora do chá lá em cima, Mieke perguntou se eles não tinham escutado nada durante a noite. Sim, agora que você perguntou, o que foi aquilo? Mieke contou a história e eu logo percebi que não devíamos ter tocado neste assunto. Eles até ficaram bravos, com toda razão, claro, mas por que exatamente? Ficar até às cinco da manhã num bar era algo inaudito. O que eu tinha feito durante todo aquele tempo? Conhecia aquele homem? Não faça mais isso rapaz, você está arriscando a sua vida. Ficar até tarde numa festinha é outra coisa, mas num bar!

De resto, estivemos muito com Edu e, aliás, também com Eduardo, para ver o Festival de Música Popular Brasileira que terminou no último sábado com um barulho infernal. Os vencedores foram Edu Lobo, Gilberto Gil e Caetano Veloso — só pra você saber, pra depois. Na semana que vem tem um festival internacional no Rio, abrilhantado por Liesbeth List[19]. Até agora ela tem se comportado de maneira extremamente antipática, não vai à praia com as outras estrelas, mas fica de minissaia na beira da piscina do Copacabana Palace.

---

[19] Atriz e cantora holandesa de fama internacional nas décadas de 1960 e 1970.

Mieke acabou de chegar "lá de cima" com a notícia de que os De Vroomes sairão de licença na semana que vem, até a metade de janeiro. Mas como eles nos dão uma remuneração para cuidar da casa (mais ou menos equivalente aos custos de subsistência para o período — é inacreditável!), nossa viagem não está comprometida. Mas claro, implicará no adiamento do nosso retorno. De acordo com o calendário de navegação da Royal Mail, o próximo navio que provavelmente serviria para nós parte no dia 26 de fevereiro, chegando no dia 13 de março. Então você ainda tem bastante tempo para mais algumas de suas mui estimadas cartas. Não se esqueça de nós ainda.

Guus

São Paulo, 29 de novembro

Caro Paul,

Estamos novamente no isolamento dos primeiros meses, com a diferença de que agora é maior e de que estamos gostando. Você deve se lembrar que, depois de um começo difícil na vila, onde ao longo do tempo acabamos nos integrando, passamos por uma mudança de status que nos tirou da convivência com brasileiros e nos colocou em meio a holandeses. Por algum tempo, não nos atrevemos a acreditar em contatos reais. Agora, porém, depois dos brasileiros, os holandeses também nos abandonaram definitivamente. Mas como há bem mais dos primeiros neste país, me volto de novo para os brasileiros, como um homem mais melancólico e talvez até mais sábio. Viemos pra cá com uma ilusão, que se perdeu, adquirimos outra no lugar, que também virou pó, de maneira que só agora temos uma certa tranquilidade. E assim, de vez em quando entro em bares, para espanto de nossos amigos holandeses a respeito deste estudante holandês tão simpático e inteligente, que se mete com negros, desempregados, moradores de rua, bêbados – e ainda por cima parece gostar. Eu poderia até me justificar apontando vários livros que seriam incompreensíveis sem o conhecimento deste submundo, mas não vou fazer isso. Eu gosto. Às vezes prefiro falar português com negros, desempregados, moradores de rua e bêbados do que holandês com pessoas que não compreendem que eu gosto disso. Ter a mesma língua materna cria a ilusão de comunicação, enquanto essa língua só separa as pessoas. Bem, então, livres de qualquer esperança, finalmente gozamos da paz que nos sobreveio, sobretudo por causa do colapso de Alzira. Falo disso primeiro.

Os De Vroomes partiram no começo deste mês e então ficamos com Alzira "pra nós". Nós mesmos cozinhávamos, pois nada supera a liberdade na cozinha. O colapso aconteceu no dia em que tivemos convidados para o jantar: Hetty e Edu, e a chanceler do Consulado, Lidy Pauw (cuja vida foi arruinada por ter sido "esquecida" por um erro administrativo depois de ser nomeada para o Consulado em Hong Kong, após o que, no mais completo isolamento cultural imaginável, não só passou vinte e dois anos entediada a ponto de enlouquecer, mas também ficou vinte e dois anos mais velha em plena solidão). Os convidados já tinham chegado quando a médica veio, Frau Eva, uma pessoa muito cordata, muito afetuosa, muito competente, muito nervosa, que cuidou de Mieke durante a sua neurite. Ela não perdeu tempo com cumprimentos, foi logo pra cima, até Alzira. Ela mal tinha saído e Edu falou: "Viu isso? Está drogada." Eu disse: "Cara, não seja tão exaltado. Eu a conheço. Ela é do tipo nervosa, está sempre agitada." "Não, Guus, você não vê, ela usa alguma coisa para se manter de pé." E Hetty: "O Edu reconhece logo essas coisas. Nisso ele tem um conhecimento incrível das pessoas." E ele de novo: "Não quero dizer que sejam realmente drogas, mas ela usa alguma coisa." E me olhando e balançando a cabeça: "Que você não perceba isso." Mas, e é disso que se trata, a única que realmente tomou alguma coisa foi Alzira. Tentativa de suicídio? Alzira é um caso inescrutável. Trinta e três anos, virgem, deixa-se enganar por qualquer cara que chega no portão e se esfrega nela até gozar nas calças, depois vai para o bar tomar uma cerveja, lavar as manchas e tentar a mesma coisa algumas casas mais pra baixo. Olinda não cai mais nessa, Alzira toda vez se apaixona. Às vezes passava semanas sem comer. E agora, de repente dona Sjoukje viajou e ela se sentiu abandonada por todos: por sua família (o que é verdade), por seus amantes (igualmente verdadeiro), e, principalmente, por dona Sjoukje, pois não acreditava que ela iria voltar, ainda que lhe tenha jurado cem vezes. Uma leitura posterior do incidente foi que ela pensou que com dezesseis pílulas dormiria melhor que com uma só. Pode ser. Mieke foi até o pronto socorro com Alzira vomitando, e eu preparando frango e bebidas para os convidados. Agora conseguimos convencer uma irmã de Alzira que mora no interior, muito contra a vontade dela, a levá-la para a sua casa. Aqui ela afundaria completamente e, se ficasse mais um pouco, nós também. O pânico com drogas, aliás, é geral. Todos (com exceção dos usuários), de alto a baixo e da direita à esquerda, são veementemente contra — e isso enquanto grande parcela da população atinge o fim da linha desdentada, com demência, cegueira e defeitos hereditários de calibre mais pesado graças ao álcool metílico, que é quase de graça.

A história com Alzira, é claro, contribui para o nosso isolamento. Não podemos ir a lugar nenhum porque a casa não pode ficar sem ninguém e nossos amigos quase não vêm nos visitar. O que por sua vez é nossa culpa, porque quase nunca convidamos. Não fazemos mais isso de organizar jantares etc., não tem sentido, é tão cansativo. Um tempo atrás foram os Pranges. Já no começo da noite a conversa caiu naquele caso da menina na África do Sul (você deve ter lido a respeito) que há anos é um caso incerto: preta ou branca. Daí vai para uma escola de negros, depois para uma de brancos. "Em todo caso", disse a sra. Prange, "está claro que, na família, alguém uma vez fez algo errado." No fim da noite, que correu satisfatoriamente (você deve estar se perguntando como é possível, mas é exatamente isso que define nossa situação), o sr. Prange não aguentou mais ficar calado sobre uma colagem de Mariëtte que está pendurada na parede. Ele começou depois que explicamos o que é uma "colagem" e quem a tinha feito: "Você quer dizer que esta obra é de uma mulher de vinte e sete anos?" Mieke e eu olhamos um para o outro: onde é que ele quer chegar? "Sim, é isso mesmo, vinte e cinco, vinte e seis, vinte e sete, não tenho certeza." "Pois é, veja só, na verdade o que eu quero dizer é: isso aqui é arte?" Nós apaziguamos: você nunca deve se perguntar isso, parta do princípio de que a Arte não existe, isso facilita muito, etc.. "Tudo bem, mas não me parece que esta seja uma obra de uma pessoa normal." "Mas sr. Prange, é uma de nossas amigas mais queridas!" "Claro, com certeza, não quero falar mal dos seus amigos, só que..." "Ah, Piet", a sra. Prange tenta reconciliar, "é a diferença de gerações. No começo ninguém entendia Van Gogh também." (O melhor é que a colagem também esteve pendurada no nosso barraco e que Manuel, o ascensorista, que provavelmente nunca ouviu falar de arte, ficou encantado com ela, apenas pelo prazer que se tem com a solução de um quebra-cabeça: "Aquela coisa comprida é com certeza o senhor Augusto, e aquilo ali, com as bochechas de maçã, é dona Maria, e esta é a casinha, mas vocês não moram na praia." "Não, mas é isso que ela pensa, essa amiga, ela não sabe." "E aquilo ali é um passarinho, hein, um passarinho com quatro patas!" etc. etc.).

Com que frequência não comecei uma carta com a intenção: desta vez não vou falar dos nossos amigos holandeses. Agora chegamos ao ponto (de ida ou volta, não sei) de brincar de "holandesinhos", por exemplo, durante o café da manhã, para acordar. Então agimos de maneira muito estranha um com o outro, falamos uma língua que você não entenderia e morremos de rir. Ah, não é maldade, talvez seja a isso que as pessoas se referem quando falam em loucura tropical. Mas à noite, quando está escuro e quieto, às vezes ficamos pensando em Amsterdã, onde a gente não precisa ficar explicando tudo pra todo mundo, e onde você pode tocar uma mulher sem que ela depois queira cometer suicídio ou vá para um mosteiro por toda a eternidade, ou para a prostituição, ou para o inferno — o que, aliás, é tudo a mesma coisa. Isso me faz lembrar de uma enquete que li recentemente numa revista. Dos estudantes do sexo masculino em São Paulo, oitenta por cento é a favor da liberdade sexual tanto para garotas quanto para rapazes, enquanto setenta e cinco por cento deseja se casar com uma virgem. Portanto, cinco por cento entendem o que estão falando. É muito comum que um rapaz, depois de anos insistindo, consiga que sua noiva vá para a cama com ele — e em seguida ele rompe o relacionamento, pois agora ela é uma puta. Preste atenção, estou falando de estudantes universitários, que deveriam formar a parcela pensante da nação. O catolicismo, caímos de novo nisso. É uma moral tão peculiar. Armam argumentos que para eles têm uma irrefutabilidade axiomática, mas eu só posso achá-los exóticos. O uso da pílula, por exemplo. Em todas as camadas da população, os homens rejeitam mais do que as mulheres, e isso a gente ainda pode entender. Mas estudantes, que estão acostumados a refletir, argumentam: a pílula para casais, ótimo, é assunto deles. Mas a pílula para mulheres solteiras é *hipocrisia*, daí o homem está sendo enganado. Pois a mulher solteira que toma a pílula priva o homem que a seduz da oportunidade de provar sua masculinidade ao eliminar a possibilidade de um filho de seu sêmen. Vigarice, portanto. E o que é ainda pior: uma mulher solteira sem filhos é por definição virgem (e com filhos é puta) e quando ela *não é* virgem (e isso é o mais fantástico neste raciocínio) e, mesmo assim, *não tem* filhos, então o homem se enganou e ela é uma puta, enquanto ele pensava — não, não, melhor nem pensar! (Some-se a isso a circunstância paradoxal de que a pílula pode ser comprada, sem receita, em qualquer farmácia).

Com a ausência de Alzira, ficamos tomando conta de uma casa gigantesca. Até hoje não sei quantos cômodos. Quando finalmente ficamos sozinhos, fomos dar uma andada pela casa, procurando a radiola; afinal, Martin trabalha na Philips. Tínhamos autorização para emprestar a radiola, mas ela não estava funcionando, algum problema com preguinhos, não entendemos direito. Encontramos todo tipo de aparelho, gravadores, toca discos, tvs, tudo da Philips, todos com defeito. Depois de alguns dias Mieke encontrou a radiola e o amplificador num armário de roupas de cama. A Philips produz radiolas aqui, a Philips produz amplificadores aqui, mas a Philips não produz os plugues com os quais se pode conectar um ao outro. Por isso a complicação com os preguinhos. Uma tarde remexendo e ela funcionou. Mais tarde Mieke encontrou, entre as camisas de Martin, o nosso próprio *Sgt. Pepper* (que nós havíamos emprestado na ilusão de que eles usassem sua radiola) e mais outros discos. Ainda bem, porque o rádio aqui é uma tortura. No meio do adágio da Sonata para Piano de repente ressoa: SEJA ESPERTO! COMPRE SUA ÁRVORE DE NATAL DIRETO DA FÁBRICA! APENAS NCr$ 200,00 EM VINTE PARCELAS SEM JUROS! Falando de música: ouvimos de fonte confiável que Liesbeth List afirmou em entrevista a jornais holandeses ter recebido boas críticas aqui após a apresentação no festival no Rio (que nós não vimos porque aqui não temos recepção para a TV do Rio). Tenho que ensinar um pouco de português a ela. Pelo menos aqui eu li que a canção dela "parecia uma polca russa para acompanhar o show de um palhaço, cantada por uma loirinha sem graça".

Com Mieke vai tudo bem. Ainda faço o trabalho pesado (lavar e torcer), ela o mais leve e ela voltou a fazer a feira. Vivemos modestamente porque não queremos tirar dos 1000 florins que temos no banco para a viagem. Estamos conseguindo, apesar do fato de Mieke não estar recebendo nada, porque o aluguel agora chega regularmente e recebemos do seguro o "dinheiro do reumatismo" inesperadamente rápido, e os Vroomes avisaram que receberemos o salário que seria de Alzira no mês de dezembro, porque foi uma confusão tão grande e eles já tinham depositado. Por que essas pessoas eram tão legais com a gente? Eles voltam dia 10 de janeiro. Pouco depois nós saímos de viagem. Portanto, nenhuma mudança nos nossos planos, exceto a minha intenção de entrar em estado de pânico na terça-feira, 12 de dezembro, em relação aos estudos que precisam ser realizados neste mês que ainda resta. Por isso esta talvez seja minha última carta de verdade. Além disso, estamos com aquela sensação de "terminou", a chama da comunicação se apagou. "Logo vamos nos encontrar e daí contamos tudo." Só me comunico no nível suspeito sobre o qual falei anteriormente. É sempre um enigma como depois de algo assim, das centenas de linhas de ônibus e das dezenas de paradas, consigo escolher a única certa. Estamos nos tornando apegados a ela. A viagem em breve dirá: ou ainda somos jovens, ou isso foi um tempo atrás. Com amor, para as mulheres, amigos e animais domésticos.

Guus

São Paulo, 21 de dezembro

Caro Paul,

Muito bem, já que você insiste tanto. Meus artigos são tratados de maneira estranha aqui e ali, mas isso deve ser prática da indústria jornalística. Enviei seis para *Het Vrije Volk*, dois desapareceram e, até onde eu sei, três foram publicados (em 18 de abril, 2 de setembro e 27 de outubro).

Na *Vrij Nederland*[20] também perderam um texto. Não posso ficar bravo com isso. O que realmente importa vai nas cartas. Os textos abordam assuntos típicos de jornais. O movimento Provo em São Paulo — este foi o que eu tive mais prazer em escrever. Um artigo sobre café, embora eu de fato goste de café, mas não saiba nada de economia, e um sobre o novo presidente, Costa e Silva, embora eu não saiba nada de política nem acredite que seja um assunto para pessoas decentes. (Sempre tive esse preconceito arrogante. Me lembro que fiquei completamente chocado quando o professor de história do colégio queria que lêssemos jornais. "Ler" para mim significava "ler livros". Ler jornais era coisa que nossos pais faziam. E continuei pra sempre sendo um péssimo leitor de jornais. Por exemplo, só aqui no Brasil, aos trinta anos, fui entender um pouco do que as pessoas querem dizer com "esquerda" e "direita" e "vermelho".) No mais, enviei no começo deste mês uma matéria bastante grande para a *Goed Wonen* sobre a Cidade Universitária daqui: 10 páginas, 4 plantas que eu mesmo desenhei e 22 fotos. Poucas vezes escrevi um texto tão a contragosto. Quatro jornadas infernais naquela porcaria de campus sem fim, com todos aqueles papa-moscas, que me faziam voltar pra casa pingando de suor e exausto depois de ser mandado pra lá e pra cá numa busca alucinante pela fonte certa, com quem no final eu nunca conseguia falar — pensei que isso valeria uns 600 florins. Mas bem, todos os textos são, portanto, sobre o "Brasil" que você diz sentir falta nas minhas cartas. Se elas poderiam ser escritas de qualquer parte, como você alega, eu não sei. Para isso eu primeiro teria que ter estado em toda parte, quando eu na verdade mal ponho o pé pra fora. Quando a gente mora e trabalha num lugar, especialmente depois que deixa de ser novidade, a gente tem menos chances de "viver" alguma coisa do que quando está de férias, quando a sua disponibilidade é maior, como pode ser visto no seu relato de viagem na *Avenue*[21], que eu li com prazer. Mais um pouco e sua fama chega aqui: recentemente Mieke foi para o centro com Katrien Driessen, colocaram o carro num estacionamento e o guardador perguntou se elas eram suecas.

---

[20] Revista semanal que surgiu como jornal de resistência em 1940, durante a ocupação alemã na Segunda Guerra, e que até hoje é um dos principais veículos da imprensa holandesa.
[21] Revista de moda que circulou na Holanda entre 1965 e 2003.

Não, da Holanda. "Holanda!" o homem grita e reflete por um instante. "Lá tem uma cidade chamada Amsterdã." "Exatamente", Mieke replica, "é de lá que eu venho." "É, mas", o homem continua, agora mais pensativo, "Amsterdã é a capital do mundo." Mieke fica perplexa e afinal pergunta: "Por acaso o senhor conhece meu irmão Paul, Paul Roelofsen?" Não, isso não, ainda não, por um triz, mas quero dizer, falta pouco.

Nesse meio tempo você já deve ter ouvido de outras pessoas que nossa viagem de volta foi adiada novamente, agora por circunstâncias que estão além do nosso controle, como se fôssemos punidos pelas várias vezes que nós mesmos adiamos. Pouco depois de enviar a carta passada ficamos sabendo que a Royal Mail tinha retirado um navio de serviço, evidentemente o navio no qual nós tínhamos feito reserva. Um caos. Todas as reservas de pernas pro ar. Tínhamos que ou adiantar nossa partida em uma semana ou adiar em duas. Como agora já temos alguma experiência em adiar, vamos embarcar no dia 11 de março, com chegada em 27 de março — exatamente quinze meses após nossa partida. Ah, em setembro, quando achávamos que voltaríamos no dia 26 de dezembro, calculamos: mais três meses. Pensamos o mesmo agora. O resultado é que, embora o tempo não encurte, também não temos a sensação de que está se alongando. Mas toda a ideia de retorno começa a ter algo de abstrato, e também Amsterdã e as pessoas aí. Como se fosse um livro, literatura. Nossas lamúrias sobre os holandeses diminuíram, não porque eles tenham mudado, mas porque finalmente ficamos fartos. Portanto agora vamos pegar no pé de outras pessoas.

Até uma semana atrás, a extensão do programa de estudos que eu ainda tinha que concluir, que próximo do final se revelou em toda a sua intensidade, me punha periodicamente em pânico. Em relação a isso, uma mudança benéfica veio após uma visita ao sr. Chafiq Maluf, um imigrante libanês que eu deveria ter ido procurar há oito meses atrás para informações sobre a literatura de imigrantes árabes em São Paulo. Profundamente desanimado, sabendo que obviamente já era tarde demais para começar a estudar um tema tão amplo, e com sentimento de culpa por causa da minha longa demora (eu sabia que ele estava ciente da minha visita), e acima de tudo carregado de remorso por decepcionar o simpático professor

Schuman, que além do mais estava muito doente, em resumo: cheio dos piores pressentimentos, uns dez dias atrás entrei no elevador até o sexto andar de um dos arranha céus mais caros na caríssima Avenida Paulista. Saí do elevador e, em lugar do costumeiro corredor com portas, me deparei com um espelho de moldura dourada num cômodo tipo boudoir, com papel de parede de listras verticais, um arranjo de flores num console e nenhuma plaquinha de identificação. Toquei a campainha na sorte. Uma empregada abre. Segura o riso com visível esforço (eu vestia uma camisa cor de berinjela, sem gravata, pasta tipo diplomata e um guarda-chuva fechado; meu cabelo está um tanto comprido). Estou no endereço certo. O sr. Maluf não está em casa, sua esposa falaria comigo. Espero. Ouço vozes, árabe. Fico nervoso, embora Schuman tenha me dito que eles falam português. Lá vem a senhora, muito perfumada, extremamente bem conservada, com olhos cativantes por trás de óculos de lentes coloridas, e, sim, minha desgraça se completa: "Por que o senhor só veio agora? Nós já o esperávamos em fevereiro!" Minhas explicações não são nem um pouco convincentes, e, pra piorar, ela sempre me interrompe: "Vous parlez Français?" Sim, mas —. "Tatakallamu l'Arabi?" Bem, não, mas —. Encontro marcado para segunda-feira passada. Eu chego e, lá, na entrada do salão, Chafiq Maluf abre um sorriso tão largo quanto seus braços abertos e me dá as boas vindas como a um filho perdido. Há alguns convidados, o que eu não esperava, mas não é ruim. Baboseira introdutória, novos convidados. Candelabros nas paredes, retrato a óleo da senhora com uma pequena lâmpada em cima, poltronas com franjas até o chão, num salão adjacente, móveis rococó e uma árvore de Natal de alumínio com velas tremeluzindo e bolas fosforescentes. A sra. Maluf me leva até a mesa de bebidas e sugere um uísque. Eu mesmo posso me servir. Ela se vira discretamente. Johnny Walker, black label. Uma garrafa dessas custa 100 florins aqui. Eu me sirvo. Que delícia. Remexo um pouco o gelo para tomar mais um gole e servir mais um pouco. Depois entro numa conversa reservada com a sra. Maluf. Mais tarde falo com o sr. Maluf sobre o assunto para o qual vim tratar. E então tiro um peso do coração: ganho de presente de Maluf todos os livros que eu já não teria mais tempo de estudar aqui, além de uma porção de outras coisas como biografias e revistas, o que certamente deixaria o velho Schuman muito feliz, que poderei estudar à vontade em casa, como gosto de fazer. Os outros convidados presentes eram parentes, entre os quais um tio muito velho, que era muito agradável mas infelizmente só falava árabe. Os jovens, ao contrário, embora tivessem vindo para o Brasil com o pai, já não falavam mais árabe. Por insistência do tio, eu, como gringo, especialmente para esses renegados, tive que dar uma amostra das minhas habilidades, e assim aconteceu uma situação não pouco cômica em que eu, um holandês veementemente incrédulo, em meio a libaneses católicos e predominantemente falantes de português, recitei em árabe as leis do Islã e depois ainda uma sura do Corão, porque eram as únicas coisas que eu sabia de cor — para aflição geral de todos. No fim das contas, eu tinha motivos para me arrepender de não ter procurado Maluf antes, especialmente quando me dei conta que, nos dez meses em que estamos no Brasil, este libanês foi o terceiro falante de português que me recebeu em casa, depois de Marcos (que é casado com uma holandesa) e Eduardo (que é português). Onde, onde estão os brasileiros inteligentes? A ótima música, os livros excelentes, isso tudo tem que ser feito por pessoas. Mas por onde elas andam? Nas boates caras? Deve ser. Porque são todos ricos.

Tommy está começando a me dar nos nervos. É barulhento, o dia inteiro se esfregando, coçando, gemendo. Um verdadeiro "cão de guarda", como é chamado, um dobermann de pelo curto e liso, com um escroto careca coberto de pulgas que o obriga a andar com as pernas um tanto abertas, com doces olhos de cachorro e com o costume de, como um cachorrinho, andar atrás de nós. O dono faz o cachorro ou o cachorro faz o dono? Tommy suscita coisas latentes em nós, aquele comportamento típico de dono de cachorro. "Deitado!" rosnamos a toda hora. Ele obedece imediatamente. E logo em seguida vamos exasperados, olhando bem nos seus olhos, dizer baixinho: "Mas não estamos bravos, viu?" Então ele se levanta rápido, abanando pateticamente o cotoco do rabinho, com seus doces olhos de cão bem abertos, babando de afeição. Toda semana damos banho nele, eu seguro, Mieke esfrega. Com sabão de coco, que é ótimo para os pelos. Gostar ele não gosta, mas deixa. Enxaguamos a espuma de seu corpo com três baldes d'água, e então ele começa a correr como um louco pelo meio dos gladíolos e dálias, ou seja lá como se chamam, chacoalhando orelhas e patas e tudo o mais. Com um escritor que morreu este ano, Guimarães Rosa, que todos acham "o maior", mas que para mim é um pedante pretencioso, encontrei, apesar disso, uma expressão muito bonita para o tipo de animal que Tommy é: "cachorro desarrolhado". Aquele vaivém furioso é em grande medida enternecedor. Veja só, eu, o que odeia cachorros, o homem dos gatos. Ele ficou muito apegado a nós. Na nossa casa ele pode entrar, o que Martin e Sjoukje não permitem. Dorme encostado no pé da nossa cama. Quando ele sonha, a cama toda sacode. Cada suspiro de seu sono significa: "Sou um cão de guarda."

Eu temo, Paul, que você vai achar de novo que não há muito de "Brasil" nesta carta. Coelum non animam mutant qui trans mare currunt[22], disse Horácio, ou: Você carrega sua alma consigo, disse AW. Mas ela não poderia ser escrita em "qualquer lugar": é 21 de dezembro, começo do verão. Anteontem se abriram as portas do céu. A chuva não caiu, foi despejada, como se estivessem zangados lá em cima. Agressiva, violenta, altamente excitante sexualmente. Bem, fizeram a sua vontade. Quero dizer: em meio aos trovões que rugiam por todos os lados, distinguimos o som abafado de objetos pesados caindo. Um pouco mais tarde avaliamos os danos: o muro do jardim dos vizinhos, do lado da rua, tinha desmoronado sob o peso da terra encharcada de chuva e tudo se amontoou em desordem sobre a pavimentação da rua ainda em construção. "Foi sorte não ter acontecido conosco", disse Mieke. Só na manhã seguinte, ontem, portanto, notamos que o muro do nosso jardim também tinha sido danificado, mas no lado de trás, tinha desmoronado sob o peso do jardim que fica acima, flores, arbustos e gramado cobertos de lama, e algumas árvores frutíferas também um pouco atingidas. A desordem era indescritível. Gastamos o dia inteiro tirando tijolos e empilhando, passando ancinho, limpando, e ainda não fizemos nem a metade. Enquanto isso, a proprietária prometeu mandar serventes pra ajudar. Hoje, mais uma vez, choveu profusamente, e uma lama morosa continua escorrendo devagarinho. O mesmo, mas em grande escala, é o que acontece nas favelas.

---

[22] "Quem corre pelo mar muda de céu, e não de alma."

Pode ser verão, mas nem por isso é menos Natal. O comércio ganancioso, neste país de fome e desastres, assume proporções tão pagãs que as pessoas na Holanda veriam como o fim dos tempos. Lojas, fábricas, restaurantes, todos estão permanentemente no rádio, sempre precedidos e concluídos por um ritmo histérico e a frase *Papai Noel é barra limpa*. O comércio está cheio de animais vivos, muita gente mata em casa. Nós não, vamos passar as festas fora. Natal com os Driessens e os Zandvliets, Ano Novo com os Navratils, Dia de Reis com Eduardo — e então poderemos realmente pensar na viagem. Todo mundo para quem contamos reage mais ou menos assim: "Que pena, pessoas tão legais." Segundo o South-American Handbook de 1966, devemos levar mosquiteiros portáteis, usar chapéus, calçados de cano alto, luvas e óculos de sol, tomar vacina contra malária, tifo e paludismo, levar antibióticos em profusão, nunca beber água da torneira, nem que seja filtrada, sempre água mineral engarrafada (então nada de cubinhos de gelo na bebida, porque são feitos com água de torneira!), devemos comer somente nos restaurantes mais "sofisticados", e nada de "surface crops" (alface, portanto, praticamente a única coisa que se tem), mas se você viajar exclusivamente de avião e se hospedar estritamente nos mais renomados hotéis cinco estrelas, a América do Sul não precisa ser, por definição, mais desconfortável ou perigosa que a Europa. No que diz respeito a transporte e hospedagem, nossos amigos holandeses se atêm a essas regras, portanto consideram nossa viagem uma jornada suicida. Quanto aos nossos amigos portugueses, Eduardo e Pilar: ou não conseguem compreender nada, ou não esperam outra coisa de nós, não dá pra saber direito. Em todo caso, é certeza que Pilar, nos sete anos que eles vivem aqui, nunca saiu do bairro onde moram. Foi uma complicação uma vez quando os convidamos para jantar. Não tinham coragem, principalmente ela, não sabiam onde era, não conheciam a cidade, não tinham um mapa, era longe demais. Tivemos que ir buscá-los de ônibus e depois levar de volta pra casa, o que para nós, em um dia, significou quatro viagens de ônibus de uma hora e meia. No caminho, Pilar não tinha a menor ideia de onde estava e também não demonstrou o menor interesse, porque logo adormeceu. Ele fingiu já ter estado no centro, mas não soou muito convincente. E olha que saíram ao acaso de um lugarejo no sul de Portugal para São Paulo — será que existe uma determinada "mentalidade de imigrante"? Então eu, em todo caso, não a tenho. Forte abraço.

Guus

São Paulo, 26 de dezembro

Caro Paul,

Aqui vai um relato curto sobre como sobrevivemos aos tradicionais dias de Arrependimento e Reflexão.

Domingo de manhã, 24 de dezembro. Confesso a Mieke que preciso de uma aspirina. Quando a ressaca está domada, tomamos café da manhã. Começo a trabalhar. Mieke vem me desconcentrar. Ela levanta a blusa e pergunta: "Aquela negra era assim, mas ao contrário?" Explicação: durante o café eu contei um sonho que tinha tido naquela noite, no qual eu era casado com uma negra de quem estava me separando. O advogado era você, Paul, a quem procuramos para uma tentativa oficial de reconciliação. A negra estava deitada num sofá e abriu os botões da blusa, sob a qual apareceram os seios, envolvidos por um sutiã branco. A reconciliação pareceu dar certo, e daí eu acordei. O sutiã de Mieke era preto, então agora você pode entender a pergunta dela.

Após essa distração, retomei o trabalho. O dia passava um pouco mais devagar que de costume. Às duas e meia fiz uma pequena pizza. Por acaso tinha uma garrafa de champanhe barato na geladeira — por acaso, porque era para o jantar daquela noite, na casa dos Driessens. Depois disso fomos descansar um pouco.

Assim, abrandados e aliviados, chegamos aos nossos vizinhos às seis e meia em ponto. A casa tinha sido transformada num presépio. Árvore, velas, luzinhas, manjedoura, anjos, carneirinhos, pastores, reis. Demos uma segunda garrafa de champanhe comprada às pressas e nos pusemos a comer e beber: presunto assado em casa, abacaxi, champignons, arroz, ervilha-torta. Vinho branco. Um jantar mais que excelente, infelizmente um pouco prejudicado pela presença de dois filhos pequenos, que possuíam um sentido aguçado de tudo o que era desagradável pra nós. Alguns chamam isso de criatividade infantil. Fomos embora às onze e meia: nossos amigos, que são católicos romanos, queriam ir à Missa do Galo. Eu também fui em direção à igreja, porque é ali que fica a maioria dos bares: festa é festa. Na rua, tive pela primeira vez a sensação de que algo estava acontecendo, não bem uma Reflexão coletiva, mas mais um começo de Carnaval. À meia noite, exatamente, foram lançados fogos de artifício e rojões, tinha uma multidão nas ruas, a maioria bêbada, muita emoção sem motivo, inútil e sem maiores consequências, mas bonita de ver, homens que se abraçavam, homens chorando, homens completamente embriagados, fazendo xixi na calça no meio do bar e tão interessados quanto possível tentando focar seus olhos marejados na poça que escorre pela perna da calça, e, com a saída da igreja, à uma hora, a embriaguez ainda aumentou. Todos desejavam a todos um feliz Natal, apertavam as mãos e davam gorjetas gordas aos barmen, ninguém mais sabia qual garrafa era a sua. Então, depois de papear muito sobre coisas que eu já esqueci, meu dinheiro já tinha quase acabado, fui para casa com um negro que esteve presente nas últimas conversas. Andávamos, um com o braço sobre o ombro do outro, passando por um matagal entre a nossa rua e a rua dos bares, e na esquina, na despedida, ele me propôs entrarmos juntos no mato. "O quê! eu disse, você é homossexual? Sim, você não tinha percebido? Não, não tinha percebido nada, desculpe, mas você também se enganou sobre mim. Tudo bem, ele não ficou bravo. Sabe o quê, ele disse, me empreste 200 Cruzeiros pra tomar uma no caminho, vou voltar pra minha mulher e três filhos. Não, não faça isso, isso não é nada bom pra você, você precisa trepar. Enfim, estamos ali discutindo e de repente ele está com um pau duro na mão, o seu próprio, por sorte. Não seja tão bobo, vamos um pouquinho ali no mato, vai fazer bem pra você. E eu disse, é um pau lindo, mas ponha pra dentro, não saberia o que fazer com ele. Ele põe pra dentro da calça, mas "como" ainda é um enigma para mim. No fim acabei dando 200 Cruzeiros pra ele. Não sei, agora penso que eu talvez devesse ter feito a vontade dele. Ele mesmo disse, usando como argumento: afinal é Natal".

Esta foi, portanto, a Noite Santa. O primeiro dia de Natal[23], aqui o único, começou e correu mais ou menos como o dia anterior. À noite fomos à casa dos Zandvliets. Ali também comemos muito bem e ficamos bêbados de novo, já está ficando monótono. Ouvimos o show de Ano Novo de 1966/67 de Wim Kan[24]. Ficamos sem entender metade por estarmos por fora dos acontecimentos locais e a outra metade porque o gravador rodava depressa demais e Wim Kan já fala tão rápido. Mas demos boas risadas. Ela achou a história do negro mais engraçada do que ele. Edu logo acha este tipo de coisa "grave"; ela perguntou, com um risinho nervoso, mas com inegável interesse: "Como era?" Ela é uma gracinha.

Você terá que se contentar com isso, Paul. Achei que teria mais e que seria mais legal. Hoje, 26 de dezembro, acabou o Arrependimento e Reflexão. Todo mundo de volta pro trabalho. Eu também. E Mieke só dormindo, hoje de manhã, de tarde, de noite, de onde ela tira tanto sono? E eu datilografando, não consigo parar, mesmo depois de já ter contado tudo. Amanhã às oito horas chegam os serventes para consertar o muro do jardim, e agora já são quase duas da madrugada. Gosto tanto do silêncio da noite, do barulho da chuva, ou de grilos. Então converso com brasileiros e eles finalmente são como eu acho que deveriam ser. Agora vou dormir, ou melhor: me recuperar. Saudações e bons votos, beijos a todos.

Guus

São Paulo, 15 de janeiro

Caro Paul

A enésima última carta. Esta noite sonhei que tinha voltado pra Amsterdã. E como eu estava triste, triste. Tinha ido só pra celebrar o ano novo. Foi assim. Eu estava sentado no meio fio na Van Baerlestraat, perto do Concertgebouw, e pensava: isso é solidão de gente grande; antigamente, na puberdade e tal, às vezes eu também me sentia solitário, só que aquilo ainda tinha algo de doce, de melancólico, mas agora, agora estou

---

[23] Na Holanda também se comemora o dia 26 de dezembro, segundo dia de Natal.
[24] Comediante holandês.

mesmo agudamente solitário. Fui ficando cada vez mais desolado, também não tinha absolutamente nada pra fazer, nem estudo, nem livro, nem planos, nem perspectiva, nem Mieke, nada. Estava vazio, completamente vazio. Um pouco mais adiante, tinha uma banca de jornais brasileira na calçada, e o vendedor era Caetano Veloso, a revelação do último festival da canção, pra ganhar um extra. Perguntei em bom português: "O Jornal da Tarde já chegou?" E ele respondeu: "Pois não" (o que significa "sim"), então paguei, como de costume, com uma nota verde de 200 Cruzeiros (velhos). Ainda totalmente apático, decidi ir pra casa, a casa dos meus pais, na Achillestraat. Fui até a parada da linha 16, onde não tinha ninguém. Dei uma folheada no jornal, até que o bonde chegou. Então percebi que a parada estava cheia de gente e eu estava bem atrás. Houve uma confusão, durante a qual eu perdi meu sapato do pé esquerdo. Abaixei pra pegá-lo, mas fui empurrado por pessoas atrás de mim e por mulheres com sacolas de compra que arrastavam no chão, de maneira que eu nem conseguia ver meu sapato. Finalmente consegui pegá-lo e consegui por um triz entrar no bonde, onde, pra minha surpresa, não tinha quase ninguém. O jornal tinha um suplemento especial sobre a celebração de ano novo na RAI[25], onde Caetano Veloso tinha apresentado uma versão orquestral de sua canção *Alegria, alegria*. Nesse suplemento havia antes fotos de garotas de biquíni, como pude ver por uma foto que não tinha sido recortada. "Droga", pensei, "estes brasileiros de merda não conseguem ficar sem colocar as patas nas fotos de mulheres." Desci do bonde na Praça Valerius e fui pra casa. No caminho, olhei para as casas e as pessoas, e fiquei pensando: "Nossa, que casas horrorosas, cruzes, que gente feia, que cidade horrível, ainda bem que logo vou voltar para o Brasil." Subi os degraus de casa ainda profundamente abatido e, bem lá em cima, no quartinho do sótão onde eu e Mieke uma vez transamos, lá estavam meu pai (que já está morto há quase sete anos) e minha mãe. Eu estava com sede, mas não tinha vontade de beber cerveja. Tinha uma garrafa grande de suco de laranja que eu bebi inteira. Não dissemos nada. Ficamos muito tempo juntos, bebemos suco de laranja e ficamos em silêncio. Estava quente e

---

[25] Centro de convenções em Amsterdã.

eu disse: "Estou com vontade de nadar." "Bem", disse minha mãe, "e o que está impedindo?" "Será que a água do Nieuwe Meer[26] não está muito fria?" "Acho que não", disse meu pai, "não fez muito sol nos últimos tempos, mas o ar está quente." "É, mas", repliquei, "e se eu chegar lá e a água estiver fria?" "Ah." Então não fui nadar e fiquei tomando meu suco de laranja quieto e cabisbaixo. E então, Paul, o que você acha? Só posso dizer que a virada do ano aqui, com os Navratils, foi bem mais alegre. Mieke fez um lindo vestido verde-mar de um ombro só para Katrien Driessen e pra ela mesma um vestido longo com um decote que atraiu muitos olhares. Fui convocado como barman. Faço isso com prazer. Gosto de ter pessoas ao meu redor, mas mais pra olhar do que realmente pra conversar. Atrás do bar a gente tem a posição ideal: papo descontraído, sorrisinho para as mulheres, movimentos de mão virtuosísticos com copos e garrafas. Pra meu desapontamento inicial, já tinha alguém no bar. "Posso dar uma mãozinha?" "Acho que logo vem alguém." "Ah, é? Quem?" "Isso eu não sei." "Estranho, porque nós tínhamos combinado que eu ficaria no bar." "Bem, então é você." E ele se foi. Tudo correu bem. Todos dançaram muito, mas eu, dessa maneira, consegui escapar, ainda que tenham me puxado. Zwier Veldhoen foi quem ficou mais encantado com o decote de Mieke. Mas perto da meia noite começaram com rojões, bem no jardim ao lado do bar. Depois de um estouro particularmente atordoante, saí dali praguejando e fui para o lugar mais distante do jardim. Amuado, fiquei num sofá comendo amendoins, castanhas-do-pará, nozes, palitinhos salgados, chips, ovinhos de amendoim, frutinhas minúsculas e bebendo champanhe da garrafa, enquanto a polonaise passava em toda a sua hediondez. Até que uma bomba muito forte explodiu, as vidraças e objetos de vidro estremeceram e as pessoas vieram atordoadas em minha direção. Então julgaram que era o suficiente, ou melhor, "não era mais legal", e retomei meu lugar no bar. Tarde da noite, quando já havia pouca gente, finalmente deixei o meu posto para jogar pingue-pongue com Katrien no jardim. A noite estava quente e úmida, tinha chovido havia pouco, nós afundávamos até os tornozelos na grama encharcada, até que ficamos molhados

---

[26] Lago a sudeste de Amsterdã.

como um casal de afogados e caímos um contra o outro completamente exaustos. Dois dias depois, coquetel de ano novo na casa do cônsul. Você já pode adivinhar onde isso vai dar. Quando nós, perguntados sobre a razão do nosso mal-estar no Brasil, argumentamos sobre a miséria nas ruas e a indiferença por tudo o que não é rico, ouvimos estas palavras intrigantes: "Bem, mas nós estamos numa situação completamente diferente, não é?" e se nem assim desistíssemos e disséssemos que justamente isso era o mais grave, então eles falavam triunfantes: "É assim mesmo, não há nada a fazer!" Tinha seis enfermeiras holandesas no coquetel, pessoas que estavam, elas sim, tentando fazer alguma coisa, no interior do estado de São Paulo. Preparadas em cursos intensivos, de repente elas estavam diante de situações que nunca tinham ouvido falar ou sequer sonhado. Parasitas, subnutrição, tuberculose, lepra, analfabetismo, apatia, superstições — estavam um tanto chocadas. Essas moças estavam no Brasil o mesmo tempo que nós, as primeiras pessoas que, para dizer com delicadeza, também acharam algo estranho na distância terrível entre ricos e pobres, com a qual nossos amigos aqui convivem tão facilmente. Durante nossa conversa de quinze minutos fiquei nitidamente ciente de uma espécie de isolamento dessas moças, Mieke e eu, como se formássemos uma ilhota no meio daquele grupo bastante chique e satisfeito. E o pensamento que entre brasileiros isso não é diferente, pelo contrário, não me deixa particularmente alegre. As pessoas daqui que deveriam ser as primeiras a ter algo em comum conosco, estudantes, artistas, intelectuais, são ricas, e que bom para elas, desejo isso a todo mundo, mas a mentalidade que vem com isso produz uma alienação insuperável. Por isso a correspondência febril deste ano. Se vamos sentir um vazio depois do retorno, como você sugere, quando toda essa coisa de escrever não for mais necessária, eu duvido. Uma certa falta, talvez.

O muro do jardim foi consertado, o que para nós significou uma interrupção de quatorze dias no ritmo de vida e na paz de espírito. Mieke e eu passamos três dias limpando o gramado dos detritos e da lama, daí vieram os serventes e encheram o gramado de cimento, tijolos e armações de ferro, e não pensaram duas vezes antes de podar galhos de árvores e arbustos para poderem se movimentar mais facilmente no terreno. Eles vieram a mando da proprietária, uma alemã que fala português com um sotaque bárbaro e age de maneira inconcebivelmente impertinente, se intromete não só com as coisas da casa, mas também com como nós vivemos e "pour comble" também pega nossas frutas do quintal, tendo o cuidado de escolher só as melhores e mais maduras. O incômodo começava toda manhã às sete horas e a partir daquele momento Tommy não parava mais de latir, ou melhor: mugir. Quando Mieke e eu limpávamos um pedaço de muro, terraço ou varanda recém-consertados da areia, sujeira ou lama que tinha ficado pra trás, no dia seguinte alguma coisa precisava ser trocada de novo, de forma que tínhamos a impressão desagradável de que o mito de Sísifo de repente tinha se tornado realidade. Quando achávamos que estávamos livres de todas essas calamidades, que em matéria de aborrecimento superavam em muito a calamidade original, a casa foi tomada de assalto pelos trabalhadores, porque a proprietária decidiu, já que eles estavam lá, aproveitar para fazer algumas reformas na parte de dentro, de modo que fomos sendo enxotados de cômodo em cômodo. Ao mesmo tempo, depois que o asfalto foi terminado, estavam colocando iluminação na rua, o que fazia com que a energia na casa caísse nos momentos mais inoportunos, enquanto outras vezes, no meio da noite, a casa de repente ficava banhada num mar de luz. Enfim, agora a tranquilidade voltou, junto com os De Vroomes e uma garrafa de uísque. E daqui uns três dias nós viajamos.

Se eu soubesse o que iríamos fazer, poderia calcular os custos e, se pudesse calcular os custos, poderia saber mais ou menos o que poderíamos fazer. Mas ninguém consegue nos ajudar, porque todos viajam de outra forma. Pra completar, ainda não ouvi nada da *Goed Wonen*, pra onde enviei uma matéria grande no dia 7 de dezembro, com o pedido urgente de resposta rápida. Mais um ponto de incerteza: o transporte. Temos bons mapas, mas ainda estamos no escuro sobre a existência de certos trajetos de trem, porque eles aparecem em um mapa como "em construção", e em outro como "em operação", e num terceiro nem aparecem. Agências de viagem não sabem de nada, só operam viagens aéreas. Vamos ter que descobrir tudo in loco. A mãe de Mieke já escreveu a frase genial: "Meninos, tenham cuidado na selva." Estou me preparando para cinco semanas de mosquitos, baratas, diarreia e corpo sujo, então as expectativas só podem ser superadas.

Quando aos estudos, vou viajar com a consciência tranquila: o que eu não poderia fazer na Holanda eu fiz aqui e o que não consegui fazer aqui, posso fazer na Holanda. Mission accomplished. Não sei se ainda irei escrever durante ou depois da viagem. Muitas saudações.

Guus

A bordo do "Amazon", 10 de março

Caro Paul,

Naturalmente, é uma idiotice escrever uma carta três dias antes de ir pra casa, mas aconteceu um pequeno desastre: descobri hoje de manhã que o relato da viagem desapareceu. Cinquenta páginas, a única coisa interessante de todo este ano no Brasil. O jeito agora é escrever, antes que eu esqueça tudo. Está calmo agora, duas e meia da tarde, a biblioteca está vazia, a maior parte das pessoas enjoadas, crianças dormindo. E eu noto que a memória é um mecanismo podre: como eu tinha anotado e fotografado de tudo, a maquininha pensou: "Muito bem, disso eu não preciso me lembrar." O resultado é que eu tenho uma lembrança da viagem que é mais uma sensação do que propriamente uma lembrança: foi há tão pouco tempo, mas falta concretude.

Na véspera da partida ficamos sabendo que a Royal Mail tinha mudado mais uma vez o plano de navegação, de maneira que nosso retorno foi novamente adiado, de 11 para 18 de março. Agora, para passar o tempo restante, *precisamos* receber o dinheiro da *Goed Wonen* que eu tinha pedido ao HBU para enviar para o Rio.

A partida. Passamos semanas ansiosos por isso e fizemos as malas, na noite anterior, já discutindo e bebendo cachaça, e quando terminamos e estávamos mortos de cansaço, por volta da uma, fomos tomar mais uma cervejinha, pra não acordar ainda mais tristes no dia seguinte às cinco da manhã. O trem partiu pontualmente às 6h50, dia 19 de janeiro. Não é preciso ir muito além de São Paulo e já se está no Brasil. Depois de cem quilômetros sentíamos que escapávamos da cidade, que ficaria pra trás pelos próximos mil e duzentos quilômetros, e éramos lançados num continente. Um continente monótono. Cabras e ovelhas, bocejar e cagar, por um longuíssimo dia. E uma noite. E mais meio dia. Sem pregar os olhos. Depois de trinta e uma horas: Anápolis. No dia seguinte Brasília. O lugar onde estou sempre me interessou menos do que como chego até lá. Vejo Brasília à minha frente, mas não saberia o que dizer a respeito, embora fosse realmente muito bonita, pelo espaço e pela luz, muito mais bonita do que eu imaginava. Mas o que significa ser "bonita"? Lembro-me que estive em Granada em 1958, em Alhambra, provavelmente o lugar mais bonito da terra, e que comecei a sentir dor de dente ali. A beleza de Granada desapareceu. A surpresa de Brasília foi a Cidade Livre, um subúrbio afastado, inteiro de madeira, com hotéis baratos, restaurantes e saloons com portinhas de vaivém.

O trajeto para Pirapora, no São Francisco, passou por Patos de Minas, onde tivemos que esperar o ônibus por três dias. Ruas lamacentas, rio lamacento, casas de barro, hotel de barro, um mercado, bares. Falamos até ficar roucos. Ninguém acha a gente estranho. Mendigos, fazendeiros, comerciantes, funcionários públicos — pode-se conversar com todo mundo como pessoas racionais, sensatas, amistosas. De onde vem tanta civilidade no meio do nada? Um estranho impulso: ficar aqui. Tornar-me diretor da escola local. Mieke vestiria o vilarejo com suas criações. Mas numa tarde, depois de termos apanhado e chupado mangas na propriedade de um tal Abílio, ficamos em cadeiras de balanço curtindo a sombra e começamos a trocar ideias.

"Abílio, o que você faria se sua mulher fosse para a cama com um outro?"

"Mataria, claro."

"Como? Com peixeira ou à bala?"

"À bala."

"Por quê?"

"Menos sangue."

Não houve muitas ideias pra trocar, portanto, e nós no fim não ficamos lá. Mas ficou um tipo estranho de saudade, como uma reminiscência de uma existência sem incertezas, na qual para a infidelidade cabe simplesmente a morte — e a impossibilidade de viver com isso. O que foi desorientador é que aos poucos começamos a entender que estávamos em um mundo estranho, que não parecia nem um pouco estranho. Nada de índios ou excêntricos enfeitados de maneira folclórica, não, pessoas comuns vestindo jeans e camisa, com sandálias ou pés descalços, que falavam um português inteligível e com quem dávamos boas risadas — e isso continuou por quilômetros e quilômetros, milhares de quilômetros, podia-se viajar durante semanas sem que as pessoas ou a língua mudassem significativamente. Era estranho e familiar e, principalmente, era grande, não tinha fim. Em Patos tive a impressão de que Patos era o mundo inteiro — e isso foi tão bom. Deu uma sensação de liberdade ilimitada e, como posso dizer, uma espécie de invulnerabilidade às circunstâncias.

Tinha me esquecido dessas coisas. Escrever traz as lembranças à tona.

De Patos fomos de ônibus por estrada de terra até Pirapora. A ponte sobre o rio — e eu não costumo ter medo deste tipo de coisa — era um esboço enferrujado de Eiffel. Talvez a única ponte conjunta para trens e automóveis no mundo. Dos dois lados dos trilhos do trem havia trilhos mais baixos para as rodas dos carros. Os carros passavam, por assim dizer, de pernas abertas sobre os trilhos do trem. Um erro no volante (e bem pequeno) e você se espatifava sobre rochas e bancos de areia.

Em Pirapora fazia calor, muito calor. Mais três dias de espera, agora pelo barco. Não tinha água no hotel. Então nós íamos para o rio. É um equívoco pensar que no calor as pessoas se acostumam ao calor. A gente nunca se acostuma. Nem os animais se acostumam. Um dia, dois meninos chegaram na prainha do rio com um cavalo enorme. Entraram todos na água e os meninos começaram a molhar o cavalo. O bicho se deleitou. Eu não gosto nem um pouco de cavalos. São grandes demais, acho ridículo o costume de falar de "cabeça" e "pernas", e me senti realizado quando li que Éluard certa vez descreveu a cabeça de um cavalo como um sapato com varizes. Mas não sou alguém que jamais abandona sua opinião por uma melhor quando uma oportunidade se presta a isto. Os meninos brincavam com o cavalo e o cavalo com eles. Tentavam montá-lo e sempre caíam de novo na água, escorregando na pele lisa e molhada, e o animal, paciente, permitia, até que ambos montaram. Depois andaram pra lá e pra cá, voltaram para a praia, rolaram os três na areia quente e começaram tudo de novo desde o princípio. Olhávamos aquilo e as lágrimas me escorriam pela face, e eu disse a Mieke: "Nós andamos por toda a Bienal cinco vezes e foi lindo, mas isto é que é beleza. Isto aqui é que é beleza."

Além disso, a certeza de que algo assim só poderia acontecer aqui. Me senti, de maneira positiva, livre de qualquer ironia.

Quando fomos comprar os bilhetes para o barco, descobrimos que a primeira classe (com cabines) estava lotada. A segunda classe não tinha cabines, mas com nossa invulnerabilidade às circunstâncias passamos por cima desse inconveniente despreocupadamente. O preço, para a semana inteira, totalizou 17,50 florins por pessoa, tudo incluso. Quando o homem ouviu que éramos holandeses, explicou que os barcos também eram. Surgiram documentos amarelados, cada vez mais pessoas se interessavam e, depois de uma boa hora, ficou claro que os barcos a vapor com rodas de pás utilizados aqui foram fabricados na Holanda e já navegaram no Issel. Nossa surpresa foi grande, mas a minha aumentou ainda mais quando me lembrei que meu avô, quando era um rapaz de quatorze anos, trabalhou para a Zwolsche Raderboot Mij[27]. Isso foi em 1867. Será que logo mais, no meio do Brasil, vou pôr os pés num deck no qual meu avô caminhou sobre o Issel exatamente cem anos atrás? Que pensamento maravilhoso. O barco tinha um deck inferior aberto, para os passageiros da segunda classe, uma pequena cozinha, banheiros, amarras, cabos, o mecanismo de acionamento das rodas de pás na popa; na proa uma pilha enorme de lenha com a qual o motor é alimentado. No deck superior, as cabines, atrás os chuveiros, para os quais era bombeada água do rio e, na frente, o restaurante para os passageiros da primeira classe. No alto a casa do leme e cabines para o capitão e o timoneiro. Do lado esquerdo, uma jangada amarrada levava dois carros de passageiros.

O São Francisco é um rio marrom, lento, aqui e ali muito largo, com margens verdes, pantanosas ("nossa Índia[28]"). Recebemos comprimidos contra a malária. Na parte navegável, de Pirapora até Juazeiro, o rio foi durante séculos a única via que atravessava esta região, que tem uns mil e quinhentos quilômetros de extensão e praticamente continua sendo para todos aqueles que não voam. A maioria dos passageiros embarcou

---

[27] Empresa holandesa que construía e utilizava barcos a vapor com rodas de pás.
[28] Referência às Índias Orientais Holandesas, atual Indonésia.

para uma, duas ou no máximo três "paradas". Nós e os dois proprietários dos automóveis somos os únicos que viajamos todo o trajeto. Todos os dias tínhamos três refeições quentes — arroz, feijão, mandioca, sempre com uma carne diferente: frango, gado, porco, cordeiro, ovelha, coelho. Não é uma viagem para vegetarianos. A carne vinha a bordo em forma de animais vivos. Depois de dois dias, as galinhas mal precisavam ser depenadas, pois já tinham depenado umas às outras. Bichos terríveis. Não merecem outra coisa que serem comidos. Mas os animais não eram importunados em seus últimos dias, como os espanhóis fariam. De manhã, um porco, ou uma ovelha era colocado de um lado e à tarde do outro, na sombra. Estranhamente, eu nunca os vi serem mortos. De repente, duas metades de um animal sem pele apareciam penduradas em ganchos e o açougueiro, de torsonu, suando, ocupava-se violentamente em cortar, serrar, reduzindo o bicho a pedaços administráveis que ele jogava para três negras gordas que passavam o dia inteiro na cozinha rindo e cantando. À noite, as pessoas penduravam suas redes ou se deitavam num tapete. Nós não tínhamos rede, então nos deitávamos num tapete. No segundo dia, puxamos conversa com um homem de Belo Horizonte que se parecia muito com Bertus Aafjes[29] e que estava chocado com o fato de que nós, dois europeus tão civilizados e inteligentes, tivéssemos que dormir no chão entre a ralé. Ele nos ofereceu seu Land Rover para dormir, e foi ali que dormimos pelo resto da viagem, Mieke no banco do meio, eu atrás, com as pernas pra fora da janela. O carro também servia como cantinho clandestino para a bebida, pois não serviam bebidas fortes a bordo. Então comprávamos nossa garrafinha nos lugares em que aportávamos, com a qual depois nos enfiávamos no carro. Estabelecemos um contato assíduo com várias pessoas que passaram mais tempo a bordo, como Bertus Aafjes e um certo Luís, um mulato pobre, escuro, de boca banguela e de humor sempre radiante. A partir do momento que ele ficou sabendo que tínhamos uma garrafa no carro, ficou muito ligado a nós. Fizemos uma descoberta que nos deixou boquiabertos por bastante tempo: Luís não sabia o nome do país em que vivia. Ele pensava que simplesmente vi-

---

[29] Escritor e poeta holandês.

via no "mundo". Nós tínhamos um velho atlas escolar brasileiro conosco e, em pequenas doses, fomos explicando a ele que o mundo era redondo, que existiam diversos países com línguas diferentes, e que o país onde estávamos agora se chamava Brasil, e que a língua que falávamos era o português. Ele escutava com atenção, mas frequentemente caía na risada. Deve ter parecido muito disparatado pra ele. Só depois de algum tempo nós também entendemos que pra ele era impossível relacionar o país no mapa com o país de verdade. Ele não conhecia símbolos. Mas sabia pescar muito bem e naquele momento achamos aquilo mais importante. O que ele pescava, entregava para as cozinheiras prepararem e não dividia com mais ninguém além de nós. Um dia ele disse: "E agora vamos pescar piranhas." Eu fiquei surpreso, achava que as pequenas devoradoras só existiam na Amazônia, e pelas histórias sobre engolirem lâminas e coisas do tipo, mal podia imaginar que eram boas para comer. Luís pediu um pedaço de carne sangrento na cozinha, pôs no anzol, atirou a linha e poucos minutos mais tarde pegou um monstro de cerca de quarenta centímetros que se debatia freneticamente. Um bicho bonito, com um belíssimo brilho perolado azul e cor de vinho. Luís lhe enfiou um pedaço de pau da grossura de um dedo entre as mandíbulas e a piranha confirmou sua reputação: mordeu de uma vez. Peixe gostoso, carne firme, sem muita espinha.

Aquela semana no barco é como um longo dia na minha memória, porque todos os dias eram os mesmos. Comecei a entender um pouco sobre a diferença de percepção do tempo. Bastava ver os lugarejos ao longo da margem do rio pra saber que ali todos os dias também eram os mesmos, mas não por uma semana e sim por toda uma vida. E sendo assim, por que alguém haveria de ter pressa? Por que se ater a um compromisso se vai ver a mesma pessoa amanhã? Fazia todo sentido. Não tinha nada de complicado. Isso também se entranhou em mim: podia passar horas debruçado no guarda-corpo do barco conversando com alguém sobre absolutamente nada — o que durante minha vida inteira sempre achei a coisa mais difícil. Ficar olhando para o movimento na praia ou o embarcar e desembarcar de passageiros no cais. Jogar vinte partidas de dama uma atrás da outra com os amigos de Belo Horizonte. Olhar fixo para a linha de pesca do Luís. Ouvir da tripulação histórias sobre naufrágios no rio. E subir os dois lances de escada até a casa do leme para uma conversinha com o capitão era como uma aventura. Só o fato de ter escrito tudo é uma traição ao meu velho eu. Talvez seja simbólico o fato do relato da viagem ter desaparecido. Talvez fosse mesmo a intenção (intenção de quem?) que eu tivesse esta viagem apenas na *memória*. Talvez ela não seja mais do que o que eu me lembro.

Em Juazeiro foi difícil encontrar condução até Canudos, no norte da Bahia. Mas agora que eu estava tão perto, tinha que ir até lá. No fim encontramos um motorista de caminhão que, a contragosto e por um valor relativamente grande, deixou que nós e mais um casal de ciganos subíssemos na carroceria vazia. O caminho era por leitos secos de rio e rotas criadas pela passagem de gado. Se a gente se sentasse na carroceria, quebrava a coluna, se ficasse em pé, quebrava as pernas. Ficamos debruçados como torturados nas laterais. Porque para não encalhar até o fim dos tempos numa valeta, o motorista era obrigado a manter um bom ritmo. Suspensão e amortecedores já tinham deixado de existir há muito tempo. Ainda assim, era tudo como eu tinha em mente: árvores esbranquiçadas, sem folhas, espinhosas, que eu sabia que era tanto uma fuga do sol quanto uma busca da água, com raízes que chegam a ser cinco vezes mais longas em profundidade que os galhos na superfície. Os esqueletos dos livros estão aqui de verdade. Poeira na boca, no nariz, sob as pálpebras. Parada em Uauá. Que diabos leva alguém a querer ou ao menos continuar a morar aqui, no meio do nada absoluto? Uauá, o local das primeiras batalhas, em 1896. Quando escureceu chegamos a Entroncamento, um ajuntamento de vinte casas no cruzamento das estradas Juazeiro-Aracaju e Fortaleza-Bahia. Saltei da carroceria e ajudei Mieke a descer. Quando a soltei ela despencou no chão. Desmantelada como uma marionete com fios arrebentados. Mas uma pessoa se recupera rapidamente. Bastou deitar um pouco, água limpa na jarra, roupas limpas, uma refeição quente e às nove e meia estávamos sentados com alguns moradores, em cadeiras em frente à porta, curtindo o ar fresco e a escuridão, depois da luz e calor demasiados do sol. Estávamos papeando agradavelmente, como eu tinha aprendido tão bem no barco, dando casquinhas de pão a porquinhos que passavam por perto farejando, e admirando o firmamento, quando, de repente, eu vi uma estrela se movendo de forma constante em linha reta. Um satélite! Meu primeiro satélite! Saltei emocionado para apontar esta maravilha do mundo civilizado aos analfabetos ao redor, mas eles continuaram sentados, tranquilamente, deram uma olhada sonolenta para o alto e um deles disse, olhando para seu relógio iluminado: "É verdade. É o satélite das nove e meia." (No barco um velho nativo me perguntou como andava a revolução na Holanda. "Perdão, o senhor deve estar enganado. Na Holanda nunca há revoluções." "Tem sim, quero dizer... você sabe, como chama... *Provo*[30]? É, nossos radinhos dão tudo que é notícia!")

No dia seguinte, pudemos ir como passageiros de um jeep até Canudos, dez quilômetros ao norte. Ao longo do caminho ficava a última casa habitada. Uma velha senhora, um homem de meia idade e um menino. Consumimos uma montanha de umbu, uma espécie de ameixa azeda. Então tive que ir até lá. Mieke preferiu ficar com os moradores. Eu deixei a estrada e me abandonei à paisagem que eu tinha visto do caminhão no dia anterior. Uma empreitada insensata. Onde os habitantes da região andam com uma armadura de couro e botas contra os espinhos, eu fui de calça jeans e camisa, com chinelos de borracha. Nenhum vento. O sol a prumo. Grilos tornam o silêncio ensurdecedor. Pedrinhas, cintilando como mica, afiadas como vidro, trinchavam as minhas solas; espinhos capazes de deixar marca até em aço as atravessavam. As solas suadas dos meus pés escorregavam o tempo todo dos chinelos no chão pelando de quente. Mas não cheguei até ali para me deixar deter por miudezas. Conheço a região através da descrição detalhada de Euclides da Cunha e dos mapas. Subo o morro da Favela, de onde bombardearam com artilharia pesada. Aos pés da colina, o rio Vaza-Barris; do outro lado, o vazio de 5000 barracos, como um negativo de Canudos, a fortaleza de barro dos "fanáticos", pulverizada pelos canhões Krupp do governo brasileiro. Tive um sentimento muito estranho. Um acontecimento de 1896/97 viaja através do tempo no livro de Euclides da Cunha, de 1902, na tradução de De Jong, de 1954, que eu leio em 1958 e determina a escolha de minha profissão e, em parte, o curso da

---

[30] Movimento holandês de contracultura em meados da década de 1960 que, utilizando-se de ações não-violentas, provocava a ordem estabelecida.

minha vida. Por isso estou aqui. Eu queria ver isto. Por ter lido tantas vezes, conheço o texto de cor: "Do topo da Favela, se a prumo dardejava o sol e a atmosfera estagnada imobilizava a natureza em torno, atentando-se para os descambados, ao longe, não se distinguia o solo. O olhar fascinado perturbava-se no desequilíbrio das camadas desigualmente aquecidas, parecendo varar através de um prisma desmedido e intáctil, e não distinguia a base das montanhas, como que suspensas. Então, ao norte da Canabrava, numa enorme expansão dos plainos perturbados, via-se um ondular estonteador; estranho palpitar de vagas longínquas; a ilusão maravilhosa de um seio de mar, largo, irisado, sobre que caísse, e refrangesse, e ressaltasse a luz esparsa em cintilações ofuscantes..."

É verdade. Numa temperatura chegando ao ponto de ebulição, calafrios percorrem o meu corpo. Tropeço pela encosta e passo pelas águas rasas do Vaza-Barris. Afundo minha cabeça na água e bebo como um animal. Então retorno. Eu vi. Estive lá. Volto com os pés sangrando, arranhões, roupas rasgadas. Encontro Mieke, ainda comendo umbu, com os últimos moradores de Canudos, que me consideram louco: escapei de insolação e picadas de cobra. E eu talvez tenha sido a última pessoa a pisar na paisagem descrita por Euclides: em breve ela desaparecerá sob as águas de uma represa.

Bahia, outro buraco na minha memória. Foram cinco dias, e a única coisa que sei é que quero voltar. Uma cidade antiga, colonial, casinhas portuguesas de tons pastel. Uma cidade alta e uma cidade baixa, ligadas por um elevador-Eiffel, como em Lisboa. Plantas exuberantes, muitos negros, cheiro de comida picante na rua. África. Pobreza terrível. Calor úmido, oleoso. Muitas igrejas. Rádios. Trânsito caótico. O sagrado carro. Automobilistas que param num bar e são servidos *dentro* do carro. Hotel ruim. No quarto uma moringa sem água. Quando, no último dia, passamos pela porta aberta do restaurante, todas as mesas tinham jarras d'água. Roubamos a moringa para levar na viagem. Próximo ao nosso hotel, perto da estação, à noite você tem que andar passando por cima dos moradores de rua dormindo. Me lembro de uma mulher que dormia numa esquina, pernas abertas, um joelho dobrado. Querendo ou não, você olhava por baixo da saia dela, direto no monte de pelos pretos. Fora da cidade, praias com palmeiras. Em uma de nossas caminhadas pra mais longe, encontramos pescadores sentados em frente a uma cabana em estranhas pedras triangulares, de mais ou menos meio metro de altura, os lados ligeiramente curvados para dentro e com uns vinte e cinco centímetros de comprimento. Perguntamos o que eram. Vértebras de baleia. Tenho que voltar para a Bahia e vou conseguir. Afinal também tenho que ir a Canudos.

Na terça-feira, 13 de fevereiro, às 6h35, partiu o trem para Monte Azul (870 Km), onde segundo o horário previsto ele chegaria no dia seguinte por volta das 14h00. Em Monte Azul, fronteira entre os estados da Bahia e de Minas Gerais, nós passaríamos para o trem para Belo Horizonte. Viajávamos de segunda classe. Trinta e duas horas em bancos de madeira? Melhor mudar, pagando um pequeno suplemento, para o que chamam de primeira classe. Bancos estofados, com encostos que podiam ser movidos pra um lado ou pra outro, assim quem prefere pode viajar sempre "de frente". Nós pusemos o encosto do banco à nossa frente para o outro lado, assim ficamos com dois bancos inteiros. Bom pra esticar as pernas, pois não havia acomodações pra dormir. Nosso vagão era o último, depois do vagão restaurante, onde um garçom desleixado nos contou que os horários são uma coisa e os trens outra. A chegada em Monte Azul só seria dali a dois dias, quinta-feira, dia 15, por volta das 5h00 da manhã. Por nós, tudo bem. Estávamos bem providos, sempre tínhamos cachaça na garrafa e água na moringa. O vagão, que na partida ainda estava bastante vazio, foi enchendo de viajantes ao longo do dia, a maioria, como no barco, por trajetos curtos. Com exceção de uma negra baiana gorda que depois de anos morando longe voltava para Monte Azul, onde tinha uma pensão. Perdemos o banco à nossa frente para uma família com duas crianças, entre elas um bebê. Eles logo entupiram o vagão com um monte de bagagem: malas, mochilas, cestas, caixas. A bagagem também incluía uma porta, que eles puseram sobre o encosto de seu próprio banco e do banco do outro lado do corredor, de maneira que quem queria transitar tinha que se abaixar e passar por baixo. Ninguém reclamou. Em cima da porta, um bercinho com o bebê e um braseiro de barro, que a mãe acendia para esquentar papinha e comida. Vazavam chamas pelo suporte, voavam fagulhas pelo vagão de madeira. Sujeira por toda parte. Poeira, cinza, suor formavam uma camada que se estendia pelo chão, pelos bancos, pelas pessoas. Absolutamente sem importância. Perto do fim do dia, a parede do banheiro tinha merda até a altura dos olhos. A única coisa que despertou meu interesse nisso não foi por que estava ali, mas como tinha acontecido. Dormir era difícil por causa de um apoio de braço não dobrável no meio do banco. Tentamos no restaurante, com os braços na mesa e a cabeça sobre os braços. O segundo dia foi como o primeiro. Talvez mais quente, mais empoeirado, mais sujo, mas a indiferença em relação a isso continuou no mesmo passo. No restaurante não tinha mais comida. O que também não foi problema. Em cada estaçãozinha havia meninos vendendo frutas: umbu, manga, jaca, laranjas, bananas, abacaxi, e menininhas com bandejas cheias de arroz, feijão, carne, tomate, mandioca, que suas mães preparavam nas plataformas sobre fogareiros à lenha. Uma excelente refeição por menos de um florim. O trem ficava parado até que todos esvaziassem os pratos, porque eles tinham que ser devolvidos. Muitas vezes ele ainda ficava parado por mais tempo, duas, três horas, sem que víssemos nada acontecer além de funcionários passando algum formulário uns para os outros. O trem era muito longo. Nas curvas, víamos todos os vagões da frente. Quando esticava ao se aproximar de mais um aglomerado de casas perdido no meio do nada, você via pessoas saírem correndo das casinhas e dos campos. O trem é um acontecimento. A estação: um alargamento arenoso e pedregoso da ferrovia, um dos edifícios que de maneira comovente, seja grande ou pequeno, apresenta a mesma estrutura em qualquer lugar do mundo. Atrás, dois vagões de carga em ruínas num trecho de trilho coberto de mato, e por ali pessoas, porcos cachorros, galinhas, gatos, esborrachados sob o sol. Quando o trem parou e acabaram os rangidos, chiados e arfagens, baixou um silêncio que era o correlato acústico da terrível, incompreensível solidão daqueles lugarejos. Jaca, que acabei de mencionar, é uma fruta muito grande, mole, com uma polpa macia que fede a tripas. É chamado aqui de "melão de pobre". E como havia muitos pobres no trem, tinha muita jaca no bagageiro. Uma delas caiu no chão e se espatifou. A polpa e o fluido viraram uma malha pegajosa no meio do corredor. Um fedor doce, horrível. Insetos. A segunda noite foi como a primeira. Agora tentamos dormir na plataforma de trás, onde estendemos o mosquiteiro pelo qual pagamos caro em São Paulo e não usamos nenhuma vez ("no interior os mosquitos devoram a gente"). Conseguimos dormir razoavelmente bem. Cada um de nós acordou só uma vez: Mieke por causa de uma barata no rosto, eu por causa de uma barata na perna da calça. Principalmente à noite, quando as lâmpadas estão acesas, fica cheio de bichos. Baratas de seis, sete centímetros, loucas com a luz, voam em todas as direções como projéteis descontrolados. As pessoas não faziam nada. Vi um homem dormindo com um monstro desses na bochecha. Dois menininhos se esgueiraram, um tirou o bicho com cuidado da bochecha do homem e jogou na cara do amiguinho. Diversão. Nesse meio tempo, o trem passou a andar cada vez mais devagar. Na manhã do terceiro dia ainda não estávamos nem perto de Monte Azul. Da janela do trem em movimento podia-se colher flores de maracujá, que crescia em grande quantidade ao longo dos trilhos. Também não era nem um pouco "pericoloso sporgersi", dava muito bem para "pencher au dehors" — era preciso, inclusive, caso se quisesse, tirar uma soneca com o cotovelo no peitoril da janela e a cabeça no cotovelo. O terceiro dia foi como o segundo, só que agora o trem também começou a sair dos trilhos. Acontecia de maneira quase despercebida. A gente sentia uns solavancos, o trem diminuía a velocidade com um som rascante e acabava parando. Daí todos tinham que descer. Os homens, sob incentivo do mulherio, empurravam e erguiam o vagão de volta para os trilhos com a ajuda de tábuas, gerando depois alegria e aplausos, como um gol numa partida de futebol. No total houve sete descarrilamentos. Um momento emocionante foi também a subida de uma colina um pouco mais íngreme, perto do fim do terceiro dia. Um pouco antes do cume, quebrou o acoplamento entre a locomotiva e o trem. Os vagões iam lentamente para trás na encosta, a locomotiva também voltou, alcançou seu trem, o acoplamento foi fixado e fomos novamente colina acima. Conseguimos na quarta vez, o que provocou uma chuva de aplausos por todo o trem. Em completa escuridão, por volta das onze da noite, portanto depois de sessenta e cinco horas, o que dá uma velocidade média de menos de quatorze km/h, com um atraso de dezoito horas, o trem parou definitivamente um quilômetro antes de Monte Azul, porque um trem de carga tinha se acidentado ali. Um jeep ia e vinha pra levar os passageiros até o vilarejo, onde nos hospedamos na pensão da baiana. Infelizmente: o retorno dela foi festejado até altas horas da noite com gritos estridentes, latidos de cachorros e o rangido do rádio.

De manhã, às seis horas, preparados para o último arranco para Belo Horizonte: setecentos quilômetros a serem percorridos em trinta horas. Na estação, fomos vacinados contra febre amarela. No meio do saguão tinha um homem vestindo um jaleco que já foi branco entre duas mesas com montes bagunçados de seringas. Pra comprovar nossa vacinação, recebemos um certificado "que pode ser trocado por um atestado internacional em qualquer lugar do mundo, desde que esteja válido" — mas por quanto tempo seria válido não está escrito. O destino desse trem era, passando Belo Horizonte, Barbacena, que é conhecida em todo o Brasil pelo que nós chamamos de instituição psiquiátrica, mas que aqui deve ser um manicômio à moda antiga, pois no trem os loucos também eram à moda antiga. Pouco depois de nós, entraram dois lavradores com um menino entre eles, no qual, quando sentaram, puseram algemas de couro. Explicaram pra nós, e para as pessoas na frente e atrás deles, que sem as algemas o menino tinha impulsos de pular de janelas ou agredir pessoas. Só as algemas o tranquilizavam. Não sei o que é verdade nisso, em todo caso, o menino demostrava quatro humores: apatia, resistência, alegria e desalento — exatamente como uma pessoa normal, portanto. Na maior parte do tempo ele ficava sentado imóvel, fitando seus acompanhantes com um olhar que não significa coisa muito boa — ou nada boa. Ele babava continuamente e dormia pouco. Só ficava alegre de vez em quando. Então juntava saliva na boca que, num momento inesperado, cuspia em seus acompanhantes com força e grande senso de direção para o rosto. Por isso recebeu de um deles (seu tio) alguns fortes puxões de orelha e chutes na canela, o que não o impediu de continuar olhando e juntando saliva. Quando ficava desalentado, primeiro começavam a jorrar muitas lágrimas de seus olhos e só depois surgia um choramingar infantil. A resistência, por fim, ele expressava se levantando lentamente, o que tinha algo de muito ameaçador, e quando estava totalmente de pé (o que só era possível quando seus acompanhantes dormiam, de outra forma era puxado pra trás com força) esquecia o que queria fazer. Inicialmente achamos horrível, depois penoso, e no fim só inconveniente pra quem tinha que lidar com aquilo — embora eu ache que tenhamos considerado a situação mais pesada do que eles mesmos. Nós não vemos mais esse tipo de louco. Conhecemos pessoas com frustrações, fobias, distúrbios de contato, mas esse menino era simplesmente louco de pedra. Inacessível. Mais tarde, em Curvelo, entrou uma mulher no trem levada por dois policiais e um certo Luciano, que devia fazê-la acreditar que ele iria junto. Pouco antes do trem partir, Luciano desapareceu, e ela começou a gritar. Até que o trem se pusesse em movimento, daí parou. Fumou um cigarro, olhou para a paisagem. Mas em cada estação tinha que ser segurada pelos policiais, pois queria ir de novo atrás de Luciano. Notamos que as pessoas no trem não tinham o menor indício do incômodo que nos acomete em situações deste tipo. O tio e os policiais falaram com quase todo o trem. Todo mundo veio pelo menos uma vez pra olhar os loucos à vontade e bater um papinho.

Esta viagem de trem, 1570 quilômetros em quatro dias, me fez perceber, ainda mais do que o trajeto de barco pelo São Francisco, as dimensões absurdas deste país. Talvez porque viajar por terra, com chacoalhadas e sacudidas, dê uma impressão mais forte de locomoção do que o deslizar constante sobre a água. Talvez também porque, ao viajar por terra, se passa por altos e baixos, e do alto o espaço é maior. Ainda que isso em parte seja verdade, o que sentíamos já não era insensibilidade às circunstâncias — endurecidos por exercícios de monotonia e outras torturas, sentíamos que tínhamos nos tornado coisa, um item de bagagem jogado pra lá e pra cá. E essa foi a nossa salvação, a única maneira de não ficar maluco, para poder suportar essas 95 horas de calor, poeira, sujeira, privação de sono e mesmice. E as outras pessoas, seriam *sempre* coisas?

Antes de Belo Horizonte mudamos para um trenzinho em direção à vizinha Sabará. Em seguida outras cidadezinhas do século dezoito, antiquíssimas para um país jovem: Ouro Preto, Mariana, Congonhas. Portugal nos trópicos: barroco tropical. Acredito que o declínio da arte no paralelo descrito acompanha o desenvolvimento da fotografia. Em Congonhas, de novo uma capela cheia de ex-votos: pés, braços, seios, mãos de cera decorados com as mais horríveis feridas pintadas, acompanhados de promessas e agradecimentos por curas milagrosas. Surrupiamos uma teta com uma ferida aberta sangrenta, aparentemente um caso sem esperança. O trem de BH para o Rio era de luxo, ar condicionado, vidros coloridos nas janelas, pessoas silenciosas, nada a contar.

E agora, portanto, no Rio de Janeiro, a cidade mais linda do mundo, nos preparamos para a última semana, em geral considerada como o ponto alto desta viagem. Nossa primeira saída foi até o HBU. Nada dos 600 florins da *Goed Wonen*; não 125 florins, mas apenas 90 do aluguel em Amsterdã: dedução de despesas de envio. Então mal tínhamos o suficiente pra pagar o trem barato pra São Paulo, onde chegamos no dia seguinte, 21 de fevereiro. Como viver mais um mês sem dinheiro? Pra isso era preciso um milagre, o que aconteceu: pesquisando com a Royal Mail, descobrimos que uma cabine para duas pessoas acabara de ficar disponível no barco de 26 de fevereiro. No "Amazon", nosso velho conhecido. Nos correios não havia nenhuma correspondência da *Goed Wonen*. Mas sim uma carta da minha mãe, que tinha ligado e ouvido falar que minha matéria não tinha sido aprovada porque nós teríamos combinado que eu escreveria um texto sobre Brasília. Pelos céus. Nós tínhamos justo combinado explicitamente que eu poderia escrever sobre qualquer aspecto arquitetônico no Brasil, *exceto* Brasília, pois todo mundo já conhecia isso. Minha história está chegando ao fim. Os De Vroomes nos emprestaram dinheiro para a viagem de volta, os Driessens nos levaram até Santos. Anjos, todos eles. Assim como os Pranges, os Zandvliets, Eduardo e Pilar, os Veldhoens. Sentimentos de tristeza, desalento e remorso, porque se algum dia voltarmos a vê-los, não será como quando *nós precisávamos deles*. No porto de Santos fomos submetidos às últimas provações. Um coitado do sistema portuário, que tinha inspecionado e carregado nossos baús, parou de carregar na saída do cais e ficou parado, sorrindo. Perguntei com o devido desprezo: "Quanto?" Depois de algumas ofertas e barganhas, algo que sempre me desagradou, mas que agora eu sentia em grau ainda maior como algo vergonhoso, concordamos em uma nota de dez. Nunca me senti tão liberto como quando finalmente estávamos no navio, com baús e tudo. Dezesseis dias de tranquilidade pela frente e nenhuma preocupação com a chegada. E o pensamento: "Isso aqui nunca mais." A viagem foi o fim, não tínhamos mais nada a buscar no Brasil. O aborrecimento no porto tinha se transformado em ódio contra o país — absurdo, claro, pois em Pirapora, por exemplo, adoramos este mesmo país às lágrimas. Mas tinha sido um pouco demais. A gota d'água. Eu também já não tinha mais nenhuma vontade de visitar o Rio. Estávamos lá no último dia de Carnaval, e eu simplesmente não queria sair do navio: não consigo imaginar nada pior que uma festa popular e o que li este ano sobre o Carnaval do Rio também não ajudou a mudar minha opinião acerca deste assunto. O povo, em lugar de dançar, fica boquiaberto com enormes escolas de samba, enquanto os intelectuais se queixam que o Carnaval não é mais uma festa popular pra depois irem se encontrar em boates caríssimas. Mas são justamente as fotos disso que correm o mundo: meninas ricas bonitas, seminuas, braços pra cima (psicólogos dizem que a axila é uma buceta substituta), playboys com copos de uísque na mão a dez dólares a dose, Gina Lollobrigida, Sylvie Vartan, etc. etc. No fim é claro que eu fui para a cidade, sob pressão de Mieke, e porque depois seria um pensamento indigerível ter estado no Rio durante o Carnaval e não ter visto nada. Chovia. Pessoas seminuas embrulhadas em capas de chuva transparentes. Só na Avenida Vargas e Av. Rio Branco se dançava espontaneamente aqui e ali e alguns bares estavam abertos. O resto da cidade, pra onde quer que você fosse, morto, fechado, vazio, deserto. Por mim *Orfeu Negro* ganha o prêmio de filme mais desonesto de todos os tempos. Que festa lamentável! E como o Rio estava muito, muito mais legal naquela tarde na viagem de ida, quando não tinha nada de Carnaval! Tenho implicância com pontos de exclamação, mas quando eu os uso eles realmente têm um significado. À noite a mesma coisa, só que então havia filas grossas de pessoas esperando por algo que não veio; ou deviam ser carros alegóricos de mau gosto marcante e um cortejo de cavaleiros em embalagem de festa, tipo torneio de caça da família real, graças a Deus sem matilha. Me lembrou o cortejo de flores de Aalsmeer, ou, antigamente, o Dia Olímpico, que também nunca levantou voo (por causa do dia da Ascenção). A bebida não podia oferecer nenhum consolo, porque nos poucos bares abertos, uma multidão compacta de pessoas nos impedia de nos livrar das últimas cédulas. A caminho do navio aconteceu um milagre comigo, embora desiludido e completamente sóbrio, não pude resistir aos sons africanos de uma bandinha improvisada numa esquina da Rio Branco e eu, a princípio tímido, mas aos poucos com entusiasmo e entrega, me meti entre a putaria que dançava. Mieke foi discretamente puxada para o lado por cidadãos de boa-fé e avisada sobre o público duvidoso a quem eu tinha preferido, mas ela respondeu, com razão, que já não se podia fazer mais nada. Ademais, já tínhamos entendido há muito tempo que o que resta do carnaval de rua é monopólio deste grupo da população. Pessoas de bem não dançam na rua.

Já estou cheio de tanto escrever. Não consigo mais escrever à mão. A máquina está no baú. Quando vemos alguma coisa rolar pelo chão aqui no navio (toco de lápis, bolinha de papel), imediatamente pensamos: baratas. Nosso trauma. Falando de insetos. No hotel em Sabará fui acordado no meio da noite com um rumor. Acendi a luz, não vi nada. Andei pelo quarto. O barulho parecia vir de cima. Então vi, na parede, um traço retorcido, que a princípio achamos que era uma rachadura. O traço se movia. Formigas. Bem pequenininhas. Formigas doceiras, as mesmas da Kanaalstraat. O cortejo apareceu de uma fissura entre a parede e o teto. Seu caminho passava sobre um armário. Em cima do armário havia jornais velhos, ressecados.

Falando de Sabará. Em Mariana não vimos um antigo manicômio, mas uma antiga prisão. Janelas gradeadas (sem vidro) na altura da rua, pelas quais a gente via os condenados numa verdadeira masmorra. Estavam jogando cartas, de cabeça raspada e uniformes de prisioneiros. Na porta tinha um soldado. Como em toda parte no Brasil, exceto em São Paulo, nada é mais fácil do que puxar uma conversa, perguntei por que aqueles homens estavam presos.

"Assassinato, roubo."

"Quanto tempo vão ficar presos?"

"Depende."

"Do quê?"

O gesto do polegar sobre o indicador.

"Não terão um julgamento?"

Um sorriso condoído. Não lhes resta nada além de esperar que alguém lhes pague um resgate e dê um emprego.

"Tem um grupo de protestantes aqui que às vezes traz comida, cobertas."

A facilidade no trato, a candura dos jovens em particular, até nos menores vilarejos, era impressionante. Num lugarzinho na margem do São Francisco, onde já tinham começado o Carnaval, estávamos à noite numa pracinha quando uma menina de uns dezesseis anos se aproximou de nós.

"Vocês estão vindo de São Paulo?"

"Sim. Mas não somos brasileiros. Holandeses."

"Ah, eu também sou um quarto holandesa."

E nós surpresos: uma "verdadeira brasileira", mulata, cabelos pretos, olhos escuros. "Meu avô era holandês. Veio para o Brasil, não sei por quê. Encontrou uma mulata, gostou dela, e..." (aqui o gesto dos dois dedos indicadores se encostando com o lado de fora).

E pensar que eu estava com medo de não me lembrar de mais nada e que agora fico cansado só de pensar em tudo que ainda não foi mencionado. Não me preocupo com as coisas que realmente esqueci. É parecido com o que esta carta teria sido se tivéssemos partido uma semana depois: algo que nunca, nunca iremos saber.

A vida a bordo é melhor do que na viagem de vinda. Pessoas mais simpáticas. Tenho um parceirinho de xadrez, tem um casal gentil de montanhistas escoceses, uma poetisa brasileira, que é muito charmosa desde que não fale de poesia. Mas o mais importante é que nós mesmos nos tornamos "pessoas mais simpáticas". Mais relaxadas. Ontem visitamos Lisboa, agora nos aproximamos de Vigo. Está frio. Lisboa foi um alívio. Ruas limpas, pessoas amistosas, os bondinhos, tinha algo de comovente, em escala humana. A Europa, eu percebo, é "lar", mais do que a Holanda ou Amsterdã. Não há nada a fazer sobre isso. Meu cansaço é tanto da escrita quanto das lembranças que não param de chegar — é o cansaço acumulado de todo o ano passado. Agora vou guardar muito bem estes papéis. Até daqui a três dias.

Guus

1973

A bordo do "Jytte Skou", 4 de maio[31]
Caro Paul,

Escrevo a data e penso: o que era, mesmo? Praticamente esqueci da Holanda — e ainda não penso no Brasil. Leio muito, faço longas caminhadas; reparo outra vez que um navio é calmante para os indecisos: você não pode sair (a não ser que queira muito, mas eu não sou assim). Não dá pra escolher, não há dilema. Tenho a sensação de que eu poderia continuar assim por muito tempo, supondo que haja o suficiente pra ler. Nunca entendi porque as pessoas fazem tanto espalhafato sobre ser preso. Se você não for torturado e puder ler o que quiser, me parece interessante, por um tempo. Só não gosto das coisas que a gente tem que fazer pra estar lá. Neste momento, não sinto falta de nada nem ninguém, e isso talvez seja porque eu sei que não será por muito tempo, menos da metade do tempo da outra vez. Ontem escrevi uma carta a uma namorada-musical, porque tinha prometido, e porque entendi que não aconteceria mais nada uma vez que eu estivesse no Brasil. Mal-entendidos pouco antes da partida: ciúmes, violentas divergências de opinião sobre interpretação musical, uma mistura maravilhosa de arte e amor, resultando em tumultos emocionais, crises de choro, cenas. Já escrevendo, tive que realmente fazer um esforço pra lembrar o que provocou tudo aquilo. Aquela baixaria, aquela chafurdice, está tão longe. Talvez eu tenha o costume de me desligar das pessoas muito facilmente. Amigos e namoradas que significaram muito — num determinado momento tchau, fora do sistema, eliminados.

Quase perdi este navio. Depois de rodar de táxi pelo porto de Antuérpia, finalmente cheguei à doca 211 e ali eu o vi — *zarpando*. Do cais, eu consegui chamar a atenção da tripulação, acenando o braço em pânico e gritando: I AM A PASSENGER! E então aconteceu uma coisa engraçada. Os homens faziam gestos como se me entendessem, mas eu não os

---

[31] Dia 4 de maio se celebra na Holanda o Dia Nacional da Memória, em lembrança aos holandeses que foram vítimas de guerra. Nesta data o país inteiro faz dois minutos de silêncio às 20h. No dia seguinte, 5 de maio, celebra-se a libertação da ocupação alemã (1940-1945).

entendia. Eles desenhavam números no ar que eu não conseguia ler. Óbvio: parti do princípio que seus números estavam espelhados pra mim, então eu os virei. Mas na verdade eles estavam "escrevendo" de forma espelhada, de forma que eu poderia simplesmente ler caso não as tivesse virado. Pessoas inteligentes às vezes sofrem mais do que se pensa. Por fim apareceu um homem com voz bem forte e gritou THREE FOUR SEVEN — a doca.

As histórias que ouvi em Amsterdã sobre viajar em navio de carga ainda não se concretizaram. É tudo luxuoso, cabines bem confortáveis, um saguão central pomposo no estilo Tuchinski[32], mas o bar está sempre vazio. A comida é gostosa, mas sem graça, a tripulação calada. Por sorte uma senhora brasileira com uma filhinha de seis anos embarcou em Le Havre; como único passageiro, eu não era a pessoa mais qualificada pra tentar mudar o clima pesado durante as refeições. E dinamarquês é mesmo uma língua bastante infeliz, se muito de vez em quando ouço alguma coisa. Eles servem água durante as refeições. A maneira como eu, depois de três dias, consegui me apossar de cerveja é típica minha. Tinha ouvido falar que eu podia chamar o engenheiro-chefe em sua cabine pra me servir um chope, mas que diabos eu iria fazer sozinho na sala de fumantes com um chope e um cara atrás do bar que não sabe se vou beber mais um, se é que ele ainda estaria lá e não de volta à sua cabine? E assim amadureceu em mim a ideia, que a princípio eu tinha rejeitado, de ser servido na minha cabine. Tem um botãozinho pra isso na parede, *ao lado da cama*. O que, portanto, significa que seria considerado normal que pessoas que estivessem na cama fossem atendidas pela tripulação. E passo dias pensando em como ser servido, desta maneira permitida e calculada, em frente à minha máquina de escrever. E daí ainda peço duas cervejas de uma só vez, pra não fazer o rapaz ter que andar mais. Eu portanto estou muito longe das lendas de Lela sobre um certo Gerrit Kouwenaar, que pedia um Bloody Mary logo de manhã, "na banheira, de ressaca". O que me deixa frustrado neste navio é justamente a minha situação de privilegiado. O "Amazon" era um navio de passageiros, destinado ao transporte de viajantes. Aqui as pessoas têm trabalho pra fazer e, embora existam acomo-

---

[32] Cine-teatro em Amsterdã que mescla estilos arquitetônicos da Escola de Amsterdã, art nouveau e art deco.

dações para passageiros, somos criaturas de luxo. É claro que o "Amazon" também navegava com uma tripulação abaixo do convés, mas dá pra dizer que a parte invisível de um navio de passageiros é o navio de carga inteiro. Enfim, você logo terá notícias.

Amanhã visitaremos Lisboa.

10 de maio

Fui para a cidade com Marise, a brasileira, sua filhinha Vivien, a mulher do capitão e uma namorada do cozinheiro. Eu era o único que já conhecia. A mulher do capitão queria muito ir a um restaurante simples, simplório até. Ela de fato é bem rica e em toda parte, em toda cidade que ia, por mais que procurasse, acabava quase com certeza em restaurantes caros e/ou desagradáveis. É claro que eu já planejava ir ao Manolo, e ele e seu bar agradaram muito, a comida e principalmente o vinho tinto, aquele mais escuro, com aquela espuma roxa. Todas as mulheres pediram uma segunda porção: os bifes muito simples de Manolo, fritos em azeite de oliva com cebola e alho foram um deleite, pra variar a comida insossa que temos a bordo. Compraram onze litros do vinho com Manolo, e eu ainda uma garrafa de bagaço. Então você pode imaginar os olhares e risinhos na distinta Avenida da Liberdade em torno deste cortejo de mulheres que se arrastavam meio embriagadas carregando garrafões de vinho, serenamente conduzidas por minha alongada figura.

Este passeio e as compras feitas nele contribuíram para um certo clima de fraternização a bordo. Também passei a ver as pessoas de outra forma. Dinamarqueses são exatamente como holandeses, é claro: primeiro ficam cinco dias de boca fechada, depois começam a beber e o ambiente fica agradável. Agora até temos uma espécie de happy hour. Por volta das cinco, o engenheiro-chefe, Marise e Vivien, a namorada do cozinheiro e eu nos encontramos na sala de fumantes, e ultimamente o capitão e sua mulher também. A pequena Vivien (Marise é casada com um inglês), por algum motivo, me acha muito legal. Estou sempre com ela no balanço, ou nadando na piscininha improvisada. O calor no convés é fora do comum, mas ontem à noite conversei com um contramestre que previu dois dias de chuva. Eu estava abaixo do convés, olhando para as luzes do mar, quando passou um rapaz incrivelmente barrigudo que me perguntou se eu queria cerveja. Era um morador da popa. Na sua cabine há um estrondo permanente da hélice e um barulho ensurdecedor de placas vibrando. A abordagem foi dele, mas como um rapaz destes sabe que eu sou chegado numa cerveja? Assim como a mulher do capitão irremediavelmente acaba em lugares chiques, eu sempre acabo mais cedo ou mais tarde nos porões. É natural.

13 de maio

Na sexta-feira à noite a garrafa de Akvavit[33] apareceu na mesa, mais cervejas. Então percebi que os dinamarqueses bebem diferente dos holandeses. É mais beber por beber do que beber pela diversão, que é claro, também pode acontecer. Foi assombrosamente rápido. Finalmente não fui o primeiro a esvaziar o copo. Depois do jantar, o capitão nos levou até a sala de fumantes. O rádio foi ligado, o toca-fitas foi limpo com uísque, Vivien pôde ficar no balcão do bar. Às oito horas todos estavam bêbados e extraordinariamente alegres. Parece que eu, em minha túnica marroquina, dancei com a mulher do capitão e também sozinho, no saguão. Por volta de nove horas fui para a minha cabine, talvez para ir ao banheiro, mas quando o capitão foi me buscar, depois de algum tempo, me encontrou bem e vestido, semiadormecido, na banheira, onde eu tinha me aconchegado por motivos que permanecerão ignorados para sempre. Ele me tirou de lá e me levou de volta para o bar, onde fiz circular fotos de Noortje e declamei sonetos de Camões. Isso não abalou de maneira alguma o clima de festa, que atingiu seu máximo quando o capitão fez várias tentativas vãs de subir a escada para a sua cabine. No final, sua mulher o ergueu degraus acima, não que ela tivesse bebido menos, mas é mais resistente. Aliás, só agora eu percebi que a tripulação bebe o dia inteiro. Como o calor tornou insuportável ficar no convés, fico com mais frequência na sala de fumantes, conversando com Marise ou jogando baralho com Vivien,

---

[33] Destilado produzido principalmente na Escandinávia.

e isso sempre termina num "drink", ou com o engenheiro-chefe, ou com o timoneiro, um comissário de bordo, o capitão, etc.. Vivien agora está totalmente apaixonada por mim. Me pergunto por quê. Talvez porque eu não tenha absolutamente nenhuma experiência em lidar com crianças e portanto não falo "linguagem infantil". O engenheiro-chefe, que é casado e tem três filhos, sempre começa a fazer piadinhas com ela, mas ela tem que brincar comigo, a manhã inteira "play drowning": então ela empurra minha cabeça pra baixo e tenta me segurar. De uma certa maneira, isso me deixa lisonjeado, assim como quando um animal se apega a você: afeição do mundo dos irracionais, intuitiva, pode ser vista como uma prova de que você não é tão ruim assim.

Uma hora da tarde. Terra à vista. Por volta das quatro horas estaremos em Recife.

Bahia, 15 de maio

São seis horas da tarde e está escuro como breu. Estou aqui morto de cansaço, mas muito contente, datilografando diante de uma janela de hotel, no térreo, numa rua do centro, e por cima de uma Kombi estacionada junto ao muro tenho vista pra um bar e um sebo do outro lado da rua.

O navio não pôde entrar no mesmo dia no porto de Recife, primeiro porque, supostamente, não havia lugar; depois, após terem verificado que havia, sim, lugar, porque era domingo e ainda por cima Dia das Mães; e por fim, como o prático de navios que veio a bordo na manhã seguinte às seis horas nos contou, porque no porto eles não contavam que o navio fosse chegar a tempo. Quando ouvi isso tudo, pensei: "Pois é. Lá vem isso de novo. É o Brasil." No entanto, ou justamente por isso, não senti o nervosismo que eu normalmente tenho nas chegadas. Marise era esperada por tios e irmãos com um furgão no qual eu também pude ir com minhas duas malas (as caixas foram para a Bahia no barco). Eles me deixaram na rodoviária, depois de uma despedida apaixonada de Vivien, que não entendeu que eu não iria junto pra Fortaleza. Coloquei minha bagagem no guarda-volumes e às dez e meia da manhã eu estava sozinho, livre de tudo e todos, com uma passagem para o ônibus noturno para a Bahia no bolso.

Entrei na primeira rua transversal e já dei de cara com o mais incrível bairro de mercados, putas e lojas que jamais pude ver em qualquer lugar do mundo. Bares, barraquinhas de comida, quiosques, polpa espumosa na rua, música estridente de lojas de discos, cheiro de bebida, flores, frutas e esterco, fermentando no calor úmido, fermentando, entra rua, sai rua, e somado a isso as pessoas e a facilidade com que interagem entre si, aquele sentir, tocar, beliscar, rir, parar um ao outro e parecer esquecer completamente para onde estavam indo. (Maravilhoso para comparar a mentalidade é o comportamento dos práticos que vêm a bordo nos portos. Em Le Havre um francês arrumadinho, uniformizado, apresenta-se ao capitão e limita o restante da comunicação a instruções enigmáticas faladas pelo rádio: *"onze, zéro, quatre"*. Em Lisboa vem um português amistoso, uniformizado, começa a procurar pelo rádio quem ou o quê ele precisa encontrar e em seguida vem uma salada de saudações e instruções. "Bom dia, bom dia, tudo bem? brigado, não me leve a mal, dia bonito, não? vamos pegar o quinze? ou o quatorze? o quinze, então, ou o quatorze? desculpe, eu me enganei, até logo, boa viagem, tudo de bom." Em Recife vem um mulato velho, banguela, de cabelos brancos, com camisa de florzinha e bermuda, acaricia o capitão no peito, bate profusamente na barriga dele, traz correspondência para Marise, com quem ele imediatamente começa uma conversa num tom como se já a conhecesse há anos e que a faz cair na risada repetidamente. Entre uma coisa e outra, ele sussurra instruções no ouvido do timoneiro num inglês incompreensível, desdenha o rádio, assobia e gesticula para as pessoas nos barcos de reboque, que compreendem tudo, buzinam de volta e o navio entra no porto impecavelmente. E mais uma vez eu penso: "Pois é. É o Brasil.") Aquele dia em Recife, ontem portanto (parece de novo que já foi há um século), fiquei muito aturdido e confuso, a velha insegurança: quando riam pelas minhas costas eu achava que riam de mim, como é sempre o caso na Espanha e em Portugal. Mas que pensamento mais arrogante: eles riem tanto! De repente também me lembrei de novo que aqui não é assim. Em geral, sinto uma enorme rejeição quando escuto ou leio que "as pessoas" de algum lugar são "simpáticas" — ou não. Quem são "as pessoas"? Nunca se pode conhecer todas, portanto prefiro acreditar que em toda parte há pessoas simpáticas e antipáticas. E no entanto não posso deixar de achar todos simpáticos aqui. Tenho a sensação de que não me veem como um acontecimento, mas como uma pessoa igual a eles. As crianças também, mesmo *grupos* de crianças (em outros lugares sempre o maior flagelo). Dá uma impressão muito mais sensata e madura e é tão mais agradável. Só o fato de meninas e mulheres olharem você nos olhos na rua, em lugar de olhar para o chão, como ainda é o caso em Portugal (a eterna comparação vem, é claro, por causa da língua, mas de fato não faz sentido: este é um outro mundo). Sempre penso em Portugal com uma ternura sincera, não conheço pessoas mais dignas que os donos de bares lisboetas, mas entre os brasileiros, talvez isso soe presunçoso e eu também não entendo muito bem, eu me sinto entre iguais. Reconheci todas as coisas como algo estranho que no entanto era familiar, o gosto, o cheiro da terra, da cachaça, do churrasco, da cerveja Brahma, da pizza brasileira, todo aquele dia em Recife, quarenta graus o dia inteiro, sol a prumo. Um dia paradisíaco.

À noite eu estava pegajoso no ônibus. Era confortável pra pessoas de constituição normal. Treze horas de estrada. Não dormi muito. Quando cochilava, sonhava com trombadas catastróficas, rios de fogo e cadáveres mutilados, e acordava com ereções inconvenientes na minha calça jeans, que não encolheu: fiquei um pouco mais gordo a bordo.

Chegada hoje por volta das nove horas, sob chuva torrencial. Peguei um táxi e encontrei este hotel por dezoito cruzeiros por dia (9 florins). Poderia ter ido para um hotel mais caro, mas não me interessa: basta que saia água da torneira, os lençóis sejam limpos e a luz funcione. Tomei banho, descansei um pouco, depois saí e fui procurar a primeira coisa que sempre procuro: um mapa. Parece que não existe. Fui ao HBU, ao Consulado, à polícia, ao correio, obrigações. Não tinha nada pra mim na posta restante, o que eu estranhei. Me escondi da chuva algumas vezes em bares desolados. A água cai do céu em abundância. As ruas alagam. Vendedores de guarda-chuvas fazem bons negócios. Ficam parados, encharcados, ou circulam com um guarda-chuva aberto em uma mão e uma fileira deles pendurada no outro braço. Comprei um por 5 florins. Também me informei sobre a universidade, principalmente sobre a faculdade de Letras, que preciso frequentar para a minha bolsa de estudos. Foi difícil sem mapa. Enfim, a gente acaba enredado. Agora já passa de sete horas. Não tenho do que reclamar, estou muito bem aqui em frente à janela, por onde entra uma brisa fresca e úmida, vou comer qualquer coisa do outro lado da rua, enviar esta carta e rezar para que ela chegue. As primeiras saudações encharcadas.

Guus

Salvador da Bahia de Todos os Santos, 24 de maio
Caro Paul,

A única coisa que agora é idêntica à outra vez é o copinho de cachaça ao lado da máquina de escrever. Atrás de mim tem um corredorzinho com um chuveiro à esquerda e, à direita, uma pequena cozinha e atrás disso um quarto de dormir. Quando levanto a cabeça da máquina, meu campo de visão é preenchido até as laterais por uma gigantesca geladeira azul-celeste, o móvel mais proeminente da sala de estar. Através da janela aberta deste apartamento de décimo segundo andar, vejo bem no fundo à esquerda casinhas com telhas castanho-alaranjadas, bananeiras e palmeiras, num canto um campinho de futebol onde ainda estão jogando e, mais longe, colinas cobertas de árvores, um daqueles fortes portugueses muito brancos que nossos antepassados tentaram conquistar trezentos anos atrás e o resto é mar, tendo na extrema direita uma ponta da ilha de Itaparica, na Baía de Todos os Santos, que dá nome a esta cidade. Mais uma vez, escrevo por volta das cinco e meia, pôr do sol, e nos próximos três meses essa será a minha casa.

Consegui a casa através de transações inacreditavelmente corretas, porque pude pagar todo o aluguel adiantado e assim não precisei de fiador. Mas ainda estou me perguntando: não haverá nada por trás? como é que vão me pegar? O homem, sr. Gusmão, ainda abaixou um pouco o valor por conta própria, só que não foi por conta própria, eu é que pensei. De fato, falei que ainda precisava fazer uns cálculos, que tinha outras opções (tudo verdade) e sem que eu falasse qualquer coisa sobre o preço, ele me deu um desconto de meio mês de aluguel. Só depois entendi como ele deve ter ficado desagradavelmente surpreso com a avidez com que eu disse sim, pois com isso deve ter percebido que não *precisava* ter feito essa concessão, assim como eu entendi que poderia ter baixado ainda mais o preço se tivesse continuado a jogar o jogo que não sabia estar jogando.

Deixe-me tentar recapitular. Só se passaram nove dias desde minha última carta, mas tenho a sensação de que se passou um mês. Postei a carta no correio no dia seguinte à chegada, e a senhorita do guichê confirmou algumas previsões sombrias: "Correspondência para a Dinamarca é naquele outro guichê." E realmente, quando voltei dois dias depois, vi que sua carta do dia dez já tinha chegado aqui no dia quinze, o dia em que perguntei pela primeira vez, só que ela não estava na letra W mas na A. Com ajuda de um mapa de 1961 que comprei estes dias, encontrei a Faculdade de Letras, ainda que não tenha sido fácil. A cidade inteira estava inundada, o trânsito completamente parado, os esgotos vomitavam água, lodo e fezes. De acordo com garantias solenes da Embaixada Brasileira em Haia, o pessoal da Faculdade de Letras da Universidade Federal da Bahia estava a par da minha chegada; a administração cuidaria de encontrar uma casa pra mim e me informaria mais sobre o valor definitivo da bolsa (da qual eu tinha recebido um adiantamento de três parcelas) e sobre a passagem de volta; a equipe de pesquisadores conhecia meu tema de estudos e especialistas ajudariam a planejar meu trabalho: uma pesquisa bibliográfica in loco sobre o escritor Graciliano Ramos, falecido em 1953, sobre o qual também escrevi minha tese de doutorado. Portanto, me dirigi até a reitoria: se em algum lugar sabiam da minha vinda, deveria ser lá. Primeiro fui encaminhado para um anexo numa rua lateral que estava intransitável por causa da chuva e dos carros, que empurram a gente pra sarjeta buzinando. As pessoas andam no meio da rua, porque as calçadas estão cheias de carros estacionados. Soma-se a isso o fato de as regras para estacionar prescreverem que os carros não podem ficar com mais de três rodas na calçada, o que significa (e é pior do que se realmente pudessem estacionar ali com as quatro rodas) que ficam inclinados, com a traseira na rua e a frente tão perto das casas que não se pode passar com um guarda-chuva, a não ser que você o erga muito e incline, e daí se molhe. O anexo era uma casa de estudantes, um mal-entendido, portanto. Volto pela mesma ruazinha miserável. Na reitoria, onde cheguei encharcado de chuva e suor, agora fui mandado para o andar de cima, para uma antecâmara luxuosa com cadeiras tipo palacianas, com cordões pendurados ao redor para protegê-las contra as bundas ávidas da ralé. Ali encontrei um jovem elegante e seco que me explicou em língua dulcíssima que o reitor estava em reunião, e que, depois que lhe contei quem eu era e o que vim fazer, parou uma senhora que passava e que, depois que ele lhe contou quem eu era e o que tinha vindo fazer, ligou para um certo "dr. David ", que depois que ela lhe explicou quem eu era e o que tinha vindo fazer, em seguida apareceu. Um homem simpático, não um "doutor" de verdade, bastante jovem, cabelos crespos, olhos vivos, colarinho aberto. Ele não sabia nada sobre o meu "caso", desculpou-se por não poder fazer nada quanto à minha hospedagem, mas poderíamos falar de Graciliano, e pra isso ele me convidou para ir à sua casa naquela mesma noite. Enquanto isso ele pegaria informações com uma ou outra pessoa.

Da reitoria para a polícia federal, para um formulário de registro que, preenchido e provido de foto 3x4, selos e impressão digital, deveria ser entregue em um outro departamento, sete quadras adiante. Dificilmente dava pra conseguir um táxi. Alguns passavam reto vazios porque os motoristas não queriam que o carro ficasse molhado. Nesse meio tempo começou a ventar muito, e meu guarda-chuva se rendeu. E então eu também me rendi. Tomei um chope e fui para o hotel, onde me aprofundei em anúncios de aluguel. Telefonar demonstrou ser ainda mais desastroso do que antigamente em São Paulo. Dos cinco telefones no correio central, nenhum funciona, as linhas estão sobrecarregadas, pra cada telefone num bar ou farmácia há filas de pessoas. Quando finalmente chega a sua vez, tem que esperar quinze minutos pelo sinal e o tempo é amenizado com uma musiquinha de fundo suave, e então vem o sinal, você disca o número e, ou não acontece nada, fica completamente mudo, ou dá sinal de ocupado, ou a ligação cai no número errado. Apesar disso, no dia seguinte, dia dezessete, portanto, através deste tipo de telefonema e de visitas febris a alguns apartamentos, consegui este em que estou agora, por 500 florins por mês, incluindo eletricidade, roupas de cama e limpeza diária pela empregada.

A conversa com David, que como eu é assistente, foi esclarecedora de muitas maneiras. De moradia, em todo caso, eu mesmo tinha que cuidar. Sobre minha pessoa, planos de estudo e bolsa ele pôde afirmar com segurança que ninguém na universidade sabia de nada, certamente não o reitor. No que diz respeito a Graciliano, ele achou sintomático que para este tipo de pesquisa alguém tivesse que vir de tão longe como a Holanda: "Brasileiros não viajam. Uma vez tive que ir de trem para Castro Alves, por uma questão de herança. Um horror. Nunca mais. Imagine aqueles lugarejos onde Graciliano viveu. O trem aqui, você tem que saber, não é como na Europa. Aqui não dá pra viajar de trem. Não mesmo."

Então lhe contei sobre a viagem que Mieke e eu fizemos em 68. Ele ficou boquiaberto: "Um brasileiro pegar o trem? Só se for completamente louco."

"Tinha muita gente viajando, e eu só me lembro de dois loucos."

"É, mas para aquelas pessoas é o único meio de transporte, né? Aqui ninguém viaja de trem. O ônibus já é uma tortura. O único transporte *um tanto* suportável é o avião, e eles caem."

Sua boca ficava cada vez mais aberta com a minha história da viagem de trem de noventa e cinco horas: as baratas voadoras, a merda, as pessoas com a porta, o descarrilamento, enfim, você talvez se lembre. A visita a Canudos também o deixou impressionado. Ir até lá é a última coisa que passaria pela cabeça de alguém que leu o livro.

"Você já viu mais do Brasil do que eu e mais do que qualquer pessoa que eu conheça. Mas justamente por isso, por este tipo de coisa, ninguém aqui faz uma pesquisa assim."

Percebi que sobre Graciliano ele sabe menos do que eu pensava, também menos que eu, embora este ano ele vá ministrar um curso a respeito. A ideia do "paraíso perdido", tão fundamental em Graciliano, era desconhecida pra ele, assim como alguns estudos importantes. Mas se você se lembrar como foi difícil naquele ano em São Paulo ser convidado para a casa das pessoas, então é promissor que aqui isso já tenha acontecido em apenas dois dias.

Dois dias depois eu me mudei. E você pode acreditar ou não, mas por mais que eu estivesse feliz em ter uma casa, senti ter que sair do hotel. Me senti imediatamente à vontade ali. O filósofo Paulo Prado escreveu um livro inteiro sobre a "tristeza brasileira". De onde ele tira isso? Os funcionários negros certamente não pareciam tão infelizes quanto a *Vrij*

Nederland ou *De Groene*[34] gostariam de ver. Eu sei, soa como um folheto publicitário e a gente não "pode" dizer, mas é simplesmente *verdade* que as negras ali passavam o dia inteiro rindo e cantando, elas acenavam um pouco com um pano de tirar pó, se divertiam com uma máquina de lavar o chão, me tratavam de "meu filho", e toda manhã (fonte de particular hilaridade) todo o hotel era empestado com um inseticida queimando e fumegando como incenso numa lata de conserva que era carregada e balançada por um arame. Nenhum mosquito ou barata suportava aquilo. Eu ficava trabalhando na frente da janela, com uma garrafa de cerveja do bar — podia levar sem pagar e eles adicionavam à conta quando eu ia almoçar (mas eu mesmo tinha que lembrá-los). A movimentação dos hóspedes fixos era bastante informal. As pessoas deixavam com frequência a porta do quarto aberta, e era comum no fim da tarde, quando o trabalho já tinha terminado e as pessoas tinham tomado seu banho, que os homens se visitassem de pijama pra bater papo. Um dos momentos mais agradáveis do dia. Só passei três dias e meio ali, mas entrei imediatamente neste ritmo gostoso. Quando avisei que iria embora, foi um "ah, que pena, venha de vez em quando", e alguns dias depois eu fui, porque tinha esquecido de pagar a lavanderia, mas não, nada disso, "já está pago". E então fui embora balançando a cabeça, quase com lágrimas nos olhos e muito infeliz com meu eu norte-europeu. Soa como idolatria, mas é verdade: com quem quer que você fale, na rua, pra perguntar por um endereço, as horas, a pessoa tem, se não um relógio, sempre tempo, todo o tempo. A gente quase cai em linguagem teológica: pessoas que estão ali "umas para as outras". E então fico inclinado a pensar, em virtude da nossa cultura: que diabos nossos agentes humanitários vêm dizer a essas pessoas? É só ver como eles andam, e nós temos que fazer *exercícios* especiais para ficarmos menos tensos — quem é então o necessitado. Também vejo com isso que terapias, treinamentos, sessões etc. não são mais que desculpas para a perda de afeto. Bem, sei que estou idealizando, mas idealizo outra vez, e não pode ser coincidência. E idealizo porque é inatingível. Às vezes tenho a sensação que só preciso dar um passinho pra ficar do "outro

---

[34] De Groene Amsterdammer, revista semanal de opinião publicada na Holanda desde 1877.

lado", o lado dos brasileiros; houve momentos em que pensei fazer parte desta vida aberta, sem paredes, demasiado familiar, e me senti muito bem, inclusive porque é uma terapia de fala: eu quase não gaguejo (como nas conversas com dona Maria, a empregada que vem diariamente limpar a casa e que, quando expliquei minha receita de frango, segurou minha mão por pelo menos um minuto). Mas, mas. Esses momentos me parecem um psicodrama, "faça de conta". E é assim mesmo. É como a utopia de Pessoa com Caeiro: não se pode voltar. Não realmente. E assim como Pessoa ao escrever o *In Memoriam* de Caeiro (ou: ao enterrar sua ilusão de uma vida simples), "tenho chorado lágrimas verdadeiras", minha euforia aqui é sempre perturbada por momentos de grande tristeza.

Um outro motivo para isso é o fato de eu estar aqui pela segunda vez. Em toda repetição de uma experiência há o perigo de decepção. Não que a primeira vez tenha sido insuperável, pelo contrário, estou gostando muito mais agora. E isso vale pra muita coisa: o primeiro copo de vinho na verdade não é gostoso, a primeira cerveja, o primeiro cognac menos ainda, o primeiro beijo, a primeira foda e assim por diante, tudo deixa muito a desejar. Mas há uma circunstância que os torna especiais: o fato de ter sido a primeira vez. Isso aparentemente torna a experiência uma ideia. E essa ideia com o tempo se torna mais bonita do que a realidade vivida. Uma experiência repetida, portanto, não pode fazer nada além de estragar a velha ideia.

Hoje estamos estranhamente filosóficos. De volta ao mais prosaico, embora não sejam temas menos angustiantes. A bolsa. Um dado peculiar é que não tenho nenhuma prova da existência dessa bolsa. A única prova era o cheque da embaixada, que eu saquei. Se um proprietário de imóvel ou policial me pedisse pra comprovar que sou bolsista eu não poderia mostrar nada além de meus olhos azuis. O cônsul (cônsul honorário, um brasileiro) também achou isso tudo muito esquisito e me aconselhou ir até o HBU e pedir as características do cheque. Eu então deveria repassá-las a alguém na Holanda (que será meu colega Rentes de Carvalho), que com esses dados deverá fazer contato com a Embaixada Brasileira, que por sua vez deverá fazer contato com as instituições competentes aqui *e também comigo*, do contrário nada vai acontecer. Esse método parece complicado, e é, mas é o preferencial, diz o cônsul, melhor do que escrever diretamente para a Embaixada ou o Ministério, cartas se extraviam por lá. Fiz isso tudo, agora é esperar.

Anteontem consegui tirar meus baús das garras da alfândega, e pra que você não tenha a sensação de que estou em situação invejável, digo que fiquei ocupado com isso das oito da manhã até as cinco da tarde. Estão comigo. Mas vociferei, ainda que todos os peritos digam que não se deve vociferar contra a alfândega brasileira porque daí as coisas só pioram. Vou tentar reconstruir esse episódio tão instrutivo. Fui com minha bolsinha preta até o galpão 6 no cais, como um oficial e tal, até o "Jytte Skou". Reencontro cordial com o capitão e sua esposa, bebemos uísque com suco de laranja e gelo, e como se veria a seguir, eu precisaria desse ânimo. Meus baús já tinham sido deixados no galpão 5. Lá, um homem, com quem eu já me informara uns dias antes pra ter certeza, me disse que meus baús inclusive já estavam na alfândega, galpão 10. Fui pelo cais até a alfândega, nada dos baús. De volta ao galpão 5. O homem, surpreso, afinal ele tinha mandado os baús, pega um papel e aponta: "são estes, não são?" Não, outro nome, e nos baús "missionary goods". E dá-lhe procurar nos galpões, encontrei por acaso. Os baús foram pesados e levados com uma empilhadeira até a alfândega, pra onde eu fui a pé. Na alfândega, caí nas mãos do carregador número 10, que me perguntou confidencialmente se eu já tinha um despachante. Eu já conhecia isso, claro, do porto de Santos, mas ou daquela vez por algum motivo não me incomodei tanto com isso, ou tinha reprimido. (Um despachante é um "acelerador", "facilitador", "solucionador-de-problemas-do-mundo" — uma profissão criada pela alucinadamente complicada burocracia brasileira. Um despachante conhece os canais e tem as relações para, sob pagamento, obviamente, ajudar cidadãos comuns em situações nas quais em qualquer país normal eles poderiam se virar sozinhos. Ao ouvir a palavra pensei: "Oh céus, é verdade, o despachante", e o carregador 10 me disse para ir ao primeiro andar e perguntar pelo sr. Orlando. No andar de cima fui atendido por uma mulherzinha gorda, não antipática, de vestido vermelho, que me disse que o sr. Orlando não estava, inclusive estava viajando. Eu já tinha adquirido o hábito de contar a deus e ao mundo por que eu tinha vindo, nunca se sabe se poderá ajudar. Ela anotou o meu caso com atenção, demoradamente inclusive, e devo dizer: repetidas vezes. Principalmente o fato de eu ter desembarcado em Recife, e os baús aqui, tinha que ser estudado detalhadamente, precisava do passaporte com visto e carimbo de desembarque, e então ela foi até um mulato muito ranzinza de camisa amarela que estava um pouco mais adiante. Ela lhe contou a história com convicção, mas havia um problema. Eu não tinha uma "declaração de bagagem". Até então, ninguém tinha falado sobre isso, mas ele me mostrou algumas declarações de bagagem (preenchidas), e eu estava disposto a preencher um formulário daqueles se ele me desse um. Mas ele não tinha. (Foi a mesma coisa na polícia: exigem um formulário preenchido, formulário que eles mesmos não têm e que, portanto, tem que ser buscado em outro lugar, de preferência bem longe. Revoltante.) Esses formulários, ele disse, estavam ou no navio, ou no Lloyd brasileiro. O Lloyd, isso eu já sabia, ficava há mais ou menos um quilômetro da alfândega. Eu já tinha me despedido no navio, e além do mais não acredito que o capitão tivesse esses formulários brasileiros, então fui até o Lloyd. Um quilômetro, uma vez, não é longe, mas este não é um percurso simples; uma corrida de obstáculos, entre um trânsito infernal, carros estacionados a torto e a direito, ruas esburacadas, calçadas em construção, aqui e ali montes de detritos ou cimento, buracos, poças. No Lloyd surgiu uma nova dificuldade: eu desembarquei em Recife, mas a bagagem na Bahia, e isso era "ilegal". Sim, mas o agente do Lloyd em Recife disse que não havia nenhum problema. "Bem, meu senhor, ou há problemas, ou há problemas." Azar. E eu: a alfândega aqui inclusive diz que isso não é grave, desde que eles tenham os formulários. Pois sim, se tudo fosse tão fácil — riso caloroso. É, mas eu estou aqui com uma bolsa do governo brasileiro, e... "Se isso é ilegal, o *próprio* governo não tem condições de tirar os seus baús daqui." Linguagem firme. O que fazer? Bem, já, já o agente superior do Lloyd chegaria, e meu porta-voz explicaria meu caso a ele. Mas talvez ele não viesse, dia cheio. O caso foi colocado no papel em minúcias, e eu podia voltar às duas horas. Era uma hora. Comi, caminhei. De volta ao Lloyd. O agente ainda não tinha aparecido, dia cheio, quatro navios no porto. Meia hora de espera, ofereceram café. Então sugeri: e se eu mesmo fosse procurar o agente? A sugestão foi imediatamente aceita: recebi uma carta com minhas intenções formuladas em linguagem clara, dirigida ao sr. Walter Rebello, ou ao sr. Calazans, ambos próximos aos cais 4, 5 ou 6. Ali fui indicado a procurar o sr. Barbosa, que deveria estar trabalhando no galpão 7. O sr. Barbosa não estava no galpão 7, em compensação encontrei ali os srs. Rebello e Calazans ao mesmo tempo. Eles tinham acabado de falar ao telefone com o Lloyd e estava tudo em ordem. Eu podia pegar os baús, "sem problemas", só tinha que pegar o formulário no Lloyd. Volto para o Lloyd (neste meio tempo fiquei três vezes encharcado pela chuva e sequei três vezes ao sol), e ali, primeiro num rascunho, só pra garantir, depois na máquina, foi feita uma declaração sobre minha bagagem enquanto eu saboreava outra xícara de café. (Lá no Lloyd tem uma garota de olhar cruel e sensual que realmente não faz nada além de deixar todos os homens absolutamente loucos; uma mulher robusta e escura, rara mistura de sangue negro e índio, burra demais, que provavelmente foi parar ali por meio de maquinações de algum tio influente, se não for pior, e que estraga completamente o ar fresco no escritório bem ventilado com sua soturnidade doentia; pode-se ver claramente que sob seus dedos preguiçosos a máquina de escrever começa a assumir formas torpes; no mais, ela não faz nada além de balançar quadris de uma mesinha pra outra, e assim que ela se vira a gente vê todos os homens olhando para aquele seu bundão preguiçoso, uma pessoa terrível; trabalhar no Lloyd da Bahia deve ser um inferno só por causa dessa criatura... minha datilógrafa nesta hora crucial.) A declaração, afora alguns erros de ortografia, ficou bonita, mas eu, que apesar de tudo ainda não estava completamente maluco, entendi muito bem que este não era o formulário que o mulato de camisa amarela quis dizer. Expliquei mais uma vez. Ah, aquele, aquele o Lloyd não tem. Mas quem então? Só o despachante. Até agora eu ainda não tinha ficado bravo. Se bem que comecei a sentir tiques nervosos em torno dos olhos, tentação tanto de rir quanto de chorar, para mim o sinal de que a fronteira com a pura loucura já não estava longe. Fui até a alfândega com a carta. A boa senhora de vermelho me encaminhou ao ríspido mulato de amarelo. Ele balançou a cabeça: "Eu falei 'com duplicata', e além do mais não é o formulário correto." Sim, mas é sobre a minha bagagem. Sim, mas o formulário, sim, mas a duplicata. Muito bem, eu disse: quem diabos pode me dar esse formulário, daí eu preencho, não há nada que eu queira mais do que isso. O Lloyd, ele diz. Mas eu acabei de ir até lá, expliquei tudo exatamente, e eles não têm. Eles têm, sim. Acabei de ir até lá (levantando bastante a voz agora), e eles não têm, ligue pra lá então, ligue pra eles, seu bruto, tem telefone aqui, não vou andar mais uma vez pra lá e pra cá. Daí o comportamento do homem ficou estranho, muito estranho, e ele ainda mais ranzinza do que eu já achava. Ele leu, releu, leu novamente a declaração do Lloyd, como se fosse algo muito difícil, como se ele não soubesse o que fazer, de fato porque ele sabia muito bem, queria me extorquir. Até agora ele não tinha telefonado, andava pra lá e pra cá, com a carta na mão, então veio de novo até mim e perguntou pela enésima vez: "Só tem livros e roupas dentro, mesmo?" Então parece ter tomado uma decisão: pegou a lista telefônica, folheou por muito, muito tempo, foi lentamente até o telefone, tirou do gancho, mas pôs de novo. "Você está louco, discutir com estes imbecis", eu o ouvi resmungar. Depois de resmungar mais um pouco com a senhora de vermelho ele voltou para o telefone, tirou do gancho, discou, esperou um pouco, não tanto quanto eu sei que as pessoas têm que esperar no Brasil, e comunicou que o telefone estava com defeito. Daí ficou bem claro para mim que eu teria que dar algo pra ele. Mas em primeiro lugar nem sei como fazer isso, nem tenho o tato para saber qual o melhor momento ou o melhor lugar (embora isso ali não parecesse ser tão constrangedor), e em segundo eu não queria conceder isso a ele. Eu estava bastante exaltado até este instante, e o homem, muito eloquente, já tinha se retirado ofendido para a defensiva, "a culpa não é minha, estou apenas fazendo o que está na lei", sempre a mesma conversa mole. Mas agora eu canalizava a minha ira da maneira que foi a minha salvação: fiquei andando pra lá e pra cá como ele. Fizemos isso por pelo menos meia hora, em silêncio. Desacorçoado, ele foi mais uma vez falar com a senhora de vermelho, que veio falar comigo novamente, e em seguida falou com o Lloyd, e então a carta do Lloyd, em toda a sua simplicidade e singularidade, pareceu ser o bastante. A senhora de vermelho foi até o térreo, com a carta e, é claro, naturalmente os baús podiam ser abertos. Ainda surgiu um oficial que perguntou se os baús eram carga ou bagagem, e sobre isso tiveram que fazer mais telefonemas (como você vê, o telefone não estava com defeito!), e de repente apareceram papéis onde constava o meu nome, e então finalmente, exatamente às cinco horas (fim do expediente?), os baús foram colocados num caminhão e impecavelmente colocados sobre o piso do meu apartamento pelos transportadores, com quem me livrei de toda a irritação na carroceria discutindo apaixonadamente sobre o Ajax, que eles também acham que deveria jogar contra o Santos enquanto Pelé ainda está lá. Me custou um dia inteiro, mas eu consegui, sem despachante, e sem gastar um centavo, o que é considerado uma missão quase impossível pelos conhecedores. Mas eu sei muito bem que tenho muito a agradecer à senhora de vermelho, pois as damas não pegam dinheiro, do contrário são putas.

Mas imagine isso se você não fala português, num porto onde as pessoas entendem um texto como THIS SIDE UP tanto quanto um ideograma chinês.

Agora é uma da madrugada, vejo as luzinhas lá embaixo, ouço o tinido da chuva tropical nas folhas e também a rebentação na baía. Sons ao mesmo tempo tranquilizadores e excitantes. Você já deve ter entendido que não fiquei naquele único copo do começo, então vou terminar agora com um cumprimento esbaforido, mas nem por isso menos amoroso.

Guus

P.S.: O endereço de correspondência é o Consulado, Bahia. Não Salvador. Segundo o cônsul, cartas endereçadas a Salvador frequentemente vão parar em El Salvador, na América Central. (E o contrário também: no porto eu vi em um dos galpões alguns baús destinados a El Salvador. Como você vê, sempre pode ser pior.)

Bahia, 7 de junho
Caro Paul,

Quando alguns dias depois da carta anterior eu coloquei a casa em ordem, arrumei as coisas, montei novamente os baús como armários de cozinha, comprei artigos de uso diário, enchi a geladeira — surgiu um problema: eu tinha que começar os estudos. Como se eu tivesse um oceano de tempo, na verdade com a conhecida manobra de procrastinação, comecei lendo um livro sobre Proust. De fato, não tenho a menor ideia de como abordar o meu tema, mas sim a certeza que, o que quer que eu faça, o tempo previsto será insuficiente. A conhecida sensação de paralisia é dominante: por que remexer no trabalho de outra pessoa, que eu conheço, intuo, compreendo, que me é caro, por que desfiar tudo isso, escrever e deixar que outros leiam? É e continuará sendo um trabalho de segunda mão o que nós, tradutores e intérpretes, fazemos. Pode-se dizer: melhor um bom trabalho de segunda mão do que um medíocre de primeira, e é verdade, mas se eu tivesse ao menos uma pitada de ambição. E quando eu ainda por cima vejo estes pesquisadores, tão vaidosos como tenores de ópera (minhas desculpas aos tenores)... Nosso famoso Saraiva até diz, naquele seu inglês meio manco: "Publish or perish." Aliás, começo a acreditar que ele consegue as duas coisas ao mesmo tempo com suas reedições individuais, já há anos e anos, de capítulos de sua grande história cultural de Portugal de quase três décadas atrás. Aqui este embuste já me custou muito dinheiro. Foi o seguinte: o senhor Álvaro Lins, o "papa" da crítica literária brasileira, escreve resenhas de livros. De tantos em tantos anos ele as compila no seu *Jornal de Crítica*, do qual até agora foram publicadas sete séries. A cada tantos outros anos, Lins reúne de seus *Jornais* tudo o que é relacionado com poesia, por exemplo, e então publica um *Panorama da moderna poesia brasileira,* ou recolhe excertos de prosa, e esta composição então se chama *Situação do novo romance brasileiro*. Desnecessário dizer que quando, sei lá, um romance é reimpresso, as resenhas escritas quarenta anos atrás mais uma vez servem de prefácio à reimpressão. E a cada vinte anos mais ou menos (pois ele já é velho, o papa) Lins reúne tudo, mas tudo mesmo, dessas duas décadas, e põe isso no mercado em formato de livros bem grossos e caros, tendo o cuidado de lhes dar outros títulos (roubados), como *A glória de César e o punhal de Brutus,* ou *Os mortos de sobrecasaca,* de maneira que você pode, no total, comprar quatro vezes o mesmo trabalho, pensando que são trabalhos diferentes. O que me aconteceu. Mas agora estou avisado. Também vejo com outros olhos a folha de guarda, onde está: *Obras do autor*. Esta página está de cima a baixo cheia de obras, mas agora eu sei que é tudo a mesma coisa. Quer os escritores se chamem Álvaro Lins ou Antônio José

Saraiva, ou quem quer que seja o "papa" daqui a pouco — sei muito bem que palavras Graciliano reservaria para esta prática, a pior palavra que ele poderia imaginar para a pior conduta: *indecência* — desonestidade, imoralidade, imundície. E devo me ocupar com isso? Faz parte do meu trabalho? Ah, quanto tempo faz que li um livro só por diversão. Mas bem, quando comecei a estudar tive que me formar e depois de me formar tive que preparar os estudos de outros.

A sensualidade neste país (pelo amor de deus um outro assunto, ainda que não seja novo), você não vai acreditar, é cada vez maior. Agora não mais com aquelas embalagens pré-moldadas, não: *forma natura*. Na praia, biquínis minúsculos, transparentes. No meio da rua, um homem de costas num banco levanta a camiseta sensualmente e fica coçando a barriga por muito tempo, os dedos remexendo nos pelos, até que a mão vai abaixando e lentamente desaparece sob o cós da calça, e ele continua coçando. Como as pessoas se amassam. Animais sorridentes. E em contraste com esta devassidão pública, o estúpido puritanismo oficial. A nova lei que intensifica a censura sobre a pornografia não tolera mais nem mesmo uma revista como a *Playboy*. O que acontece: rapazes espertos recortam páginas picantes de todo tipo de revista, reúnem isso em novas "revistas" que eles multiplicam e colocam clandestinamente no mercado. Que os governos ainda sejam tão burros a ponto de não entenderem que esse tipo de medida sempre tem efeito contrário. Mas também, qual censura, ou qualquer que seja o órgão de repressão, conseguiria controlar de maneira eficaz o que se passa neste continente vagamente delimitado e indolente no qual a Holanda cabe trezentas vezes? E o conhecimento e compreensão desses assuntos na Holanda, especialmente na imprensa, também é exatamente um trecentésimo desta realidade que no momento é a minha. (Recebi de minha mãe um recorte de jornal segundo o qual uma canção sobre a pílula teria sido proibida no Brasil. Bem, talvez seja verdade, mas posso dizer a você que ouço essa canção, na qual o cantor implora que sua mulher e todas as mulheres brasileiras parem de tomar a pílula porque ele gosta tanto de crianças, tocando todo santo dia por todas as lojas de discos, oficinas, bares, rádios de carros e janelas abertas.) Por outro lado, também não entendo com o que eu me preocupava tanto em casa. Não que eu não goste de ler: tive prazer em ler seu relato sobre a confusão com Cília e Alfons (acho que tem uma briga aqui em cima de mim, sim, histeria, gritaria, "seis anos" — estou ouvindo — "seis anos neste inferno!", ouço um bater de mão aberta na carne, soluços impotentes, choro estridente, ópera, teatro, o bater de uma porta, agora silenciou...), sobre Lenie e Lia e o casal belga (estão começando de novo lá em cima, escuto alguma coisa sobre morrer e matar, desde que não pingue aqui), sobre o irmão de Sinja (móveis caindo indicam violência) e suas intervenções com o espiritual. Você sabe a minha opinião sobre o espiritual. Bem agora estou sendo lembrado mais uma vez: junho é o mês dos santos, lá embaixo estouram rojões.

Naturalmente, estou contente com este apartamento, mas sabe o que é: este tipo de casa não está preparado para que alguém *faça* alguma coisa aqui. Nem estudar, escrever, estar ocupado com alguma coisa; só dá pra ficar sentado, conversar, comer, dormir. Esta mesa agora está totalmente coberta de papéis, canetas, um prato de comida, copos, papel higiênico servindo de guardanapo, óculos, sacola, abridor, cartas, máquina de escrever, papel carbono, peso de papel — se mexo em alguma coisa, uma outra cai no chão do outro lado. Daqui a pouco, quando Noortje estiver aqui, não vai poder ser assim, vamos ter que toda hora tirar tudo e colocar de novo. Meu programa é: ficar até o fim deste mês na Bahia; depois, os primeiros quinze dias de julho, viajar pelos lugares no interior onde Graciliano morou; na metade de julho chego em Recife, onde vou buscar Noortje no "Jytte Skou"; voltamos juntos para a Bahia, onde ainda ficaremos um mês e meio; em setembro vamos para o Rio de Janeiro, passando por Brasília. E então de repente, em algum momento nos primeiros dias de outubro, estaremos de volta em poucas horas com um aeroplano. Ainda não quero nem pensar. Isso já foi diferente. E aí está o motivo da diferença que você disse perceber com as cartas de 67: não preciso fazer reclamações, porque elas não existem. Nada de lamúrias sobre holandeses, porque não tem nenhum, e se houver não tenho nada a ver com eles. Não sinto nenhuma necessidade de me corresponder febrilmente com o círculo cultural, pois não sinto falta deles. Me sinto até um pouco envergonhado por ter me deixado levar daquela forma da outra vez. Me pergunto se a diferença está no lugar, em mim mesmo, ou nas circunstâncias. No que diz respeito ao lugar: em Paris, Lisboa, Madri, Sevilha, Granada, São Paulo, onde quer que eu tenha permanecido no exterior, por mais ou menos tempo — nunca me senti tão em casa como aqui. Ando por esta cidade como se fosse a minha cidade. São Paulo era grande e feia, Salvador é bonita e é possível percorrer as distâncias no centro a pé. O aspecto urbano é bonito e também o entorno. Uma boa cidade fica à beira d'água, seja mar ou rio. As pessoas são bonitas e, para dizer o mínimo, expansivas. Em São Paulo eu falava tão pouco português e aqui isso é tão fácil. Quanto a mim mesmo: daqui a pouco mais de uma semana faço trinta e sete anos, será que me tornarei mais sábio? Será que existe crescimento? Eu acumulo cada vez mais paisagens na memória, cidades, pessoas, ruas – será que isso me ensinará a me apegar menos para poder amar mais? Quanto às circunstâncias: ter um pouco mais de dinheiro (ainda que eu ainda não saiba exatamente quanto) torna a vida mais agradável, principalmente porque você não precisa ficar pensando nisso o tempo todo e, portanto, pode pensar com calma em outras coisas. Graças ao dinheiro pude conseguir rapidamente este apartamento, na verdade pouco acolhedor, mas confortável e muito bem localizado. Enquanto nós em um ano inteiro em São Paulo fomos uma única vez à praia em Santos (e ainda levados por outras pessoas), aqui eu já fui à praia, que fica cinquenta metros adiante, várias vezes. (Não que eu esteja vagabundando, pelo contrário: trabalho com uma regularidade, se não de ferro, de borracha; mas um estudioso também fica na praia de vez em quando.) Ah, a diferença, é claro, está na combinação de lugar, pessoa e circunstâncias. Há uma distinção entre agora e então, aqui e em outros lugares. Diferente de então e em outros lugares, aqui e agora me deixo influenciar sem defesas por esta cidade, pela atmosfera de incomparável sensualidade e indolência, ao mesmo tempo úmida e oleosa, que está no ar, com a certeza de que *eles* têm razão. E porque me deixo influenciar, também tenho razão, e me sinto entre iguais. Tudo certo, então.

(Por que sempre estes argumentos conclusivos? Que vantagem um argumento conclusivo, ainda que apenas aparentemente conclusivo, tem em relação a um inconclusivo? Por que sempre portanto, por este motivo, de modo que? Medo do disparatado? Do paradoxo?) Na verdade, a cada dia tenho mais vontade de falar do que de escrever e, de fato, isso é novidade. Chegou a acontecer, pra meu próprio espanto, de eu abandonar a máquina de escrever à noite para ir a um bar com a intenção de jogar conversa fora. Também sinto uma espécie de confirmação de ideias vagamente formuladas por mim muito tempo atrás, que na época chocaram bastante a nossa roda: não se preocupe demais com os outros, isso só traz aborrecimentos, mantenha a superficialidade, não saia sempre procurando o que há por trás, não interprete, não mexa com os outros, tudo isso é indelicado.

De fato, ainda não sei quanto dinheiro vou receber, ou seja, quantas parcelas da bolsa tenho de crédito além das três que recebi como adiantamento. Neste meio tempo, estive outras duas vezes na reitoria, mas não me foi concedido botar os olhos na pessoa do reitor, embora ele estivesse presente. Haveria um contraste muito grande entre, de um lado, minha presença ainda que asseada, talvez um pouco confusa, não acadêmica, e de outro o longo e brilhante automóvel preto, com quatro janelas de cada lado e dentro um chofer uniformizado e de luvas, e provavelmente uma cascata artificial e uma bússola para não se perder no luxo, e a placa fora de série gravada com os dizeres: REITOR MAGNÍFICO DA UNIVERSIDADE FEDERAL DA BAHIA? (Assim que vi isso me lembrei que Belinfante[35] ia de bicicleta para a Maagdenhuis[36].) Mas em todo caso, a última vez (por que não nas vezes anteriores?) me deram o nome e endereço de mais um professor, coordenador de estudos de pós-doutorado, que saberia mais a respeito. Ele não sabia de nada, mas iria verificar devidamente. Fez isso e depois me apresentou triunfante a sua conclusão, que coincidiu com o que eu já sabia há muito tempo, isto é, que em toda a Bahia ninguém sabia nada sobre a minha bolsa. Ou quase ninguém. Pois veja, de repente também chegou o prof. Hélio Simões, que tinha viajado com o presidente Médici para Portugal, e ele de fato sabia. Depois disso os dois senhores decidiram que eu deveria escrever para a Repartição de Cooperação Intelectual do Departamento de Cultura do Ministério de

---

[35] August David Belinfante, também conhecido como Guus Belinfante, reitor da Universidade de Amsterdã de 1968 a 1971.

[36] Edifício de 1780 onde fica localizado o centro administrativo da Universidade de Amsterdã.

135

Relações Exteriores em Brasília — exatamente o mesmo conselho que eu tinha recebido alguns dias antes em uma carta de Rentes de Carvalho, só mudavam as pessoas a quem eu devia me dirigir, mas não me preocupo com isso porque a carta vai extraviar mesmo, segundo o cônsul, que insiste que, em todo caso, não é isto o que eu devo fazer. Mas fiz, dando um triste esboço das minhas circunstâncias deploráveis, o apartamento caro, a incerteza, as viagens, os livros, a viagem de volta, de modo que infelizmente fui obrigado a pedir a subvenção máxima e tive a presença de espírito de já mencionar o número de minha conta bancária, do contrário seria preciso trocar nova correspondência — resumindo, uma história comovente, capaz de tirar lágrimas de pedras, o que não quer dizer que também fará isso a funcionários do governo brasileiro. Se eu for me aprofundar em análises estruturais (sim, já bebi meia garrafa de cachaça e uma de cerveja), talvez eu fique sabendo (talvez, porque talvez também não tenha nada a ver) como está a minha divisão de parágrafos. Tenho pânico de começar um novo parágrafo: tudo tem a ver com tudo, toda divisão é arbitrária. E eu faço frases longas para adiar o momento de parar e faço frases curtas para que nem todas sejam longas. Desta maneira o fim nunca chega. Portanto agora serei breve. Adeus.

Guus

Bahia, 24 de junho.

Caro Paul,

Esta será minha última carta antes da partida. Daqui a três dias pego o ônibus para Propriá e de lá ainda tenho que ver como vou chegar a Palmeira dos Índios, em Alagoas, onde tenho que estar primeiro. Estou curioso se isso irá render alguma coisa para a minha pesquisa, e se não render nada também está bem. O "Jytte Skou" é esperado em Recife no dia 12 de julho, mas com certeza será um pouco mais tarde. Não lamento ficar fora por um tempo. Isso iniciou, já algum tempo antes da carta anterior, quando dona Maria, a simpática, você deve se lembrar, começou a não vir mais fazer a limpeza diariamente, mas no máximo uma vez por semana, depois que eu disse a ela que três vezes era suficiente. Burrice, claro, mas não quero ter todo dia uma pessoa estranha em volta, que pode ser simpática, mas também matraqueia de maneira inconcebível. Em seguida, numa das vezes que ela ainda veio, me contou uma história de cortar o coração sobre seu cunhado: atropelado por carnavalescos bêbados, duas pernas amputadas, desempregado, sem uma pensão, a mulher esperando o sétimo filho em agosto. O homem começa a pintar (um velho hobby), e você já pode adivinhar: lá está dona Maria com uma monstruosidade na mão. Cem cruzeiros. Só um coração de pedra poderia recusar. Mas uma semana depois ela deixou escapar que seu cunhado agora tinha feito mais uma pintura, "ainda maior do que a outra". Eu pensei, hoho. É, ela deduz: podre de rico, sozinho num apartamento caro, logo vai gastar todo o seu dinheiro naqueles livros idiotas. É claro que seria melhor que o governo brasileiro colocasse dinheiro em medidas sociais do que em bolsas de estudo duvidosas, mas eu não posso fazer nada e eu já tinha comprado uma pintura. Então recusei. E depois, na semana passada, mais uma vez, ela me pediu pra emprestar dez cruzeiros "até amanhã". Desde então não a vi mais, e a casa realmente está precisando de limpeza. Hoje ela deve vir. Veremos. Combinar um compromisso não significa nada. "Às onze horas da manhã" na melhor das hipóteses quer dizer em algum momento da tarde, ou no dia seguinte. E por falar em bolsa de estudos, segue aqui mais um capítulo da novela.

Anteontem, no "lançamento" (isto é muito importante aqui) de um livro do meu amigo David, encontrei o prof. Hélio Simões, que, nota bene, tinha recebido um telegrama de Brasília pedindo informações sobre minha situação aqui (situação que eu descrevi com os mais refinados detalhes em minha carta), visto que, como disseram, "ninguém sabia da minha existência na Embaixada em Haia"... E isso se chama Repartição de Cooperação Intelectual. Além do mais, o remetente do telegrama não era o sr. Frank da Costa, que tinha sido indicado por Rentes de Carvalho, nem o sr. Gennaro Mucciolo, indicado por Simões, mas um certo Oswaldo Biato. Então, ninguém imagina a minha surpresa ontem quando eu mesmo recebi um telegrama de Brasília, com a notícia que, depois do adiantamento de três parcelas, outras quatro parcelas da bolsa estão a caminho do Banco do Brasil na Bahia (enquanto eu, considerando o custo da minha estada aqui, pensei que poderia contar com um total de seis), e que minhas outras perguntas seriam respondidas por carta. Será que as coisas ainda vão dar certo com este país? Com o país talvez sim, mas comigo não sei. Sim, a estada ainda é boa, apesar das pequenas coisas escritas no preâmbulo, mas instalou-se em mim a suspeita de que também é um pouco redundante e talvez até um tanto ridícula. Que ninguém perceba o quanto é arriscado me enviar em "pesquisa científica". Mesmo que durante todos esses meses eu não fizesse nada (e isso já não é possível, nem é a minha intenção para o tempo que resta), ainda assim escrever petições cativantes de ao menos cinco páginas, agradecimentos e relatórios de resultados para instâncias que, graças a Deus, não precisam ser concebidas como mais que abstrações, é um dos meus poucos verdadeiros talentos. Não tenho sentimento de culpa sobre esta situação, pois nem seria preciso o automóvel do reitor pra perceber que sou apenas um comedor de migalhas na mesa do Ministério de Relações Exteriores.

Não, estou falando da minha perplexidade sobre o fato de que isso é possível: que eu venha pra cá praticamente despreparado, com um programa de pesquisa que, desde o primeiro esboço, foi reduzido de um ambicioso estudo comparativo de Graciliano Ramos e José Lins do Rego sob a luz da literatura memorialística, para uma reunião oportunista do que eu (só sobre Graciliano) não apenas posso encontrar na Holanda, sem que ninguém acompanhe ou chegue à conclusão de que talvez o resultado não valha muito a pena. Soma-se a isto, mas é realmente apenas um acontecimento imprevisto, o fato de que estou ruminando no tema errado: se Graciliano Ramos estivesse vivo, teria completado oitenta anos no ano passado e por isso foi vítima de uma maré de comemorações, artigos, interpretações, entrevistas com parentes, revisões, revalorizações e avaliações, toda essa patetice que ele mesmo adivinhou melhor que qualquer um e pela qual mais do que qualquer um tinha aversão. Portanto, agora tudo já foi dito. E quando a gente lê o que é disparatado sobre o pobre coitado, nos jargões mais abstrusos (não há maior pedantismo que o do homem que sabe ler em terra de analfabetos, olhe para mim, caolho em terra de lusófonos), e se você ainda por cima considerar que esses escribas instruídos são tão mal dispostos a ponto de não se deslocarem por seu país a não ser de avião, então só posso esperar que os aviões realmente se esborrachem no chão, e aí tenho um desejo incontrolável de me embebedar num bar — onde as pessoas viajaram ainda menos, ou nunca, mas pelo menos também não são professores de literatura brasileira. Não são estes dois ou três florins que vão fazer falta em Brasília, e Graciliano aprovaria. Enfim, a velha desconfiança e desdém presunçoso. O prof. Hélio Simões, por exemplo, me estimulou muito, ficou muito honrado que um estrangeiro etc., achou meus planos muito interessantes, pois minha "peregrinatio ad loca graciliana", como ele dizia gracejando, com a intenção de entrevistar pessoas que conheceram Graciliano, era algo totalmente novo e poderia render um material muito rico. Mas ele também não conhecia o estudo de Helmut Feldmann, embora tenha sido traduzido para o português e publicado em Fortaleza (naturalmente era preciso um alemão pra isso — sem dúvida "maluco" — pra fazer o que eu agora venho fazer de novo). Além disso, é claro, sempre fica a pergunta se a visita a esses lugares acrescenta algo ao que Graciliano escreveu a respeito, embora eu saiba que sou muito cagão e muito arrogante pra importunar velhos sobreviventes no outono de suas vidas com perguntas sobre um conterrâneo que morreu há vinte anos e que eles ainda por cima detestam porque era sempre o melhor da classe. Mas, enfim, agora estou curioso (assim como eu "tinha" que ir a Canudos), e nunca se sabe como isso pode acabar depois de uma garrafa de cachaça. No mais, como você sabe, a fotocópia foi descoberta no Brasil e agora é tão popular como o futebol (há casos conhecidos de pessoas que fizeram fotocópias de selos e que conseguiram enviar cartas com eles), e eu fiquei sabendo que em todo o Nordeste bibliotecários estão disputando entre si pra me fornecer as cópias dos artigos de jornais e revistas cobiçados por mim — e isso pelo menos só é possível aqui. A pergunta, a pergunta crucial, é naturalmente: o que vou fazer com isso? Em minha petição lidei de maneira pródiga com o argumento que "o ensino no Instituto Português-Brasileiro da Universidade de Amsterdã teria benefícios". Mas como? Quero de bom grado colocar esse material à disposição, mas quem vai ler? Nove décimos do falatório nas faculdades seriam supérfluos se as pessoas lessem mais. Toda universidade deveria ser dispensável. A única coisa essencial e realmente indispensável é a existência de boas bibliotecas, com muitos bibliotecários(as) competentes e amáveis que abram as portas para você, tenham sugestões, respondam perguntas — e depois é só ler e deixar ler. Afinal, a universidade, como ainda é hoje, é uma herança da Idade Média, de um tempo em que a imprensa ainda não existia ou ainda não era um bem comum, e portanto alguém tinha que ocupar a cátedra pra formar os estudantes. Agora, com a proliferação de livros e fotocópias, isso não deveria mais ser necessário, mas infelizmente não funciona assim. Quando digo isso aos estudantes, tenho que ouvir que eles precisam ser "orientados" e que eu não faço o suficiente. E se eu então lhes digo que realmente não pretendo fazer isso, que é o curso deles, que é claro que posso dar uma mãozinha com a procura de livros que eles depois devem ler sozinhos, na solidão monacal de seus quartos, então vem irrevogavelmente a acusação: "é, mas você é um individualista." Por pouco não soa como um xingamento, mas como a lamentável explicação para uma situação indesejável. Eu também nunca pude me entusiasmar com a estrutura da universidade, sobre a qual se tem falado tanto nos últimos anos. A ocupação da Maagdenhuis, maio de 68 em Paris — não mexeram nem um pouco comigo. Intelectuais que acreditam em fraternização com trabalhadores só comprovam com isso que não fazem a menor ideia do que é um trabalhador, e no que diz respeito à universidade: seu aspecto é totalmente irrelevante. A única condição é a liberdade intelectual absoluta nas bibliotecas em questão. Democratização? Quem quer estar no topo, hoje também chega lá, só que por um desvio. E os que estão no topo são ainda mais astutos, porque é preciso ser astuto pra chegar lá.

E como vão vocês. Nossas cartas devem se cruzar outra vez, pois a sua última é de 31 de maio. Sempre percebo que é difícil falar numa carta sobre a pessoa a quem ela é endereçada e às vezes tenho essa necessidade, pois ficar só falando de si mesmo fica tão egoísta. Mas aparentemente esta é a essência de uma carta. Chega mesmo ao ponto de eu não conseguir fazer perguntas diretas por carta, com pontos de interrogação e tudo: Como você está? O que tem feito ultimamente? Tem falado com fulano e sicrano? Quais são os planos para as férias? Você pode perguntar e pôr quantas interrogações quiser que não vai ter resposta. Então eu prefiro a forma indireta, que é ditada pelo fato de que se está escrevendo, e pela expectativa da resposta escrita: me pergunto como vão as coisas com você e o que você tem feito ultimamente; tenho curiosidade de saber pra onde vocês irão este ano; ainda não escrevi pra fulano e sicrano, mas gostaria de saber como estão. Em termos concretos, quero saber como vai o casamento, e se isso, tendo em vista possíveis filhos, risca os planos para a volta ao mundo, se este ano será Molières novamente, e se você às vezes ainda encontra com Pu. Eis aí. Dá pra ser mais simples, mas a vida de um respondente secundário não é um mar de rosas. Infelizmente só saberei as respostas a isso tudo quando voltar pra cá com Noor na metade de julho, depois de minha viagem pelo Nordeste. Uma saudação cordial,

Guus

Palmeira dos Índios, domingo 1 de julho

Caro Paul,

O que são cinco dias? Cinco dias em Palmeira dos Índios e tenho que rever minha opinião sobre mim mesmo — e nem é desfavoravelmente. A "coleta de material", que sempre considerei uma ocupação inadequada pra mim, seja por depender muito de investigar, fazer perguntas, graças a estas pessoas comunicativas e solícitas, com uma fluência tão surpreendente, de fato começa a me dar prazer. Primeiro, porém, porque meu cérebro está contagiado a registrar tudo histórica e meticulosamente, a jornada até aqui. Quarta-feira, 27 de junho, seis da manhã, o ônibus partiu de Salvador. Na noite anterior, achei necessário fazer uma espécie de despedida do bairro: fui dormir às duas da madrugada. Levantei às quatro e meia. Terra vermelha, escalas em lugares tristes, palmeiras na chuva. Mais tarde sol, e portanto poeira. A pergunta era: será que a sensação de 68 vai voltar? Ou na verdade esta não era a pergunta, pois eu já sabia que nenhuma sensação volta, mas às vezes mesmo sabendo disso a gente tem esperança. Bem, é claro que eu reconhecia uma coisa e outra, mas as distâncias eram muito curtas: à uma hora eu já estava em Propriá, no São Francisco, boa lembrança. Com um carro de aluguel até o outro lado, Porto Real do Colégio, de onde o ônibus para Palmeira partiria às quatro horas. Comi num mosteiro transformado em restaurante. Eu era o único cliente. Muitas risadas, mais do que eu me lembrava de antigamente no sertão. Que eu tenha pedido uma cachaça com o meu café era aparentemente uma coisa tão estranha que tive que repetir três vezes e foi motivo de algumas gargalhadas por trás das portas. Mas por sorte as passagens para o ônibus eram vendidas no bar, onde o tempo passou rápido demais em conversas com o proprietário e duas, bem, como posso dizer — mocinhas? A partir dali seguimos em estradas de terra, e a distância nem precisava ser tão terrivelmente grande para que se caísse em terrível desolação. Vegetação triste. Mais duas baldeações, em ônibus cada vez mais aos pedaços, e às sete e meia chegamos em Palmeira. Encontrei hotel, tomei banho, dei uma volta, comi num lugar magnífico na beira do açude que tantas vezes é citado no primeiro romance de Graciliano. Jantei totalmente sozinho no terraço, com vista pra todos os lados, ainda conversei um pouco com a dona do restaurante, uma adorável hispano-brasileira de São Paulo. Minha primeira saída na manhã do primeiro dia foi pra ir até a "Casa Graciliano Ramos", a casa onde ele viveu, que eu ouvira falar que tinha sido transformada em museu, com muitos documentos, biblioteca, fotos, cartas, enfim. Mas lá só havia duas meninas arrumando a bagunça e fora isso mais nada. Desordem, reformas. Mais tarde ouvi dizer que a organização do museu foi emperrada por intrigas políticas: um tinha sido mais amigo de Graciliano que o outro, todo mundo se metia, não toleravam a presença de X, Y e Z, que também se metiam, e o resultado é que ninguém mais levanta um dedo. As meninas chamaram um senhor que me levou até o prefeito na sua camionete. Este parecia manter as portas sempre abertas para visitantes. Em todo caso, estavam ali umas dez pessoas, todas falando ao mesmo tempo, entre as quais o obrigatório padre holandês, e depois que contei tudo sobre a minha vida, e mais um pouco, ao prefeito e a todos ali, fui entregue a um jornalista d'*O Jornal de Hoje* (Maceió) que entrou ali por acaso (?), terrivelmente tímido e um tanto vesgo, a quem eu tive que contar toda a história mais uma vez, mas que não soube fazer uma única pergunta, de maneira que o próprio prefeito perguntou de novo o que ele já sabia, após o que o jornalista anotou numa caligrafia filamentosa, provavelmente ilegível até pra ele mesmo, que poderia ser tanto uma taquigrafia capenga quanto uma daquelas expressões visuais que achamos geniais do concidadão microcefálico. Um outro presente me levou a Luís Torres, escritor e comerciante, assim como Graciliano, e inclusive na antiga loja do próprio Graciliano, na Praça da República. E lá me vem aquele homem, como se não fosse nada, com *todos* os exemplares de antigos jornais e revistas locais, com trabalhos de início de carreira de Graciliano não publicados em livro, deixa fazer fotocópias de tudo (as histórias são verdadeiras!), menciona nomes e mais nomes de pessoas que eu devo procurar em Palmeira, Quebrangulo, Viçosa, Maceió, e também em Brasília e no Rio de Janeiro. Alagoas está cheio de parentes de Graciliano, o que não é nenhuma surpresa, se você pensar que ele tinha quatorze irmãos e irmãs e que teve ele mesmo oito filhos.

Já na tarde do primeiro dia fui abordado na rua por um rapaz desconhecido: "É você o holandês que está estudando Graciliano Ramos?" Se eu já tinha falado com este e aquele. E assim por diante, bibliotecários, farmacêuticos, todos os idosos conheceram Graciliano, e se não eles, seus pais. Depois de dois dias eu sabia mais sobre o homem do que qualquer um poderia me contar — embora isso, naturalmente, seja traiçoeiro: ninguém se lembra logo de tudo, você tem que ficar papeando, e de repente surge algo novo. O motivo de estar contando tudo isso, Paul, embora o nome desse escritor não lhe diga nada, em primeiro lugar, é para evitar que não seja escrito e acabe esquecido, e, em segundo, pelo fato que de repente compreendi que as reações das pessoas em relação ao indivíduo e à obra de Graciliano Ramos revelam muito sobre elas mesmas, ou seja, sobre "o" brasileiro: seu *caráter* torna-se objeto de concepção do mito, pois, se ele fosse do Norte da Europa, seria o norte-europeu mais comum; e sua *obra*, especialmente por seus aspectos estilísticos, esbarra em incompreensão.

Exemplos. Na noite do primeiro dia gravei, em cassete, uma história longuíssima de Antônio, um engraxate preto, outrora empregado de Graciliano no período em que este foi prefeito de Palmeira, em 1930-1932, mas no nervosismo de minha missão como pesquisador científico, pelo visto apertei os botões errados, em todo caso: o gravador girou, mas não gravou nada. Vou tentar lembrar. Algumas anedotas eu já tinha ouvido

143

de outras pessoas. O que sempre aparece, em todas as histórias, simultaneamente como objeto de idolatria e perplexidade, é o fato de que Graciliano, como prefeito, era justo e incorruptível. Mas sua ideia de justiça era quase maníaca, suas atuações eram mais marcadas por uma justiça vingativa do que por uma ponderação sábia das circunstâncias. Um homem, cuja mãe tinha morrido no sábado, foi comprar uma mortalha no domingo. No domingo as lojas não podiam abrir. O fato de se tratar de uma circunstância de morte não adiantou: Graciliano multou o comerciante. Que ele aplicasse a lei a qualquer um, inclusive a sua própria família, é algo que impressiona a todos. Por motivos de higiene, ele proibiu que porcos e cavalos andassem soltos pela rua. Que uma vez tenha sido o cavalo de seu pai e os porcos do delegado de polícia (seu tio), não fez diferença: multou a ambos, e ainda recebeu o dinheiro. No que diz respeito a estes fundos, seu escrúpulo em lidar com isso é mencionado com um respeito que beira a superstição. Todo dia aqui eu ouço pelo menos uma vez a citação de sua afirmação histórica: "Esse dinheiro não é meu, esse dinheiro não é seu, esse dinheiro é do município." Ninguém entendeu (nem entende). Na casa de uma de suas irmãs (Amália, que me contou ela mesma) ele mandou cortar a luz quando ela atrasou o pagamento de uma conta. Esta firmeza pouco brasileira é claramente uma reação à obstinação com que seu pai (que ele odiava) exercia o poder paterno, e que incutiu nele, ao longo de toda a vida, uma desconfiança de tudo o que é ligado à autoridade e à justiça. Parece até que queria por isso, de preferência, se vingar da própria família. Os tabefes que ele tomava quando criança em momentos totalmente aleatórios e pra ele incompreensíveis, ele também dava de maneira estritamente sistemática em seus próprios filhos. Eles tinham que correr dez vezes em volta da Praça da República todo dia às seis da manhã e às cinco da tarde. Quem caísse levava seis tabefes. Quando uma filha quebrou o pulso numa queda, depois que o pulso sarou, tomou a sua porção. O que pensar disso? Aliás, ele não é de forma alguma uma figura indiscutível. Segundo Luís Torres (e também li em outros lugares) Graciliano era racista e muito orgulhoso de sua pele branca. Mas então o que dizer de Antônio, ele mesmo preto, e dos bem escuros, que afirma que ninguém nunca o tratou tanto de igual pra igual como o prefeito Graciliano? Ou seria por que um prefeito pode se permitir isso? Uma vez Antônio estava assoviando sentado na calçada e Graciliano, que ouviu, em lugar de xingá-lo pra ir trabalhar, mandou chamar um professor de música que garantiu que Antônio aprendesse a tocar sanfona e muito bem, como eu mesmo pude verificar. Pode ser, diz Luís Torres, mas lembre-se que a música, naquela época, era atividade de vagabundos, beberrões, uma profissão desprezada pela elite. Isso também pode ser verdade, mas do mesmo modo é fato que Graciliano não precisava ter feito o que fez e se uma coisa em seu comportamento é enfatizada por todos que conheci como algo muito excepcional, é isso: ele tratava todos, independentemente de posição ou status, de maneira cortês, com dignidade, levava todos a sério. Inclusive crianças. Zé Tobias, um velho daqui que o conheceu muito bem, se lembra de ter sido "repreendido" por Graciliano quando cinzelava madeira: "Olha lá o que você faz, você pode machucar o olho de alguém." Zé Tobias, uma criança não acostumada à linguagem razoável, continuou sem dar bola, mas Graciliano não ficou bravo, nada de dar gritos: "Vá então um pouco mais longe, onde não tem gente, lá não tem perigo." E assim, com seu estilo tranquilo de argumentar, ele sempre surpreendia as crianças, que estavam acostumadas a um enérgico "suma daqui!". E não apenas as crianças: a maioria das pessoas o achava um brasileiro esquisito. Nada efusivo, raramente alegre. Não só um homem de palavra, também um homem de poucas palavras, porque dava valor a elas. Muito disso pode ser encontrado em *Infância*, as lembranças do seu tempo de criança — que cada vez mais acho seu livro mais bonito, embora não seja traduzido em lugar nenhum. Ali, em alguma parte, ele conta sobre a cegueira periódica na sua juventude, consequência de uma doença nos olhos, e observa: "Na escuridão percebi o valor enorme das palavras." Isso explica o seu estilo. Explica a incompreensão que esse estilo encontra até hoje. Quase todo mundo o acha "monótono", "seco", "com pouca variação" — enquanto eu acho um exemplo de como se deve escrever. Até Luís Torres, ele mesmo escritor, não gosta. Mas depois que conheci sua poesia (eu já pressentia, mas por mais que eu tentasse desviar do assunto, não tive escapatória), depois de ter ouvido seus poemas, compreendi sem muita dificuldade. É isso: para "o" brasileiro as palavras não têm apenas valor ou significado, mas uma função acústica.

Sábado, ontem, almocei na casa de Luís e depois subi o Alto da Boa Vista debaixo de garoa. A vista lá de cima, sobre a cidade e o entorno mais distante, realmente é bonita, mas também é só isso. Um caminho vermelho-ferrugem, irregular e lamacento, recortado por sulcos feitos pela água da chuva, com valas de ambos os lados, casas de barro, crianças de pernas tortas e barrigas grandes. Em um dos barracos havia menininhos brincando com um gato, um gato encharcado, quase morto. Eles prendiam a cabeça dele entre as duas pontas de um forcado de madeira de cabo longo e o balançavam no ar. O animal, cego, lutava com suas últimas forças, tentava andar, escorregava de novo na lama, na água, era pego de novo com o forcado, levantado e jogado. Perguntei por que faziam aquilo.

"Ele está doente. Tem que morrer."

"Matem, então."

"Não podemos nem brincar?"

"Matem o gato."

Pra minha surpresa, um obedeceu. Pegou uma pedra e esmagou o crânio do animal. Um pouco depois me lembrei de um poema de Vinícius de Moraes no qual ele diz que nada parece mais com o fim de tudo que um gato morto. Também me lembrei de repente quantas dores de cabeça nos custou, seis anos atrás, livrar um simples ratinho de seu sofrimento e me dei conta que, mais do que qualquer outra coisa, o episódio que eu acabara de presenciar tornava quase fisicamente palpável a diferença entre dois mundos.

No fim da tarde, conversas na loja de Luís, ponto de encontro da intelligentsia local assim como no tempo de Graciliano. Conheci ali um ex-comerciante, Albérico de Sousa Soares, que disse que tinha muita coisa a contar sobre Graciliano e que o faria com prazer naquela mesma noite. Que noite gostosa. Ele não tinha tantas novidades pra contar, como eu pensei, mas conversamos sobre muitas outras coisas, foi uma troca prazerosa. Pelo menos uma pessoa modesta, sem pretensões. Pois por mais simpático que Luís seja, ele tem, sim, pretensões. Bah, literato. Albérico me convidou pra voltar mais uma vez quando Noor estivesse aqui e pra ficarmos em sua casa. Acho que vou fazer isso, uma semaninha de férias sob o pretexto de "terminar meu trabalho". Ele é um homem afável, um pouco menos de sessenta anos, que de rosto aparenta ser mais novo, e em seus movimentos aparenta ser mais velho. Antigamente cuidava de uma pequena fábrica de móveis, agora está aposentado, tem uma casa imensa, uma fazendinha que produz bananas, tomates, mangas e outras coisas gostosas e que dão algum dinheiro, em resumo, é abastado, um cidadão estimado desta comunidade razoavelmente próspera, com um rosto corado cheio de espinhas, escamas e sardas, uma memória excelente, bom caráter e uma mulher que tem o costume de, no meio da fala, esticar a língua rapidamente pra fora da boca: não tanto virulência, mas lascívia edênica. Ele relembra com satisfação, um risinho entre os dentes, de um jeito meio abobado, a criação de dez filhos homens, que sobreviveram todos e ainda acabaram bem, um é professor, o outro economista, o terceiro ex-padre e os outros sete também se deram bem. A felicidade da velhice, como definiu Hans F.

Segunda-feira, 2 de julho

Hoje de manhã, às oito e meia, Albérico veio me buscar para um passeio na sua fazenda. Às onze nós estávamos de volta e tomamos uns cinco ou seis copos de cachaça com leite de coco no pátio, como aperitivo, acompanhando fatiazinhas finas de carne assada com rodelas de cebola, cenouras, salsinha e um toque de erva-doce. A sra. Sousa Soares, Nelinha para os íntimos, veio se sentar conosco, não bebeu, convidou mais uma vez com ênfase para nos hospedarmos ali, e mostrou fotos de seus filhos, que segundo ela pareciam todos comigo (é verdade que meu anfitrião foi abordado duas vezes durante nosso passeio: "Ei, Albérico, quem é esse seu filho?"). Negras preparam a comida na cozinha, netos fazendo burburinho, engatinhando e subindo no colo, caíam, continuavam engatinhando, e nada indicava as coisas que estavam por acontecer. Nos sentamos na mesa. De repente, enquanto comia, Nelinha começa a suspirar pesadamente, põe seus talheres de lado e passa a comer com as mãos, babando, fazendo uma bagunça. Albérico, afetado pelos aperitivos, logo desaba, sai da mesa cambaleando sem dizer palavra e cai na cama. Nelinha, que aparentemente tinha visto em seu prato tudo o que não tem na cama, me alcançou por cima da mesa com sua mão suja, melada de mandioca e feijão. Ela pegou a minha mão na sua e a apertou contra um de seus peitos colossais, e com tanta força que eu mal pude deter. "Um beijo, um beijo, me dê um beijo." E eu acalmando: "Sinto muito, senhora, eu realmente não posso atender o seu pedido, tranquilize-se um pouco, tudo vai ficar bem." Me soltei e fui para o pátio, onde Albérico um pouco depois me levou um café. Ele voltou para o interior da casa, e a julgar pelo barulho de pés arrastando, foi difícil pra ele segurá-la lá dentro; netos de olhos esbugalhados na fresta da porta. Mais tarde Luís explicou o desajuste momentâneo do cérebro de Nelinha pelo choque da minha grande semelhança com um dos seus filhos (que há anos vive em São Paulo), em combinação com o consumo de álcool secretamente.

Meu trabalho em Palmeira já terminou. Amanhã parto para uma visita a outros lugarejos onde Graciliano morou, Quebrangulo, Viçosa, após o que o trabalho mais importante deverá ser feito em Maceió, em colaboração com um certo Moacyr Santana, que me foi recomendado por Luís. Escrevo novamente de Maceió. Até lá.

Guus

Quebrangulo, 3 de julho (de 1973)

Caro Paul,

Na cidade natal de Graciliano Ramos. A casa ainda existe, assim como a loja de seu pai. Tudo em tons pastel. Rosa velho, sépia, azul aguado. O prefeito, Eustáquio Soares, um sertanejo curtido, com olhos azuis quase fosforescentes, tinha histórias sobre a família de Graciliano, algumas das quais escrevo aqui antes que eu esqueça. Especialmente sobre os Ferro, a família do lado materno.

O alferes Jacinto Ferro tinha ficado viúvo. Num sábado, ele foi de Quebrangulo até Palmeira montado em seu jegue. (Escrevo um pouco sob a influência da lembrança do que ouvi, no estilo de narração de Soares: enunciações curtas, você tem que imaginar longos silêncios no meio.) Nunca montava outra coisa, só jegue. Quando ia fazer compras, entrava nas lojas com jegue e tudo e nunca apeava. Em Palmeira ele foi até a mulher de Pedro Vila-Nova, que era costureira. Falou do alto do jegue: "Aqui tem tecido pra fazer um terno para a missa de sétimo dia da minha mulher. Venho buscar semana que vem." "Está bem", disse a mulher de Pedro Vila-Nova, "mas preciso tirar as medidas." "Tirar as medidas? Mas eu não vou apear." Ela tirou as medidas com ele montado no jegue. Dessa maneira chegou perto dele e ele reparou: "A senhora é uma mulher bonita, não tem vontade de viver com um homem?" "Eu sou casada, meu senhor." "Não foi isso o que eu perguntei. Perguntei se a senhora não tem vontade de viver com um homem. Se não, então não. Se sim, então venho buscar o terno semana que vem e já levo a senhora junto." Na semana seguinte, ele chega de novo a Palmeira montando seu jegue com alforges laterais. Vai até a mulher de Pedro Vila-Nova. O terno está pronto. "Quanto devo pra senhora?" Paga no ato. Pedro Vila-Nova, informado por sua mulher, está sentado em uma cadeira na calçada. "E qual é a sua resposta à minha proposta? Se a senhora quiser viver com um homem, monte aqui atrás." Ela vai pra dentro da casa, pega uma trouxa de roupas que tinha deixado pronta, pisa no pé do marido quando passa por ele e monta na traseira do jegue com o alferes Jacinto, que faz uma saudação ao esposo: "Até mais, Pedro Vila-Nova." Viveram juntos até que ela morreu.

O alferes Jacinto Ferro criava abelhas. Gente da região comprava mel com ele. Chega um menino pra comprar mel. Jacinto tira o mel do favo com pequenas ripas e assenta as ripas usadas sobre o recipiente de mel, pra escorrerem. Coloca a primeira ripa e vê que o menino pega e lambe. Ele não diz nada. Com a segunda ripa acontece o mesmo. Na terceira ripa ele pergunta ao menino: "Quer comer mel?" "Quero, sim, senhor." "Com farinha ou sem farinha?" "Com farinha." Um pouco depois, quando termina, o alferes Jacinto convida o menino pra entrar, serve a ele um prato fundo cheio de mel com um monte de farinha em cima e fica do lado com um chicote na mão. Na metade do prato o menino começa a enjoar. "Você queria comer mel, vai comer mel", diz Jacinto, e ergue o chicote. O menino come mais um pouco, então de repente foge, é perseguido pelo alferes Jacinto, leva umas chibatadas com o chicote e cai no lago da barragem. Com a cabeça mal fora d'água, vomita todo o mel.

O alferes Jacinto tinha um casal de escravos que estimava muito. Certo dia, sumiu um porco. Ele encarrega o negro de encontrar o porco. Isso às cinco da manhã. Às sete horas o negro retorna: impossível encontrar o porco. O alferes Jacinto diz: "Esse porco tem que ser encontrado." O negro sai de novo, procura até as nove horas. Volta até o alferes Jacinto: continua impossível encontrar o porco. O alferes Jacinto pega um chicote e dá duas chibatadas no negro. O negro diz: "Ninguém jamais me surrou em toda a minha vida." Vai pra casa, mata seus porcos, suas galinhas, mata seus quatro filhos, enforca a mulher e a si mesmo.

Essas são histórias que ninguém nunca tinha me contado. Feldmann não as menciona: em *Infância* elas também não aparecem. Eu as escutei e me dei conta: "Fora de Quebrangulo talvez eu seja a única pessoa na terra que sabe disso." E o que é Quebrangulo?

O trem que eu queria pegar hoje de manhã em Palmeira descarrilou. Ri quando soube. Depois de uma longa espera, veio uma caminhoneta, que ficou abarrotada de gente e bagagens. Viagem incômoda. Cheguei perto de meio dia em Quebrangulo, encontrei a única pensão do vilarejo e comi ali, servido pela filha do dono, de novo uma beleza improvável, assim no meio do nada absoluto. Parecida com Anouk Aimée, só um pouco mais cheinha. Depois caminhei, o usual caminho até o cemitério (um conjunto de montinhos com cruzes caídas, cerquinhas azul celeste ao redor, inscrições desbotadas pela chuva, fotos esmaltadas, muitas sepulturas de crianças), fotografei, comi e conversei com Eustáquio Soares. Agora estou aqui escrevendo num café de dimensões realmente extravagantes, um hangar, quatro mesas de bilhar, um balcão de uns vinte metros, incontáveis mesas e cadeiras. Por que nós não temos uma coisa assim na Holanda? As conversas que tive até agora deixaram claro pra mim que o que estou fazendo nesta viagem já foi em grande parte feito por Helmut Feldmann e Moacyr Santana (não por "grandes nomes" da crítica literária brasileira). Não vejo problema, desde que eu possa ficar à vontade. Em Palmeira tive uma tentação que já havia tido antes: a de ficar aqui. No Colégio Estadual tinha um francês que ensinava francês. Bem, eu poderia ensinar francês, alemão, inglês e português aqui, e não seria muito mais útil que continuar em Amsterdã contando coisas que todo mundo pode ler por conta própria? A ideia se tornou ainda mais sedutora (será que nunca vou me tornar um pouco normal?) porque eu, depois de um encontro com uma pessoa naquele Colégio, fui assediado por um batalhão de alunas com uma sede de conhecimento, uma avidez, uma pureza tão comovente. Terminou sendo uma espécie de entrevista/palestra improvisada, que me saiu com uma desenvoltura que me fez suspeitar que eu fosse um outro, e que só acabou depois de umas duas horas. E quando eu finalmente fui embora vieram as menorzinhas, de doze, treze anos, atrás de mim: "Como você se chama, americano?" "Augusto, que nome bonito." "Eu gosto de homens altos." "Eu gostaria de ter você como professor." E isso, note bem, não puxando o saco, ou talvez só um pouquinho, o suficiente para ser agradável. E foram comigo até a loja de Luís, um verdadeiro cortejo. Veja, isso sim é um trabalho prazeroso.

Viçosa, 4 de julho (de 1973)

Deixado pela caminhoneta em frente ao enésimo Hotel Commercial. Melhor que em Palmeira: tem até instalações sanitárias. Só as pessoas não me agradaram tanto. Um dono repugnantemente gordo, lento, malcriado, que afasta com violência um mendigo cego e perneta (é, o destino às vezes castiga de um jeito) sempre que o homem dá um passo no limiar da porta. Ninguém se importa com ele. Risadas, escárnio. Dizem que ele é louco, porque resmunga e vocifera sem parar, mas na sua situação não vejo isso como indicação de desequilíbrio. À noite, "sem-tetos" acampam em frente ao hotel na calçada do outro lado (defronte eles não são tolerados), munidos de fogareiros a carvão, espigas de milho, esteiras de palha, na esperança de alguma sobra do hotel. Praticamente diante dos olhos deles, pratos voltam pra cozinha pela metade. Latões de óleo com restos de comida são jogados fora e tudo é comido por cachorros e mendigos. Estou neste hotel.

Como as coisas logo se tornam rotina: caminhar, visitar os lugares "gracilianos", conversar com peritos no assunto. Aqui encontrei dois moradores muito idosos, provavelmente os únicos contemporâneos ainda vivos do que é descrito em *Infância* (começo do século): Veridiano Sousa de Vasconcelos (nascido em 1886), já um tanto ausente, e Sinfrônio Vilela (1893), um pouco surdo, porém ainda inteiramente lúcido. Aliás, o homem mais feio que eu já vi, mas um charme! Um mulato de oitenta anos com um nariz como um cacho de uva, uma mancha de nascença, uma pele destruída pela varíola, dois olhinhos pequenos, juntos, vesgos, mas extremamente vivos, e uma memória perfeita. Isso eu posso afirmar, pois conheço *Infância* praticamente de cabeça, e ele se lembra de todos os personagens dali — uma sensação estranha. Suas histórias, naturalmente, não são mais que uma confirmação de *Infância*, mas o que agora me dou conta, e que faz aumentar ainda mais minha admiração por Graciliano, se isso é possível, é que Graciliano escreveu como esse homem fala. Não exatamente, claro, pois Sinfrônio fala de maneira "incorreta" e Graciliano escreveu de maneira "correta" — gramaticalmente falando. Quero dizer o tom, o ritmo, a intensidade que resulta de uma linguagem escassa, simples, no verdadeiro sentido da palavra. (Isso, a propósito, torna Graciliano, na minha opinião, muito difícil de traduzir: "literatura" não é difícil, mas tente traduzir um analfabeto.) O confuso e emocionante foi que, embora estejamos acostumados com a ideia da realidade transformada em literatura, aqui aconteceu o contrário: a literatura foi retransformada em realidade. Esse também foi o caso em Canudos, mas lá foi com respeito ao ambiente, paisagem, natureza, quase matéria mineral. Aqui foi com pessoas. Fiquei boquiaberto escutando as lembranças de Sinfrônio. Cícero Feitosa, a "criança infeliz" de *Infância*: um menino que, porque era feio e sujo, era infernizado e evitado por todos, zombado por seus pais, acossado pelo professor e que se tornou mau e se vingou.

Graciliano escreve sobre ele (evidentemente tenho o livro ao alcance da mão): "Deixei-o no colégio, perdi-o de vista. E reencontrei-o modificado. Ao iniciar-se no crime, andaria talvez pelos quinze anos. Atirou num homem à traição, homiziou-se em casa do chefe político e foi absolvido pelo júri. Realizou depois numerosas façanhas; respeitaram-lhe a violência e a crueldade. Sapecou os preparatórios num liceu vagabundo. Na academia obteve aprovação ameaçando os examinadores. Bacharelou-se, fundou um jornal. Como o velho diretor, seu carrasco, fechara o estabelecimento e curtia privações, deu-lhe um emprego mesquinho e vingou-se. Caprichou no vestuário: desapareceram as nódoas, a formiga, o mofo. E teve muitas mulheres. Foi em casa de uma que o assassinaram. Deitou-se na espreguiçadeira, adormeceu. Um inimigo, no escuro da noite, crivou-o de punhaladas."

Isso (e foi traduzido às pressas numa posição incômoda, com uma máquina infernal entre as pernas, na cama do hotel, livro à esquerda, cachaça à direita) — isso é escrever. Um homem como Graciliano Ramos deve ter se sentido muito solitário em seu próprio país: quanto melhor ele escrevia, mais feio as pessoas achavam. O que ele tenta em vão nos primeiros três de seus quatro romances, escrever como um analfabeto escreveria se soubesse escrever, uma dificuldade que em seu quarto romance ele contornou ao escrevê-lo na terceira pessoa (de analfabetos praticamente sem palavras), ele consegue fazer em *Infância* ao não imaginar um escritor, mas a si mesmo. Mas puxa vida, Paul, fico cansando você com um autor que você nem pode ler, que não está traduzido. Também não posso fazer nada, é com isso que estou ocupado. E sejamos sinceros: levando tudo em conta, isso não é apenas sobre o escritor, também é sobre linguagem, coisa que interessa a todos nós, e também é um pouco sobre mim.

Agora chega. Não preciso nem sair do lugar pra adormecer. Adeus.

Guus

Bahia, 7 de agosto

Caro Paul,

Cinco semanas separam esta carta da anterior, e esta não era a intenção. Em Maceió, fiquei sem tempo nem vontade de escrever. De 7 a 18 de julho trabalhei lá todos os dias, de manhã das oito ao meio-dia, de tarde das duas às seis, e com frequência à noite também. Alternando entre o Arquivo Público (onde Moacyr Santana trabalha) e o Instituto Histórico, e também em arquivos de jornais locais. A razão deste acesso de trabalho foi em primeiro lugar Moacyr, que não só é um jovem muito simpático, mas também uma pessoa com uma energia devastadora. Quem falou que os brasileiros são preguiçosos? Na rua, de um instituto para o outro, mesmo com minhas pernas de sete léguas eu mal conseguia acompanhá-lo, baixinho como era. O resultado: 400 fotocópias de material de Graciliano não publicado, estudos e críticas feitos na imprensa local e não compilados — tive que comprar uma mala só pra isso.

Fui confrontado com o passado de uma maneira inesperada ao folhear coleções do *Jornal de Alagoas* dos anos trinta. Nesse insignificante jornal de província encontrei, já no início daquela década, até 1940, reportagens sobre o que muitos alegaram "não saber" até bem depois da guerra: Alemanha de Hitler, o boicote aos judeus, a Noite dos Cristais, deportações, campos de concentração, assassinatos. Como as pessoas na Holanda e na Alemanha poderiam não saber se neste lugar tão remoto do mundo se lia sobre isso? Nunca me ocorreu tão claramente que só podia ser porque elas não queriam saber. Liam os jornais errados, ouviam as pessoas erradas. E quando li sobre isso também me dei conta: como essa guerra devia ser distante para as pessoas daqui. Como a Europa era distante. Quase algo exótico. Foi estranho pra mim ler sobre duras batalhas, Stalingrado, neve, frio, fome, enquanto no arquivo onde eu estava todas as janelas estavam abertas e ventiladores zuniam pra manter a temperatura um tanto suportável, e se ouvia o gorjeio e chiado de pássaros vindo de fora. Pausas na minha *pesquisa*, a palavra portuguesa para "investigação científica", que no Brasil é uma palavra mágica. Fica na mesma esfera de conceitos mágicos como "doutor", professor, escritor, erudito. Em torno de Graciliano, como já disse, também está se formando um mito, o que faz com que a gente tenha que ter cuidado com testemunhos de contemporâneos. Há uma tendência em "exagerar" sobre sua retidão e também sobre sua erudição. Ele não era tão terrivelmente erudito assim, mas era um rato de biblioteca, um escritor, aprendeu francês, inglês e italiano sozinho, e isso já o faz ser considerado pelos brasileiros como alguém de proporções sobre-humanas. Bem como o orador Rui Barbosa, do começo deste século: "O maior cérebro da história. Falava todas as línguas do mundo. Maior que Deus, pois não descansava nem no sétimo dia." Então só preciso dizer que faço uma pesquisa sobre Graciliano e todo mundo fica estupefato, querem até carregar meu jornal e no jornal já está a minha entrevista com o jornalista vesgo de Palmeira. Nela eu me chamo Augus Vilaurencen, ou Vilauvenceu, e isso ainda é sorte, pois não quero ter na minha conta declarações de que considero Graciliano "o maior escritor brasileiro de todos os tempos", "o maior gênio das letras brasileiras", e que ele seria (o que é o mais engraçado) "o escritor brasileiro mais lido em toda a Holanda". Mas então vem um outro jornalista, mais fotógrafo, até o Arquivo para me fotografar com Moacyr (que me consola: "As coisas aqui são assim mesmo."), e em seguida o que era notícia local se torna nacional: declarações cada vez mais estranhas são atribuídas a mim no *Jornal do Brasil, Estado de São Paulo, Diário do Pará*, a viúva de Graciliano, na Bahia, aguarda ansiosamente a minha chegada, assim como diversos especialistas espalhados por todo o país, e por fim eu só precisava mostrar a cara em Maceió pra ouvir: "Ah, lá está o professor holandês da pesquisa" etc.. Resumindo, um acontecimento, comparável apenas com a vinda de Maurício de Nassau, em 1637, saudosa memória.

A magia da ciência, da retórica — ambas inatingíveis, ambas desprezadas e amaldiçoadas por Graciliano com os termos mais obscenos. Em seu romance *Angústia* aparece um doutor muito eloquente, com o qual ele é implacável: faz com que seja estrangulado pelo protagonista. Quando falo do "Brasil" e dos "brasileiros" em relação a isso, bem como outros assuntos, sempre quero dizer: "países como" ou "pessoas como" o Brasil e os brasileiros. Você, que já viajou pelos países do sul da Europa, sabe a perplexidade que desperta o conhecimento de duas ou três línguas estrangeiras. A reação de pessoas iletradas à "erudição", em qualquer lugar, é na verdade de desconfiança, misturada a uma admiração quase religiosa, mas em países onde há muitos iletrados esse padrão pode se generalizar e os dois grupos se comportarão assim. E isso pode ser visto na linguagem, que visa enfatizar a diferença e, portanto, não é o que é dito que importa, mas que impressão causa, e a maior impressão é causada por palavras e frases "científicas" incomuns, melodiosas e, principalmente, incompreensíveis. Palavras e frases que o iletrado toma do letrado, para também causar impressão — e daí isso vira uma doença. Pude observar isso muito bem em Palmeira. Luís é membro dos "Vicentinos" (de São Vicente de Paula), um grupo de pessoas que em seu tempo livre, aos domingos, constrói casas para os sem-teto. Naquele domingo a 180ª casinha foi entregue e inaugurada pelo bispo, que foi seguido de outros oradores: Luís, o presidente dos Vicentinos, e por fim Teresinha, que até ontem vivia na lama e agora tem uma casa. Depois Luís me levou ao aniversário de uma parteira que tinha trazido meia Palmeira ao mundo e que foi nomeada cidadã honorária da cidade. Discursos do prefeito, do vice-prefeito, vereadores, não parava mais. Nas duas festas: sonoros lugares-comuns, muito do que se chama "falar bonito" (vem-me à mente uma frase de Machado de Assis em que alguém comenta sobre um orador na mesa de um jantar: "Fala muito bem! Parece um dicionário.") Uma linguagem que aparentemente não tem nada a ver com a realidade, na qual nada é dito e só importa *como* é dito e que, portanto, causa impressão e leva as pessoas às lágrimas. Isso só me aconteceu na primeira vez: para mim, Teresinha era a única que falava "normal". A propósito, não pense que este fenômeno se limita aos países que chamamos "do Sul", seja na Europa ou na América. Também no jargão esotérico, literário-científico dos acadêmicos contemporâneos de todos os países, o conteúdo é menos importante do que a impressão causada no "fórum de colegas" (veja como eu sou brilhante), assim como a causada nos idiotas lá fora (veja como você é burro). Ah, eu fico tão triste com essas coisas, com o conhecimento que não é mais que conhecimento. Odeio erudição ilegível. Ortega y Gasset parece receber muitas críticas por uma ou outra razão, mas não me importo. Ele disse: "Um livro científico tem que ser científico, mas também tem que ser um livro." É isso. Qualquer outro conhecimento é "a tale told by an idiot, full of sound and *without* fury, signifying nothing".

Mas vamos lá, Paul, mesmo em Maceió não fiquei só nas pesquisas. Também fui algumas vezes à praia. Duas vezes com Moacyr e esposa e filhas, e às vezes sozinho. Num sábado, depois de ter trabalhado a manhã inteira com Moacyr, com fome e sede, comi e bebi e só queria me deitar na praia, grogue e satisfeito. Dois garotos desagradáveis se aproximam e um deles começa a gaguejar comigo entusiasmado. Um sentimento reprimido de camaradagem vem à tona, ponho minha irritação de lado e fico horas conversando na beira do mar, de onde eu sairia completamente queimado. Um garoto impressionante, queria aprender inglês de qualquer maneira para conquistar uma vida melhor na Inglaterra do que lhe estava reservada no Brasil, mas toda a sua família e amigos o consideravam um louco varrido: sempre ocupado com aqueles livros. Some-se a isso a autodiscriminação dos negros: alto e branco é bom, baixo e preto é ruim. Na verdade, é muito triste que desestimulem aquele garoto, que fala três palavras de um inglês incompreensível e as escreve na areia molhada com um galho em uma caligrafia do século passado. Eu realmente senti uma enorme admiração por ele, tendo tudo contra si, a cor da sua pele, o ambiente à sua volta, seu país, sua tradição — e ainda querer aprender inglês em livros brasileiros com ortografia do pré-guerra. Eu o encorajei.

E finalmente, quinta-feira, 19 de julho, Noortje chegou. Às seis da manhã eu já estava no cais de Recife e vi o "Jytte Skou" se aproximando bem devagar. Durante um bom tempo não dá para reconhecer ninguém, e então de um momento pro outro, embora ele venha gradualmente, reconhece-se uma silhueta, e um pouco depois o rosto. E quando a gente começa a acenar e tenta gritar coisas, sabendo que eles ainda não conseguem ouvir, é inevitável se achar um idiota. O bom é que eu não sou. Sei disso porque perguntei a uma lavadeira que estava do meu lado esperando a roupa suja da tripulação, e ela me tranquilizou completamente. A partir de umas duas horas, quando a alfândega finalmente se cansou de sua própria chatice, caminhamos o dia inteiro por Recife e por volta das oito horas nos encolhemos sob o cobertor (não pelo frio) no ônibus noturno para a Bahia.

Parecia que eu tinha deixado o apartamento há muito tempo, mas nada tinha mudado. Dona Maria não tinha devolvido o dinheiro. Não tinha roupa de cama lavada, a casa não tinha sido limpa, mas faltavam dois exemplares da *Manchete* e a calha tinha entupido. Seguindo a degradação da casa. Inundações diárias, gordura, bagunça, borra de café no chão. Bela chegada pra Noor. O sr. Gusmão, como você se lembra, aquele das transações imaculadas, mandaria um encanador imediatamente e dona Maria traria o dinheiro e as revistas e trocaria a roupa de cama. Nada. Várias viagens ao centro (Gusmão). Nada. Eu mesmo chamei um encanador, pelo menos isso ainda se pode fazer aqui. Apresentei a conta de oitenta cruzeiros a Gusmão um dia depois. Sem problemas. Dona Maria viria no dia seguinte, com dinheiro, lençóis limpos e revistas. Três dias e mais duas viagens ao centro mais tarde, veio uma outra empregada, com lençóis limpos, sem dinheiro, sem revistas. E amanhã partimos pra nossa viagenzinha a Maceió e Palmeira.

Além desta trabalheira e irritação, coisas mais agradáveis também me impediram de escrever, como eu pretendia fazer imediatamente depois de retornar e receber a sua carta. Quando não estou em arquivos e bibliotecas empoeirados (pois agora que estou quase indo embora de repente sei muito bem o que preciso fazer na Bahia), e quando Noor não está aplicadamente estudando piano no conservatório, numa salinha agradável que colocaram à sua disposição (espreitada e ouvida pela diretora, que logo lhe ofereceu um emprego de professora) — quando não fazemos isso, e fazemos quase todo dia, durante o dia, depois de uma separação tão aguda, naturalmente gostamos de nos divertir um com o outro, entre outras coisas na nossa orgia de sábado, a visita ao Mercado Modelo. Aliás, muitas das coisas que preciso fazer aqui, e faço, poderiam correr consideravelmente mais rápido se este povo tão comunicativo também usasse os *meios* de comunicação, além da via oral direta. Deixe-me compartilhar com você como foram as minhas tentativas pra entrar em contato com dona Heloísa, a viúva de Graciliano Ramos.

Ela mora no Rio de Janeiro, mas no momento está na Bahia, na casa de sua filha, que é casada com James Amado, um dos irmãos do famoso romancista Jorge Amado. A razão de ela estar aqui foi a horrível morte do pároco que, em 1928, fez sua união conjugal com Graciliano e que, quando o escritor sofreu de uma doença grave, doou-lhe sangue regularmente, o que fez com que o escritor, que era muito ateu, comentasse que "o sangue de um santo tinha ido para o corpo do diabo". Esse pároco foi recentemente atacado por ladrões em seu apartamento em São Paulo, que quando não encontraram nem dinheiro nem nada de valor, expressaram sua decepção jogando o homem do décimo quarto andar. Dona Heloísa ficou tão chocada com isso que decidiu vir se recuperar junto à filha. Eu tinha o endereço comercial de James Amado, que é representante de uma grande editora do Rio, o endereço de sua casa e o número de telefone. Como gosto de conhecer a cidade, decidi ir primeiro ao seu endereço comercial, na Rua do Amaral, n.º 21. Chegando lá, esse número não existia. Então tinha que telefonar. Passados três dias, encontrei um telefone que funcionava. A viúva me atendeu. Depois dos cumprimentos de introdução, a conversa correu da seguinte forma:

"Então, eu queria marcar um encontro para..."

"Alô? Alô?"

"Alô? A senhora está me ouvindo?"

"Estou ouvindo, sim."

"Que bom, então, eu queria marcar um encontro, um destes dias..."

"Alô? Alô?"

"Alô?"

"Alô? O senhor me ouve?"

"Ouço, sim."

(Nesse meio tempo eu já estava fazendo gestos desesperados para o homem das fichas, porque deste jeito, eu percebi, a conversa logo ultrapassaria os três minutos que se pode falar com uma ficha.)

"Bom, eu queria então..."

"Hoje?"

"Bem, se for conveniente..."

"Alô? Alô?"

Consumi minha quarta ficha, ouvia cada vez menos voz e mais chiado, e por fim mais nada. Liguei mais uma vez... Consegui contato, por poucos segundos. Não importava, eu ainda tinha o endereço da casa, na Pituba, um bairro distante. Cheguei lá numa noite tépida, comecei a procurar a rua, que no meu mapa aparecia como a maior alameda do bairro. O mapa e a realidade não batiam nem um pouco. Perguntei, perguntei, ninguém sabia. Também perguntei com frequência como se chamava a rua onde estávamos e as pessoas também não sabiam. Depois de algum tempo fui parar numa alameda bem larga e longa, com relativa certeza de que esta era a rua que eu procurava. Relativa, porque não havia placas. Logo achei o número 60. Porém a rua tinha uma numeração antiga e uma nova, com mais uma terceira no meio. Se isso já complicava a busca, ainda havia o detalhe de que muitas casas não tinham numeração alguma, e, outras, duas ou três paralelamente. No fim comecei a me orientar por um tipo de numeração mais baixa (o outro tipo estava na casa dos 1200). Porém os números pulavam de 94 para 2, sem nada entre um e outro, quer dizer, com algumas casas no meio que, segundo a explicação de uma moradora, "não tinham número". Como as pessoas em geral não sabem o nome da rua ou o número da casa, mas sim o nome das pessoas, comecei a perguntar por James Amado. O nome era conhecido, encontrei até pessoas com este sobrenome numa rua lateral, mas com outros primeiros nomes. João Amado, este sim, e também Jaime Amado, que explicou que seu irmão James não morava na Pituba, mas no Rio Vermelho, um bairro ainda mais longe.

"Mas a Avenida Manuel Dias da Silva fica na Pituba, não no Rio Vermelho."

"Isso é verdade."

"Onde é o número 60, então?"

"Deve ser ali do outro lado da rua."

Do outro lado ficavam os números ímpares. Perguntei a um passante pelo número 60.

"Toda a numeração está confusa."

"Mas onde seria o número 60, *eventualmente*?"

"Do outro lado."

Volto para o lado de lá, ou seja, o primeiro lado, onde eu tinha começado, por assim dizer. Um morador, que estava aproveitando o ar noturno em seu jardim, explicou, depois de perguntar no interior da casa, que o número 60, dependendo do tipo de numeração que eu tivesse, em todo caso deveria ser em uma das duas pontas desta avenida muito longa. Fui pra casa.

Sem mentira, Paul, diga a verdade, você está pensando que eu estou brincando ou no mínimo exagerando. Bem, então deixe-me contar mais uma coisa. A bolsa de estudos. Talvez você se lembre que depois de muitas investigações e ajuda de além-mar cheguei a três nomes, de duas pessoas em Brasília, uma das quais era quem eu precisava contatar e a outra a que me respondeu (parece aquele versinho de Garcia Lorca: "La una era la otra / y las dos eran ninguna"). Mas bem, a resposta foi favorável, então tanto faz de quem veio. A resposta foi um telegrama, recebido pouco antes da partida, com a notícia de que quatro parcelas da bolsa (no total NCr$ 3600,00) seriam depositadas no Banco do Brasil, e que minhas outras perguntas seriam respondidas por carta. Encontrei a carta, contendo a declaração acerca da minha bolsa de estudos, confirmação do telegrama, da passagem de volta e coisas do tipo, quando voltei para a Bahia. Tudo certo? Acho que nós, holandeses, mesmo vivendo muito tempo entre brasileiros, não conseguimos nunca desaprender a confiar na palavra escrita. O telegrama era de 21 de junho, a carta de 28 de junho — e o que eu encontro no Banco do Brasil: um depósito de NCr$ 900,00, datado de *25 de maio*. Será reduzido do total? E caso sim, de qual misterioso, nunca concebido, nunca confirmado, gradativamente tão almejado TOTAL? Fui recebido com amabilidade no banco por um senhor que atendia pelo draconiano nome de Hasdrubal. Ele, se apressando a confirmar que tudo isso era muito brasileiro, redige pra mim um Telex para Brasília, em termos financeiros para os quais não sei o equivalente em holandês, e desliza o lábio inferior pra fora em dúvida quando lhe pergunto sobre o possível resultado desta diligência. Não é impossível, reconhece Hasdrubal, depois de um silêncio incômodo, que eu, se realmente quiser certeza absoluta e o dinheiro, tenha que ir a Brasília. Ah, mas preciso mesmo ir pra lá, para o meu trabalho. Veja só, grita Hasdrubal radiante, como tudo se encaixa. No Brasil, até o maior banco do país ainda é um cordial manicômio.

De resto, dinheiro não é problema. O envio mensal do aluguel chega com uma certeza tranquilizadora. Então podemos nos permitir uma viagem de uns dez dias sem nos preocupar. Ainda preciso terminar um trabalho em Maceió, Palmeira é mais por prazer, principalmente para Noor. Na verdade, em nossa última semana na Bahia, espero poder fazer uma viagem bem livre, tirar férias, sim, mas aprendi que fazer planos aqui é algo precário. Por outro lado, qualquer coisa inesperada é possível. Então aguarde.

Guus

Bahia, 25 de agosto

Caro Paul

Fiquei zangado três vezes nesta viagem. A primeira, você deve lembrar, foi na alfândega. A segunda foi num hotelzinho sujo em Maceió, onde tentaram me roubar. A terceira e mais terrível foi no último dia 17 de agosto. No dia anterior, quando chegamos em casa de nossa viagem, não só a casa não tinha sido limpa de novo, mas o sofá, no qual por falta de uma segunda mesa coloco meus livros, sumiu. Livros espalhados em cima da mesa, cadeiras no chão.

Naturalmente, nossa raiva estava bem fresca, então fomos imediatamente até o endereço de Gusmão, embora já fosse meio tarde. Ninguém atendeu. Frustrante. Tão frustrante que descontamos a raiva um no outro num tipo desajeitado de "briga". Depois fomos comer, ficamos bêbados e tal, fizemos as pazes com muito entusiasmo, e Gusmão ainda pôde dormir em paz naquela noite. Na manhã seguinte a primeira coisa que pensei foi: como vou fazer pra ficar tão zangado de novo daqui a pouco. Mas não foi difícil. Gusmão, o infame, estava jogando baralho no saguão do seu hotel.

"O que é isso agora, sr. Gusmão? Eu pago por um apartamento mobiliado e o sr. retira os móveis?"

"Móveis? Que móveis?"

Se até então minha cólera ainda tinha algo de forçado, agora o sangue fervia e a raiva se tornava verdadeira.

"Que móveis? O sr. Sabe muito bem. O sofá."

"Ah, o sofá, ah, eu precisei dele."

Então começou a grande gritaria, com uma eloquência pra mim extraordinária, irrefreável, genial, nunca na minha vida fui tão dotado falando português ou qualquer outra língua.

"Não, meu senhor, *eu* precisava do sofá e *eu* paguei por isso, o sr. agora passou dos limites. E o dinheiro para o encanador, oitenta cruzeiros. O sr. vai pagar *agora*" e etc.. Isso ecoava pelas escadas do hotel, os amigos de carteado caladinhos em volta da mesa, as pessoas se aproximavam devagarinho e espreitavam pelos cantos, golpes fortes com a palma da mão na mesa, a destruição total de Gusmão. Recebemos o dinheiro ali mesmo. O sofá não faria tanta diferença pra nós nestas duas últimas semanas. Saímos dali e fomos beber uma bela cerveja, profundamente satisfeitos.

Então, se depois das minhas primeiras cartas você ficou com saudades daqui, agora já deve estar curado. E isso não é nem de longe tudo. Agora são oito horas da manhã, Noor foi para o conservatório, e eu pus mãos à obra. A verdade é que: o charme desta parte do mundo começa a diminuir quando você precisa de algo das pessoas. A bolsa de estudos, por exemplo. Tudo o que eu tenho é aquela carta de dois meses atrás, toda decorada com bandeirinhas brasileiras, não seja por isso, mas no Banco do Brasil ainda não chegou dinheiro nenhum. O telex de Hasdrubal para Oswaldo Biato, o ilustre da Cooperação Intelectual, ficou sem resposta, e o segundo telex para o Branco do Brasil, em Brasília, obteve a resposta de que ninguém lá sabe do meu caso e que eu tenho que fazer contato com Brasília pessoalmente, *por exemplo, através de um telex*. O cônsul não pode fazer nada, pois ele só pode se reportar ao Consulado Geral no Rio, o que é muito complicado (e olha que ainda nem falei que fui cinco vezes ao Consulado e desperdicei horas esperando antes de encontrar o cônsul). Emprestei meu texto sobre Graciliano, na revista *Ocidente*, para o simpático David, você sabe. Passei na casa dele dez vezes, deixei três cartas por baixo da porta, uma mais urgente do que a outra, e finalmente, depois do último pedido, quase indelicado, ele veio devolver a revista, sem ter lido o artigo, alegando que tinha viajado, o que era mentira, pois na Faculdade de Letras, onde também tentei encontrá-lo, ele era visto diariamente, então ele também é imbecil, pois poderia ter imaginado que eu passaria por lá. As pernadas, a lengalenga, o vaivém, as perguntas, a perda de tempo, o aborrecimento e o desperdício de energia que isso acarreta... E depois uma amiga brasileira ainda me disse, pouco antes da partida de Amsterdã, que o Brasil tinha mudado tanto nos últimos anos, que tudo agora era mais prático e objetivo, como nos Estados Unidos, sem a denguice e desmazelo brasileiros.

É claro que nada disso é novo pra mim, mas agora tentei encontrar uma explicação para estas coisas. Me parece que tem a ver com o fato de as pessoas aqui viverem numa fase civilizatória anterior. Você certamente vai achar que é presunção tipicamente Ocidental, mas repare na linguagem. Ainda é mágica/simbólica, não semântica: palavras e fórmulas são usadas como sinais, que significam, por exemplo, "eu sou seu amigo" ou "você pode fazer parte", etc.. Pouca importância é dada ao significado real, por isso a impossibilidade de levar os compromissos em consideração. As pessoas esquecem imediatamente o que disseram, o que também fica evidente porque a gente ouve a mesma coisa vinte vezes ao dia. Perguntas são repetidas toda hora, mesmo depois de terem sido respondidas: não se escuta o que o outro diz. Isso também explica a elasticidade dos conceitos: aqui se entende por "exatamente" algo que nós designaríamos com "aproximadamente". Me lembro de um caso (história real) de um homem que tinha um compromisso urgente com um conhecido, à uma hora da tarde. O conhecido não vem, o homem fica bravo, telefona, se informa, nenhum rastro do conhecido. O homem vai irritado para o hotel, vai dormir, no meio da noite acorda assustado: todas as luzes acesas. Na porta está o conhecido com uma espécie de namorada, e diz: "Desculpe, não pude vir, então pensei em passar por aqui, era urgente, não era?" Esse tipo de uso da linguagem não é mais do que fazer sons, como fazem os animais, e de fato a vida de muitas pessoas, em particular no sertão, é completamente animalesca. Também acho que, em sentido mais amplo, isso tem a ver com a incapacidade, assim como prometer e não fazer, de relacionar os fenômenos da vida (causa e efeito), porque o futuro, sendo o mais abstrato de todos os tempos, é o mais difícil, e as pessoas portanto não conseguem imaginar quais consequências uma palavra ou um ato podem ter no futuro. Em princípio, sabe-se que relações sexuais e gravidez têm algo a ver, mas não fazem nada a respeito, e ainda menos no que diz respeito à higiene e cuidados pessoais. É de ficar perplexo ver com que desleixo (não posso descrever de outra forma) as pessoas aqui lidam com a própria vida. Crianças pequenas engatinham, mal se distinguindo de cães sarnentos, num chão coberto de poeira e xixi, brincam com fósforos, facas e garfos, mas, se eles se ferem, a infecção vem de Deus. Na praia a gente não vê quase ninguém, principalmente entre os pobres, portanto a população mais escura, sem cicatrizes ou pequenos defeitos físicos. O último best-seller nacional, *Aprenda a dirigir sozinho*. Ao longo das ruas há sinais de trânsito bastante significativos: NÃO FAÇA DO SEU CAR-

RO UMA ARMA – A VÍTIMA PODE SER VOCÊ. E uma placa muito curiosa: NÃO ROUBE OS SINAIS DE TRÂNSITO – ELES SÃO NE-CESSÁRIOS. Pra quem vive num barraco de barro, uma placa de metal pode vir a calhar. Nunca tiveram um telhado tão bonito. Então, roubam as placas de trânsito. Imaginar que mais tarde isso pode gerar perigo de vida para outros é difícil demais (se é que se importam) e não conseguem ler a advertência para não roubar as placas. Os automobilistas, por sua parte, dirigem muito rápido, com pneus carecas, ignoram as placas de trânsito que ainda estão ali, mas os acidentes são obra de Deus. A pro-va? O slogan de todos os motoristas de caminhão: *Pé na tábua – e fé em Deus*. E acredito que este desleixo, esta maneira negligente de maltratar o corpo humano, facilita o fenômeno dos maus-tratos deliberados, falo mais especificamente da atual tortura de presos políticos no Brasil (e em "países como o Brasil"), sobre a qual a imprensa holandesa, com razão, fala com horror. Na imprensa brasileira não se fala sobre isso. Não porque se trata de tortura, mas porque se trata de política. Pois os jornais estão *diariamente repletos* de notícias sobre torturas de pessoas em toda parte, batedores de carteira, infratores de trânsito, pessoas inocentes, mulheres, crianças. E sobre isso em geral não se sabe na Holanda e em outros lu-gares: em todas as delegacias de polícia, nas mais toscas prisões do inte-rior, bem como no coração de toda cidade grande, a tortura aconteceu e ainda acontece diariamente. Os jornais dos anos trinta que folheei em Maceió, e os que compro todos os dias, expressam seu horror — e a coisa simplesmente continua. Por quê? Você acaso já viu um policial ou um soldado brasileiro? Um homenzinho baixinho, magrinho, franzino, que apanhava do pai, da mãe, dos tios e dos irmãos mais velhos, que apanhou na delegacia e na prisão, que não sabe fazer nada e não aprendeu nada, mas com um enorme desejo de inverter os papéis e se vingar. Então ele se torna policial, e veste um uniforme que é uma carta branca. Amigável e sorridente, bom pra um papinho, pra emprestar o isqueiro, indicar o ca-minho, mas um uniforme, um revólver no coldre e um cassetete no cinto, se ele não faz nada com isso, perde a graça. Então de vez em quando atira e dá porrada. E como o cara é burro, rancoroso e primitivo, não é muito escrupuloso. O primeiro que aparecer, leva. E as pessoas aceitam isso:

165

"Levar uma descompostura do governo não é vergonha." Tenho aqui uma pilha de recortes de jornais sobre isso que deixariam você morto de tristeza. Oswaldo Cruz, cinquenta e nove anos, com aparência de noventa, insistindo que era inocente das acusações, foi submetido a um ano e três meses de torturas, sem julgamento. Ele respira com dificuldade, sua visão ficou ruim, seus tímpanos foram rompidos, sua mulher foi estuprada na sua frente por dois policiais (me pergunto o que é mais sádico) e ultimamente sua comida está sempre cheia de pelos. Agora ele está no hospital da prisão, com mínima chance de sobrevivência. Policial para um chofer de táxi sem motivo aparente, pede documentos, fica com eles, o chofer pede os documentos de volta, o policial lhe dá uma coronhada no crânio. No mercado: briga sobre preço entre vendedor e comprador é resolvida pela polícia com um tiro na nuca do último citado. E quando você lê isso, impõe-se a pergunta: o que é pior, ser maltratado por suas ideias ou ser maltratado sem motivo?

Mais uma vez, tudo isso está nos jornais, com fotos e tudo. Uma "imprensa cerceada"? Mas não como o holandês imagina. Censura à moda brasileira quer dizer uma censura que permite crítica a si mesma. Com frequência esbarro em frases como: "mas devido à miopia da censura o povo brasileiro só poderá assistir a este filme numa estúpida versão mutilada." Revistas de sexo são proibidas, mas no jornal, por exemplo, de repente aparece uma foto de uma mulher de formas exuberantes na praia, num biquíni minúsculo, que massageia seu monte púbico com a mão esquerda e com a direita belisca um mamilo. O escritor católico Gustavo Corção pode escrever uma glorificação do regime de Franco ("Espanha, Toledo, o Alcázar, Moscardó defendiam o cristianismo, a civilização, a honra, e tudo o mais que dá à vida o valor de ser vivida"), enquanto na página ao lado a intolerância das autoridades católicas em relação aos dissidentes é denunciada em termos ferozes. No que diz respeito à política, é feita uma distinção entre o governo federal e os governos estaduais e municipais. Críticas a este último estão na ordem do dia. Corrupção de altos funcionários, mau comportamento da polícia, desafetos pessoais deste e daquele prefeito ou governador, é tudo falado aos quatro ventos. Apenas sobre o governo federal, sobre Médici, nada que não seja bom, nenhuma palavra sobre presos políticos, e sobre comunistas só o que seja ruim. Mas o desagradável tem que ser dito: *ninguém* quer saber de comunistas (há uma séria polêmica acontecendo sobre se Graciliano era "comunista" ou não; Moacyr, em Maceió, diz que foi perseguido por causa de seu trabalho sobre Graciliano e me avisou que o mesmo poderia me acontecer). A população camponesa, e isso é muita coisa, está em massa nas mãos do governo: contra a vontade da maioria no parlamento, Médici instituiu uma pensão para o trabalhador rural. Também desencadeou uma campanha de alfabetização, executada por voluntários, que são todos "de esquerda" como nós chamamos, enquanto um governo que nós chamamos "de direita" justamente se beneficiaria com a manutenção do analfabetismo. Não digo isso para falar bem de Médici, ele continua sendo um crápula, é claro, mas quero dizer: nós temos tanta tendência, e a imprensa em grande medida também faz isso, a traduzir os acontecimentos em outros lugares do mundo em proporções holandesas. Na Holanda temos o hábito de demarcar os limites da decência e opinião uns dos outros com régua e compasso, o que é direita e o que é esquerda, o que pode e o que não pode, e assim por diante, e aqui parece que nada disso é condizente. (Diversos amigos acharam, antes da minha partida, que eu "não podia" aceitar uma bolsa do cruel regime brasileiro, mas quanto a isso eu penso: pelo menos, cada centavo que eu recebo deles é bem empregado, e ninguém se intromete com o que eu faço com ele.) O enganoso em muitos artigos de jornal na Holanda é que se assume implicitamente um nível de informação que não existe entre as pessoas daqui. Muitas pessoas estão infelizes, mas a gente tem a impressão de que primeiro seria preciso ensiná-las a saber disso. Ou, quando sabem, parece que não querem saber porque se envergonham e então seria preciso ensiná-las a não se envergonhar por isso. A imprensa holandesa não leva em conta estes tipos de questões mentais complexas. Mas deixe-me parar com isso. Não gosto muito do assunto. Imagine: quando comecei a estudar português aos vinte e cinco anos, nunca tinha ouvido falar de Salazar. Também não estou preocupado com a política em si, mas no que tudo isso diz sobre duas mentalidades diferentes.

No fim da manhã

Embora já esteja quase vazio de tanto escrever, me coloco de novo em frente à máquina infernal, pego uma cerveja na geladeira atrás de mim e espero pelo que virá. "Desleixo." É, em relação às crianças engatinhando, na verdade eu tinha uma casa específica em mente. A família Sacramento mora no bairro da Liberdade, um bairro pobre, mas não o mais pobre da cidade, numa casinha de alvenaria, que é melhor do que barro. A família é formada por mãe, três filhas, das quais duas são casadas, um filho de treze anos e cinco ou seis crianças pequenas. O pai foi embora. A gente entra num cômodo que faz as vezes de sala, de mais ou menos dois metros por quatro, paredes sem reboco, chão de terra batida, banco de madeira como única mobília. Atrás uma espécie de cozinha: mesa bamba com panelas e talheres, um fogareiro a lenha, recipientes de cerâmica com água. Separado da cozinha e da sala, o quarto para toda a família: uma cama. As roupas são penduradas pra secar num varal atrás da casa e as pessoas fazem suas necessidades no chão. Na frente, uma rua estreita, sem pavimentação, muito inclinada, no meio uma vala cheia de pneus velhos, ratos mortos, espuma, excrementos. Quando chove, tudo vira um lamaçal; se está seco, fica tudo empoeirado. Lama e poeira são levadas pra dentro. No piso de terra, as crianças em questão, peladas. Fazem xixi no chão e engatinham sobre sua própria urina, o brinquedo é uma lata de talco vazia, que elas chutam pela terra e colocam na boca. Quando o pai ainda estava ali, Gina, a filha mais nova, solteira, ia pra escola. Quando não ia bem, levava surra. Saiu da escola, portanto, e até hoje associa letras com dor. Decifra slogans publicitários na rua, não sabe ler as horas num relógio. Agora, com dezessete ou dezoito anos, ninguém sabe ao certo, não sabe fazer nada. Trabalhou como empregada, mas não ganhava o suficiente pra pagar o aluguel do barraco de sua mãe. Então Gina de vez em quando anda pela avenida beira-mar. Teve um noivo quando tinha quinze anos, mas os pais romperam a relação: ele era mais preto do que ela. Agora ela de vez em quando sai com algum cara, de preferência jovens brancos. Quando acha alguém legal, não cobra. Ela se dá poucas chances de passar dos vinte. Recentemente uma amiga dela saiu com dois rapazes brancos. Na manhã seguinte foi encontrada numa praia fora da cidade, estrangulada, as nádegas cortadas, uma garrafa vazia de uísque na vagina. Gina diz: "Um desses dias isso acontece comigo. E vou ficar contente quando chegar a hora."

Não sei como posso continuar, depois desta história. Paciência. Talvez eu não *precise* continuar. Talvez uma outra história. Ah, na verdade é tudo a mesma história. Uma vida animalesca. Quando estávamos juntos em Palmeira (Albérico me viu na rua e nos levou rindo, arqueando, tagarelando e nos empurrando para o quarto de hóspedes), pude observar novamente com calma. Uma existência animal. Gerar e criar os filhos, a visita dos filhos, dos netos, comer, beber, dormir, fazer sons e, animais bondosos que são, cultivar amizades baseadas no tato. Eu garanto, Paul: se vocês algum dia forem a Palmeira dos Índios e disserem que são meus amigos, vai poder ficar aqui apodrecendo por um ano, dois, três, o tempo que quiser. Com estas pessoas. Elas não mudam a vida delas por você. Comem com as mãos, se lavam quando convém, não limpam a bunda depois de cagar, fazem um empregado limpar a merda da latrina. Esta é a elite do interior do Brasil.

Com pessoas chiques é bem diferente. Depois que eu finalmente consegui localizar James Amado, almoçamos com ele em sua casa, em companhia de sua mulher (e filha de Graciliano) e dona Heloísa. Foram necessárias três empregadas uniformizadas para preparar uma feijoada gigante (feijão, arroz e diversos tipos de carne) e colocar na mesa, realmente maravilhosa, com tudo a que se tem direito. Noor e eu fomos servidos com grandes porções, mas os outros faziam gestos e ruídos de rejeição e se permitiam pegar só um pouquinho de cada coisa. Porque uma coisa fazia mal para o estômago, a outra para a pressão, uma terceira para o fígado e assim por diante. Na sequência apareceu um renque de caixinhas de comprimidos. E enquanto fomos encorajados, posso até dizer: pressionados a pegar uma segunda porção, eles comeram a metade da quantia mínima que tinham no prato, engoliram seis comprimidos diferentes e se deram por satisfeitos. Veja Paul, é assim. Num país onde as pessoas morrem por não ter o que comer, pessoas ricas deveriam, em princípio, comer muito e tratar de engordar pra mostrar o quanto são ricas. Mas quem quer, num país assim, se elevar ainda mais acima dos ricos, vai justamente comer bem pouco: não *precisa* demonstrar que é rico sendo gordo, entende?

Está acima disso. E então se vê aqui pessoas incomensuravelmente ricas que são esqueléticas e de aparência pouco saudável. Não comer num país em que as pessoas morrem de fome é o cúmulo do chique.

Nossa partida se aproxima. Vou poupar você das minhas peripécias com o funesto despachante (que fabrica pilhas de contas que, na minha primeira hesitação, deixa cair pela metade, de maneira que eu sei que a metade ainda é o dobro do que eu deveria pagar) e com o Lloyd (onde a pavorosa índia ainda continua a requebrar os quadris), você já pode imaginar. Nesta segunda-feira os baús vão para o navio, e então ainda temos quatro dias livres. Os primeiros dias livres na Bahia. Férias. Soa como uma heresia, mas depois dos meus primeiros passeios pela cidade no começo da minha estada, nós quase não vimos nada de Salvador juntos e absolutamente nada do entorno. Na sexta-feira à noite, 31 de agosto, embarcamos no ônibus para Brasília, uma viagem de trinta horas. Ficamos lá uma semana. É que tenho que ir pra lá para o meu trabalho, do contrário iria da Bahia para o Rio, passando por Brasília só para pegar o resto da minha bolsa — não exatamente um pequeno desvio. Ficaremos pouco menos de um mês no Rio e por volta de 6 ou 7 de outubro pegamos um avião como aquele que recentemente caiu próximo de Paris. Tinha enviado um cartão de Maceió pra minha mãe. Semanas mais tarde recebemos uma carta em que ela contava entusiasmada que o cartão tinha sido entregue, meio chamuscado, com explicações do correio francês de que ele tinha sido recuperado dos destroços do avião acidentado. Caso você veja minha mãe, não fale sobre isso, pois tenho a impressão que ela não se deu conta de que nós vamos pegar um avião exatamente igual, da mesma companhia aérea brasileira, na mesma rota, esperando chegar sãos e salvos.

Esta é, portanto, a última carta da Bahia. Não tenho certeza se ainda escreverei do Rio. Tenho muito trabalho pra fazer, vamos querer explorar a cidade, e além do mais: sinto que já escrevi tudo. Foi bem diferente de 1967. Quando penso naquela escrita febril, implorando por cartas, no apego a Amsterdã, nem me reconheço. Mas já falei antes sobre "então e agora". Hoje é sábado, daqui a pouco vamos almoçar (bestialmente) no Mercado Modelo. Algo indescritível, lá vamos nós. Um grande edifício de um andar, no porto, com um complexo de lojinhas de suvenires, barzinhos, dois restaurantes no térreo e dois no primeiro andar, um terraço em meia lua em cima, completamente cheio de pessoas coloridas, provocantes, barulhentas, bonitas, grupinhos fazendo música, rumores, zunidos, tambores, lamentos de violões, vozes desafinadas, todo o povo, homens e mulheres, tentando seduzir uns aos outros escandalosamente, uma babel de sensualidade, se você levanta os olhos do prato, não vê nada além de peitos e bundas se desvelando diante dos olhos, mesmo que não se beba, a sensação por toda parte é de embriaguez, mas todos bebem, então imagine só, batidas (caipirinha peneirada), que as pessoas bebem antes da refeição, intercalada com aquela ótima cerveja brasileira, e ainda o forte aroma de caranguejos e peixinhos cozinhando lentamente no dendê, misturado ao de temperos picantes, África, o calor, o sol, a luz, a vista da baía — uma atmosfera felliniana, da qual eu já sinto saudades desde já, e que se tivesse que ser colocada em palavras, espontaneamente, e sem nenhum cinismo, encontraria sua definição nos quatro verbos comer, beber, cantar, trepar. Como pode ver, a vida mental às vezes é imperceptível, de vez em quando me pergunto se realmente existe. Mas quando olho novamente as pilhas de livros e fotocópias que coletei aqui com tanto zelo, tenho que aceitar o inevitável.

Também tenho que aceitar a incomunicabilidade de qualquer experiência. Mesmo que eu descrevesse tudo precisamente, ainda faltaria o mais importante. Calor não dá pra ser narrado. A sensualidade brasileira é diferente da holandesa. (Como? Aqui é *alegre*.) Chega-se a uma soma de um outro calor com uma outra sensualidade de outras pessoas e outra comida e outra bebida e outra música e um outro céu e um outro sol e outras regras e uma outra ausência de regras — e esse outro é incomunicável, porque só existe e só pode existir lá onde está. De outra forma não seria outro. Pois aqui é normal. É a ilusão de "estar em outro lugar". Quando a gente se sente "em outro lugar", na verdade permaneceu em casa. Você tem que estar "em algum lugar". Pensei nisso durante a viagem de ônibus, olhando para a paisagem esturricada do Nordeste, que eu só achava "estranha" ou "interessante" quando, por exemplo, tinha em mente largos rios holandeses, correndo devagar pela infindável planície. Mas lá onde você está, tudo é normal, ou não estaria lá. E só pode ser compreendido por quem tem a mesma experiência ou uma similar, ou será entendido de outra forma, a partir de uma experiência diferente. Não há melhor final para esta carta do que esta bancarrota da correspondência. Agora vamos para a realidade restauradora. Deixo nesta folha de papel minha desiludida, mas sempre amorosa saudação.

Guus

Rio de Janeiro, 28 de setembro

Caro Paul,

Planos, planos. Queríamos explorar a cidade e depois de três semanas ainda não vimos quase nada, por causa do tempo ruim (vento, chuva, frio) e do meu trabalho. Por causa desse mesmo trabalho eu não ia mais escrever cartas e estou escrevendo até inflamar o nervo, não pra você, mas pra meu colega Rentes de Carvalho, que está envolvido numa luta de vida ou morte em nosso Instituto com nosso doutíssimo Saraiva, que achou a nossa ausência (eu no Brasil, Rentes em Portugal) um momento adequado pra demitir Rentes de todos os postos numa ofensiva definitiva para desaparecer com ele da Universidade, uma coisa e outra sem mencionar os motivos a ninguém. Aquele homem simpático, você sabe, daquela "noite portuguesa" na minha casa. A quem você, depois de estar bem bêbado, confidenciou que era "o português mais maluco" que jamais tinha visto, e a quem o falecido De Jong uma vez disse que ele "devia barbear o nariz". Bem, o nariz continua peludo, mas isso é o de menos, porque ele continua maluco e perigoso. O que já passamos com aquele homem, a partir do momento que ele, em seu primeiro dia em Amsterdã, deixou cair seu aparelho de surdez no copo d'água em sua mesinha de cabeceira, portanto incapacitando a si mesmo para uma aula, até a atual prepotência que ele empresta ao título "professor-diretor", seria mais que suficiente para um livro. Talvez um dia eu ainda escreva, então vou parar já com este assunto. Mas é uma preocupação diária, sob o bombardeio de cartas de Rentes, que devem ser todas respondidas com a maior rapidez. Toda esta agitação também é ruim para o repouso noturno. E eu que tinha imaginado um final tranquilo pra esta viagem, depois que nos despedimos da

Bahia com compreensíveis, e até mesmo audíveis, suspiros de alívio. O cônsul, na última visita que lhe fizemos, nos aconselhou a não enviar mais nenhuma carta ou telex para Brasília, pois isso poderia irritar os funcionários lá. *Eles* se irritarem, e eu labutando há quatro meses pra saber alguma coisa desta bolsa infame! O ônibus partia às oito da noite. Percurso rápido, sobre asfalto. Perto das seis da manhã chegamos a Ibotirama, no São Francisco. Ali fizemos uma parada longa, tempo para um vasto café da manhã: carne de porco, carne bovina, frango, arroz, alface e uma bela garrafa de cerveja — que ótimo começo de dia. Na praia do rio, um pequeno vilarejo de barraquinhas, já em pleno funcionamento. Um frescor delicioso, cores vivas, com o sol baixo: o céu e a água de um azul profundo, a terra vermelho-ferrugem. O ônibus numa balsa do tamanho da que nós usamos pra bicicletas. Os passageiros tinham que se dividir igualmente nos dois lados, por causa do equilíbrio. Como sempre com este tipo de coisa aqui: ao embarcar a gente morre de medo, quando chega do outro lado nem se lembra mais. Então estrada de terra, uma só reta durante cem quilômetros, por vegetação cinzenta, terra queimada, poeira, poeira, poeira, vegetação sem alegria. Me lembro que, depois de minha primeira viagem, as pessoas me perguntavam: "O Brasil é um país bonito?" Depois de algum tempo pensei numa contrapergunta: "A Europa é um continente bonito?" As pessoas não sabiam o que dizer, assim como eu com a pergunta delas. Eu nem sei o que é bonito, só sei que é diferente pra cada um. Todos os andaluzes dizem que o País Basco é a parte mais bonita da Espanha, enquanto eu não vejo graça. Verde demais. E muito pequeno: as montanhas tiram a vista. A imensidão do planalto castelhano, a imensidão do Brasil, isso sim eu acho bonito, por falta de outra palavra. Então "beleza", como diz Alberto Caeiro, não é mais que uma palavra "que eu dou às coisas em troca do agrado que me dão". Mas na verdade gosto ainda mais da visão pré-romântica de que só o que é feito pelo homem pode ser bonito. A ideia de que a natureza possa ser bonita não tem nem duzentos anos, e na verdade acho uma bobagem: a natureza é o que é, por puro acaso — daí como algo pode ser bonito? A atmosfera num ônibus deste tipo é muito agradável. De puro cansaço, insônia e moleza a gente fica com uma espécie de predisposição para o riso frouxo. No nosso caso isso ainda foi favorecido, durante todo o trajeto, por uma garota que viajava sozinha e fazia um verdadeiro show ao se maquiar o tempo todo. Então ela se levantava de sua poltrona, com uma certa movimentação faceira do peito e do quadril, segurava numa barra com uma mão, na qual levava um espelhinho, se olhava detalhadamente e então continuava a se pintar. O curioso, o gracioso, era que isso não tinha nada de sensual, obsceno ou débil, mas só suscitava total hilaridade. Jamais esquecerei aquela garota, porque acho que algo assim só pode acontecer neste país. Quando terminou, ela se enrolou em outra barra, junto ao motorista, e ficou papeando ali por horas a fio. Nos nossos bondes e ônibus está escrito: "Não fale com o motorista". Nos ônibus brasileiros está: "Favor não falar mais do que o absolutamente necessário com o motorista". Como você vê, a elasticidade dos conceitos é o "forte" deste país. Se o que esta senhorita tinha a falar era absolutamente necessário, é questionável, mas todos, ela em primeiro lugar, o motorista, os outros passageiros e nós, tivemos enorme prazer. Escalas: lugarejos com um mercado, às vezes um colosso moderno, como um motel, às vezes pousadas grandes e isoladas, com paredes descascadas em sépia, vermelho-tijolo ou verde-mar. Num dos últimos havia um açude e, veja, nossa jovem, talvez por estar ciente do trajeto (ela ia visitar um tio em Brasília) tinha consigo um maiô. Não um biquíni banal, mas um maiô bem escolhido, bem ajustado, talvez antiquado, mas em todo caso vistoso. Ela não sabia nadar, mas entrou na água e ficou brincando, numa imitação de golfinho, e tudo o que ela fazia era divertido. Ainda que depois, quando o ônibus já estava há um tempo na estrada, ela tenha ocupado o banheiro por mais de uma hora pra ficar novamente apresentável. Isso foi um pouco antes do cair da noite. Depois foram horas rodando por uma escuridão absoluta. Nenhuma casa, nenhuma luz, nada. E então, de repente, por volta da uma da madrugada, num breu em que terra e céu não se distinguiam, um horizonte salpicado de luzes: Brasília.

Às duas horas estávamos na rodoviária. Todos os passageiros tinham familiares pra onde ir. Nós fomos caminhar sob uma garoa leve, tépida, ao longo dos famosos edifícios do governo. De repente uma Sten[37]: "O que

---

[37] Modelo de submetralhadora criado no início da Segunda Guerra Mundial.

vocês estão fazendo aqui?" Só então nos damos conta: também é uma coisa completamente idiota, andar por um ponto turístico desabitado às três da madrugada, debaixo de chuva. "Acabamos de chegar. Um hotel em Brasília é muito caro. Estamos esperando pelo primeiro ônibus para a Cidade Livre." Voltamos para a rodoviária e tentamos dormir no chão de pedra, entre bêbados, mendigos e cachorros. Ficamos hospedados na Cidade Livre num hotelzinho de madeira. Brasília foi uma surpresa. A cidade vive. Ao menos durante o dia. Construída de maneira inteligente. Edifícios com não mais que seis andares, a altura, segundo calcularam, em que os pais ainda conseguem gritar para os filhos lá embaixo. Nos lugares em que não há construções, deixaram muito da vegetação original: palmeiras, arbustos. Os primeiros prédios já começam a ter rachaduras, os familiares quiosques, engraxates — uma cidade brasileira. Falta vida noturna. Traduzindo: não há putas. Quem pode se permitir, pega o avião para o Rio nos fins de semana pra esse fim. Comemos na Cidade Livre, no restaurante do Elias: vale uma viagem ao Brasil. Nunca comi um frango assado nem uma carne de sol assim. Elias entra para a pequena lista de acontecimentos culinários. Nela estão o "Le grand cerf" em Magny, um pouco a oeste de Paris, e também o hotel com as lajotas mais bonitas do mundo, onde fica um bar em Évora, Portugal, do qual eu não sei mais o nome, mas onde Noor e eu comemos ano passado lagostins inesquecíveis (primeiro um pouco cozidos, descascados, depois ligeiramente grelhados, manteiga, salsinha, mais nada). Você não vai encontrar nenhum destes endereços no Michelin nem em qualquer outro guia, mas eu recomendo fortemente, Paul, a confiar nas minhas descobertas.

Também guardo boas lembranças do Itamaraty, o Ministério de Relações Exteriores do Brasil. Não vi nem de longe nenhum dos três altos dignitários com quem tive contato por escrito, mas o sr. Ribamar, do Departamento Cultural, ainda que um tanto atravancado, não só nos papariçou com café (e a mim com uísque legítimo); não só esclareceu todos os problemas explicando que o cheque de quatro parcelas enviado para a Bahia tinha sido devolvido porque eu não tinha conta bancária lá; não só se demonstrou comovido pelo meu interesse pela literatura de seu país e minha disposição de pra isso visitar até mesmo a cidade sem putas — mas acima de tudo se mostrou valoroso ao transferir para mim o restante do máximo absoluto de dez parcelas da bolsa (sete, portanto, enquanto eu achava que quatro já seria uma parcela a mais do que eu poderia contar), e deixou passar com um sorriso a intrigante transferência de NCr$900,00 de maio. Na mesma ocasião, como que por magia, também recebi minha passagem de volta, que incluía ainda uma passagem de avião Brasília-Rio, de forma que então voaremos juntos para o Rio. Eu ainda queria fazer Noor sofrer num verdadeiro trem brasileiro, mas naquelas circunstâncias, e porque, digamos a verdade, ela já tinha visto poeira suficiente, nos demos ao luxo. E devo dizer, é bem agradável.

Agora, então, Rio de Janeiro. Desembarcamos no hotel mais limpo e barato de toda esta viagem, e é um puteiro. No centro velho, perto do correio, perto da Biblioteca Nacional — mas, mas, o que é uma pessoa sem mesa. Fico nas posições mais desconfortáveis na cama, a máquina infernal entre minhas pernas cruzadas com muita dificuldade, dor nas costas, dor nos joelhos. Quando Noor já se enrolou em um lençol, coloco a máquina na beirada da cama, enfio as pernas por baixo e começo a datilografar. Inacreditável como Noor consegue dormir com qualquer barulho. Não só o das teclas. Um escritor disse certa vez que era tão tranquilo trabalhar em bordéis. Só se for durante o dia. Principalmente nas noites quentes é bem barulhento aqui, os ecos no pátio revelam particular entusiasmo. Duas mulheres juntas, isso sim não tem fim. Embora eu às vezes tenha sentimentos de inferioridade por causa de outros sons. Este povo tem o alegre hábito de jogar as camisinhas pela janela: caem sobre uma tela de galinheiro esticada por cima do pátio e ficam pingando lá embaixo. E ainda assim, um hotel bem cuidado, pessoas elegantes, gravata, pasta executiva.

Passo os dias coletando, tirando fotocópias e passando centenas de textos relacionados a Graciliano Ramos para microfilme, seja na casa de dona Heloísa, na Biblioteca Nacional ou em outros institutos. Me atrevo a duvidar se dona Heloísa realmente entendeu alguma coisa do trabalho de seu marido. Sobre *Vidas Secas* ela diz que não entende por que ele escreveu, visto que é tão "seco e pessimista". Uma opinião assim só pode ser baseada numa ideia bem diferente da minha sobre o que é literatura, mas não me importo. Pra mim ela é um anjo. Passo dias na casa dela examinando coisas sem que ela me venha importunar com perguntas se já encontrei o que procuro, ela me fornece materiais que nunca mostrou a nenhum brasileiro, fico para o almoço, em resumo, sou, como ela mesma disse, "como um filho em casa". Já na Biblioteca Nacional é bem diferente. Pra cada artigo em que quero dar uma olhada tenho que preencher uma ficha com o nome da revista, título e autor, data da publicação, número de catalogação, meu nome e endereço, o número da mesa em que estou sentado, a data, após o que um funcionário vai buscar com um elevador que é apenas para funcionários e que toda hora está com defeito. E não há outro acesso. Aliás, a biblioteca inteira é muito antiquada, tem perigo de incêndio e grande parte do material está roído por ratos e insetos bibliófilos. Ontem o elevador pifou definitivamente. Quando, um tanto irritado, eu comentei que era uma loucura ter vindo da Holanda pra realizar esta pesquisa e agora não poder fazer meu trabalho por causa daquele maldito elevador, a reação foi: "É, é um problema." Uma garota canadense, que também fazia um tipo de pesquisa, ficou chocada com este exemplo de brasilidade. Hoje é sexta-feira, na segunda vem alguém pra ver o elevador. Por um instante quis chutar toda a minha papelada na rua, mas holandês bem pensante que sou, comprei uma garrafa de uísque (brasileiro) e então agora estou totalmente pelado e suando em bicas (de repente começou a fazer um calor infernal), na segunda das posições desconfortáveis mencionadas acima, escrevendo esta carta imprevista com a máquina dançando sobre o colchão. Certamente minha última carta; domingo, 7 de outubro, nós partimos. Se o elevador continuar quebrado, terei algum tempo pra ver um pouco mais da cidade além do Pão de Açúcar e do Cristo, onde já estivemos num fim de semana. Noor, que naturalmente tem um mar de tempo, conhece a cidade melhor que eu. Falando em mar: nem vi a praia, estou branco feito papel. Mas faz parte. Fiz o que pude em relação ao meu trabalho, então é isso. Pela última vez, um abraço de papel. Até breve.

Guus

7/8 de outubro

Caro Paul,

A coisa mais brasileira da minha estada neste país foi a maneira de partir. Quase sinto náuseas ao lembrar, mas não posso privá-lo disso, pois eu sei: ainda que pareça inimaginável que se possa esquecer algo tão horrível — a gente esquece. E rápido. Deixamos pra trás. Como se eu já não soubesse disso, me foi mais uma vez confirmado por um garçom no restaurante onde fizemos uma de nossas últimas refeições no Rio. Ele nos perguntou se tínhamos gostado do Brasil, e quando eu disse que eu achava as pessoas gentis, mas que a burocracia levava à loucura, que na minha partida em 1968 eu tinha pensado: "Nunca mais", mas que apesar de tudo tinha voltado e que agora pensava novamente: "Nunca mais" — então ele respondeu: "A gente esquece dessas coisas." E ele tinha um bom exemplo. Em 1966, ele foi para a Copa do Mundo na Inglaterra, quer dizer: só tinha reservado ingressos para jogos a partir das quartas de final. Pois o Brasil, com Garrincha e Pelé, seria tricampeão mundial. E você sabe que trágico equívoco foi esse: Garrincha já não era mais do que um símbolo e nem entrou em campo, Pelé foi esmagado no gramado por seus irmãos portugueses e o Brasil não sobreviveu à primeira fase. Mas talvez ainda pior (e na verdade é sobre isso que falo aqui) foi o que se passou antes. O homem só pôde custear a viagem de avião (que pra ele representa uma fortuna) com a ajuda de seu genro e trabalhando duro por muito tempo, economizando muito e se privando de muita coisa. Mas até algumas horas antes da partida, ele ainda não tinha passaporte: a polícia não acreditou na história do genro e queria saber, levando em conta sua modesta renda como garçom, como ele tinha conseguido tanto dinheiro. No fim ficou tudo em ordem (com o passaporte), mas pense na tensão, na irritação, na incerteza até o último momento, e na humilhação para o pobre homem, de quem a priori assumiu-se que nunca poderia ter conseguido aquele dinheiro de maneira honesta. E ainda por cima fazer a viagem pra nada... "A gente esquece dessas coisas."

Noor está deitada ao meu lado dormindo. Fico olhando pra ela e não compreendo de onde ela tira esta tranquilidade, mal posso conceber que realmente vamos voar, na verdade estou morto de cansaço mas ainda agitado demais pra dormir, então começo a escrever de novo, como um idiota, no meio da noite, com uma luzinha.

As dificuldades começaram no escritório da Varig na tarde de sexta-feira, 5 de outubro. Eu não tinha visto de saída. Ninguém jamais tinha me dito que eu precisava de um. Fui até o Registro de Estrangeiros, meia hora de caminhada. Me mandaram para o Departamento do Ministério do Exterior, pertinho da Varig. Meia hora fazendo o caminho de volta. Lá um funcionário escreveu uma declaração: nada impede que AW obtenha um visto de saída. Tranquilidade, alívio, jantei bem. Na manhã seguinte, sábado, dia 6, sigo para o Registro, que é aberto na parte da manhã. Falta algo da polícia da Bahia nos meus documentos. Sigo para a polícia. A polícia nos encaminha para o Instituto Félix Pacheco, onde eu recebo uma espécie de carteira de identidade. De volta para o Registro de Estrangeiros, onde um subalterno moreno, chamado Ademir, prometeu nos esperar até o fechamento. Nesse ínterim, ligou para seus superiores, que o desaconselharam a continuar nos ajudando, mas em todo caso, ele agora sabe exatamente qual é o problema. Tenho uma declaração de bom comportamento da polícia da Bahia, mas está vencida, e além disso eu também deveria ter recebido na Bahia uma autorização de residência provisória. Não é minha culpa que eles não tenham me dado, mas de qualquer forma eu teria que ter me apresentado à polícia no Rio num prazo de quatorze dias. Ademir escreve cuidadosamente numa carta tudo o que eu preciso ter (está aqui na minha frente, mas eu não faço a menor ideia de como traduzir estes termos idiotas, vou dizer mais ou menos, o resto você imagina): 1 registro de estrangeiro, 2 cadastros de estrangeiro, 1 certidão civil (com o Instituto Félix Pacheco), 2 pedidos de visto de saída, 5 recibos de pagamento de impostos federais, 1 comprovante de residência (com o Consulado Holandês), 2 fotos 3x4 com fundo branco, em papel brilhante. Ligamos para o Consulado, que é fechado no sábado à tarde, mas chegamos via-via a um endereço particular onde uma pessoa nos aconselhou a ir com urgência ao Consulado. Fica em Botafogo, uma distância considerável. O sr. Bijleveld redige em nome do cônsul-geral uma declaração com todos os meus dados pessoais e os endereços onde morei em Salvador e no Rio, faço as fotos num supermercado em Copacabana, o único que ainda está aberto, passamos na polícia e no Instituto Félix Pacheco (graças a Deus abre no sábado!), e voltamos para o Registro de Estrangeiros. A declaração consular não serve, não tem os nomes dos meus pais, e a foto também não serve, não tem data. Em outros documentos falta a minha impressão digital, por isso temos que retornar à polícia e ao Instituto Félix Pacheco. Noortje tem uma crise de choro histérica, ainda bem, pois isso teve mais efeito sobre Ademir do que o meu português. Ele liga para este e aquele, liga até para o Consulado pra explicar exatamente como deve ser a declaração, o que não muda o fato de que teremos que ir mais duas vezes à polícia e, entre uma coisa e outra, também nos despedimos de dona Heloísa. Caímos na cama aquela noite beirando a exaustão, tristeza e loucura. Na manhã seguinte, domingo, 7, já nem acreditando mais no sucesso do que agora praticamente consideramos uma tentativa de escapar deste país e desta cidade podre, fazemos nossa primeira parada no Instituto Félix Pacheco (que mais uma vez graças a Deus abre aos domingos), e a segunda no Registro de Estrangeiros, onde Ademir, contrariando seus superiores, nos esperava. Embora precisássemos providenciar novas fotos e uma nova declaração consular, o problema dele era que, como uma única impressão digital do Instituto Félix Pacheco não era suficiente, teria que procurar, em pleno domingo, um *identificador*, um especialista em fazer impressões digitais. Fazemos novas fotos no mesmo supermercado de ontem, que também abre aos domingos. Guardei uma: é a imagem de um tresloucado. No Consulado, uma secretária, srta. Van der Laan, que está autorizada a usar o carimbo consular, redige uma nova declaração, enquanto eu me pergunto se entre cem milhões de brasileiros existe algum que dê a mínima para o fato de minha mãe se chamar Trijntje Bulkes e concluo que esta é a definitiva materialização da insanidade. Enquanto isso, no Registro de Estrangeiros, Ademir encontrou um identificador. Ele começa (pois embora seja prestativo, mais do que seria humanamente esperado, como um subordinado, ele agora também tem certo poder, e é claro que é prazeroso usá-lo um pouquinho) — ele começa fazendo observações sobre a nova declaração consular, mas quando Noor ameaça desabar em impotência quase epilética, ele dá ao identificador o sinal pra começar com seu trabalho. Noor não pôde evitar as lágrimas ao assistir como colocaram minhas impressões digitais de todos os dez dedos no papel, como se eu fosse um criminoso. Recebemos o visto com alguma descrença e, um pouco depois, na Varig (aberta no domingo!), a passagem.

É impossível que alguém ainda se lembre de tudo isso depois de uma semana se não escrever imediatamente. Mas o que eu acho mais brasileiro nisso tudo: não tanto as dificuldades em si, mas sim o fato de que no fim tudo deu certo. Num fim de semana. Talvez na Holanda todo este problema não surgisse, mas se surgisse, jamais seria resolvido com a intervenção de um funcionário subalterno, contra a vontade de seus superiores, num fim de semana. Da mesma forma penso: "Brasil, nunca mais", mas sei por experiência que logo estarei querendo voltar. E será sempre assim. Boa noite.

Guus

1979

Rio de Janeiro, domingo, 29 de julho

Caro Paul,

Depois de quase quatro semanas, aqui está minha primeira carta, e quase com certeza a única também, pois daqui a uns dez dias eu já vou voltar. Na verdade, nem estou com vontade de escrever (embora eu saiba que escrevendo ela venha naturalmente), porque desta vez toda a minha estada no Brasil, desde o início, teve algo de desastrado e infeliz.

"Desde o começo" não é inteiramente verdade. O começo foi bom. O avião, da Royal Air Maroc, partiu sem atraso. Até mal-entendidos kafkianos e entraves no aeroporto de Casablanca, tentativa de trapaça no guarda--volumes e horas de espera por um carimbo que um sebento funcionário uniformizado só deu a contragosto, eu considero coisas normais de uma viagem de avião. Aliás, naquele aeroporto, semeado de mulheres pedintes e crianças doentes, um barracão estranho e imundo (mas também lá eles não têm, como em Schiphol[38], marroquinos pra manter tudo limpo) — naquele aeroporto eu também vivenciei pela primeira vez na vida aquilo que todos os viajantes que reservam uma viagem organizada vivenciam: a companhia um do outro. Este grupo tinha como destino de férias um tour pelo Brasil.

"Acho que também vamos pra Salvador."

"Onde é mesmo que fica?"

"Sei lá."

"Perto de Brasília, eu acho."

"Brasi... O que é isso?"

"Em todo caso, estou feliz por não ter que ficar no Marrocos."

Hotel cinco estrelas no centro de Casablanca, comida gostosa, clima gostoso, tudo incluso na viagem. Uma cidade deliciosa: não tem nenhuma atração turística. Na manhã seguinte, às onze horas, num jumbo, do Rio para São Paulo com um voo local, hotel encontrado, e na sexta-feira às onze da manhã eu estava "pronto": banho tomado, barbeado, roupas limpas. Eu tam-

---

[38] Aeroporto de Amsterdã.

bém estava cansado, tinha dormido pouco no avião, mas a curiosidade me levou pra rua. E eu não pude, e ainda não posso entender, por que em 1967 eu achei São Paulo tão horrível. Bem, é agitada, barulhenta, mas eu gostei da anarquia mental para a qual eu aparentemente não estava pronto doze anos atrás. Me senti como num banho relaxante de feiura e desordem, que era a liberdade. Acrescente a isso (eu sei, é a velha história, mas não tem como escapar, porque é tão impressionante quando se volta a este país depois de anos), acrescente a isso a sensualidade realmente incrível que há no ar e você talvez entenda que eu de vez em quando pensava: por que não vir morar aqui?

Caminhei (fazia tempo bom) muito à vontade pela Av. São João em direção a Perdizes, o bairro do nosso casebre de '67. E sim, ele ainda estava lá; dona Nair veio pra fora, quase não envelheceu, mas engordou; o bebê daquela época já era pré-adolescente. Conversamos um pouco, o que de certa maneira foi difícil, porque me entreguei a reflexões inexplícitas sobre o fenômeno "tempo", enquanto ela estava ali como se tivesse me visto ontem. O bar da esquina, o Dois Amigos, também continuava lá, embora ampliado e com um outro nome, mas com o mesmo dono, José Antônio. Ele também me reconheceu e me ofereceu bebida imediatamente. A comida (como a lembrança de um sabor pode ficar com a gente por doze anos) ainda tinha o mesmo gosto. Este foi o início de uma espécie de redescoberta de São Paulo. Na noite do primeiro dia também passeei muito pelo centro, o que demonstrou o quanto eu conheci bem a cidade naquele período: eu ainda conseguia prever o que viria em seguida, qual rua, qual praça, etc. Se tivesse sido sensato, teria ido cedo pra cama naquela noite, mas não, tive que ficar numa banquinha de jornal jogando conversa fora sobre futebol e mulheres até as quatro da manhã, desaparecendo de vez em quando pra pegar algo refrescante no bar da esquina.

No fim de semana que seguiu essa sexta-feira eu aumentei o meu raio de ação. Ainda me lembro que em '67 havia placas em todos os canteiros de obras: POR UMA CIDADE MAIS HUMANA! Naquela época, não acreditei que algo assim aconteceria, mas veja só: agora há áreas para pedestres, há verde. Mas a maior surpresa foi que eu me dei conta de que Amsterdã tinha mudado. Doze anos atrás, o trânsito lá pelo jeito ainda era decente. Ao menos, eu fiquei chocado pelo caos daqui. Continua sendo mais agitado e mais intenso aqui, mas não vejo ninguém furando o sinal ou passando a faixa de pedestres quando alguém está atravessando. Com o metrô, fiz em vinte minutos o trajeto até o nosso bairro, Santana, que antes levava duas horas com o ônibus. A rua estava irreconhecível. "Nossas" casas estavam escondidas atrás da vegetação alta dos jardins. Mas o Brasil continua sendo o Brasil: o hospital ainda estava no mesmo estado, inacabado. Mais uma vez Amsterdã: também percebo aqui que "deixei" a cidade, mentalmente. Nasci ali, sempre vivi ali, em bairros agradáveis, Singel, Binnenkant, Kattenburg, Kinkerbuurt, por um momento fiquei irritado com a poluição e a deterioração, então, por uma questão de paz de espírito, decidi que não é mais a minha cidade e que podem fazer o que quiserem com ela. Percebo que isso é realmente verdade pela minha reação a São Paulo. Como eu ainda me sentia "amsterdamês" doze anos atrás, enquanto agora viro na Gooiseweg em direção ao Bijlmer com um suspiro de alívio toda vez que deixo pra trás aquela balbúrdia. De maneira que agora não sei mais o que sou. Ou talvez sim: morador da periferia, a gente retorna para o tipo de bairro de origem. Nasci no Stadionbuurt, na época em que era novo e praticamente fazia limite com o pântano; agora já moro há oito anos no Bijlmer e não quero sair dali. Nos bairros "agradáveis" eu ouvia a descarga, a tv, as trepadas e as brigas dos vizinhos; no Bijlmer tenho tranquilidade. Tranquilidade e espaço, minhas únicas exigências. Periodicamente vê-se em artigos de jornal sobre arquitetura, bairros residenciais e tal, uma citação, se não me engano de Theo van Doesburg, no sentido de que o ambiente em que se vive é determinante para o desenvolvimento e bem-estar psicológico das pessoas, e esta citação está sempre no contexto de algum artigo em que se lamenta sobre o Bijlmer, escrito por alguém que não mora lá. Tolice. Não me importa a aparência do ambiente ao meu redor, minha beleza é interior. Não fiz todas aquelas belas traduções no Bijlmer? Também me irrito imensamente com pessoas (inclusive alguns bons amigos) que, quando vêm me fazer uma visita e enquanto estão na minha mesa, comendo muito bem, declaram que "jamais poderiam morar no Bijlmer". "Por que não?" "Eu ficaria louco." Bem, é melhor do que parece. Mas o que isso implica é que eles possuem almas tão sensíveis que poderiam ser danificadas pela visão de um entorno que não seja esteticamente agradável até nos menores detalhes ou que não carregue ao menos a pátina do tempo. Bem, não podemos todos morar num canal ou no entorno do Concertgebouw. Será então que a minha alma é tão rude, grosseira, embotada, calejada, que eu não fico louco no Bijlmer? Claro que não é isso o que querem dizer — mas isso é justamente o mais grave. É um pensamento burguês. "Todos esses cubículos são iguais." O que é que isso importa quando se está do lado de dentro e se tem o que fazer? "Deserto de concreto." É o bairro mais verde de Amsterdã. "Horrível." Esteticismo. Mentalidade Biedermeier[39]. Acho que, devo admitir, que minha primeira visita ao Brasil facilitou para que eu vivesse junto ao lago Bijlmer, por causa da completa confusão da qual fui vítima, no decurso de '67, quando se tratava de dizer o que era bonito ou feio, estes últimos conceitos principalmente em conexão com os conceitos velho e novo, conexão que naquele ano foi desfeita para sempre. Lembro-me que eu, ainda antes de '67, mas já dominando o português, comecei a conversar num barco de turismo com brasileiros que, depois de alguma explicação minha, mostraram-se perplexos com o fato de que pessoas ricas moravam na maioria das casas junto aos canais.

"São todas casas *velhas*."

"Não têm elevador?"

"Eles não poderiam ter algo melhor?"

Naquele momento, não entendi aquilo. Mais tarde compreendi que com os conceitos velho e novo, em relação à beleza, acontece o mesmo que com a religião: quando um cristão diz que a sua crença é a única verdadeira, e um islamita também diz isso, não é preciso ser nenhum gênio pra concluir que a ilusão de verdade objetiva pode estar em toda parte, *exceto* em alguma forma de crença. Isso logo caiu por terra; a beleza só bem mais tarde. Então penso, inversamente, que minha experiência de morar no Bijlmer agora facilitou para que eu andasse em São Paulo e me sentisse inteiramente à vontade.

Fez tempo bom durante todo aquele fim de semana, então o começo ainda foi bom. Meus planos eram: descontar alguns cheques de viagem na segunda, na terça pegar o ônibus pra Curitiba para uma visita a Dalton Trevisan e de lá ir para o Rio. Mas foi naquela segunda-feira que as coisas

---

[39] Referência ao estilo burguês que surgiu entre o neoclassicismo e o romantismo, caracterizado por uma estética conservadora.

deram errado e depois nunca voltaram a dar totalmente certo. Pra começar, estava frio na segunda, frio, vento e chuva desagradáveis. E naquele dia aconteceu o momento, de tirar o fôlego, posso dizer, em que, depois de remexer por meia hora em tudo o que é bagagem, comecei a suspeitar, com um crescente sentimento de mal-estar e pânico, que não tinha trazido os cheques de viagem. Nunca tinha me acontecido uma estupidez deste tipo. A vergonha piorou o pânico. E foi ficando mais clara a lembrança de guardar os cheques entre os dois volumes do Van Dale[40], que eu pretendia trazer — e que no último momento não trouxe. Certeza mesmo só tive por telefone. Mais meia hora pensando febrilmente: qual é a diferença de fuso? O que fazer se Noor não estiver em casa? E se os cheques não estiverem lá? O milagre estava por acontecer: dentro de um minuto eu estava no meu quarto conversando com Noor, tão inteligível e sem interferências como se fosse uma ligação local. Naturalmente, foi muito bom conversar com ela daqui do Brasil, pena que o motivo era tão estúpido. Poucas vezes fiquei tão tenso como quando ela se afastou do telefone pra ir até o meu quarto, no local indicado, procurar os cheques — e encontrar. Ela enviaria por correio expresso, e eu fui imediatamente até o HBU para efetuar (o que consegui, do jeitinho brasileiro, ou seja, com o necessário aborrecimento, mas depois do horário de funcionamento) a transferência por telex de 1500 florins da minha conta para o HBU, uma operação que, segundo meu porta-voz, exigiria vinte e quatro horas, enquanto eu só receberia os cheques no final da semana. De maneira que pensei que poderia ir para Curitiba na quarta ou quinta, em vez de segunda.

Bem, esse estado de indisponibilidade, de querer viajar, ter que viajar e não poder, durou toda aquela semana. Foram os dias mais frios registrados até hoje em São Paulo. Se faz cinco graus e não tem aquecimento em lugar nenhum, a gente não consegue se esquentar, fica com frio o tempo inteiro. E outros fenômenos estranhos começaram a acontecer. Numa manhã, engoli por engano, em lugar de uma aspirina, um comprimido inteiro de Aleudrin (contra asma), do qual normalmente uso só um quarto e deixo derreter sob a língua. Então entendi por que os farmacêuticos sempre me

---

[40] Principal dicionário de língua holandesa.

perguntam se sou familiarizado com o uso. Por outro lado, não entendo como alguém (e por isso só é vendido com receita) pode engolir uma coisa daquelas voluntariamente: não tem nenhuma graça. Coração disparado, dores nas articulações e nos membros, como se tivesse levado uma surra, náuseas, tremores, aversão a qualquer comida ou bebida. E acredito que foi na manhã seguinte à que acordei com um sonho sobre Roos. Não sei mais o que era, mas acordei, por volta de umas cinco horas, com um eco daqueles disparates dela no meu ouvido, como quando ela acorda cedo e começa a falar sozinha. Agora a madrugada é a hora das minhas visões mais sombrias (desastres de trânsito, velhice, morte, etc.), e achei insuportável pensar que, como em princípio em qualquer viagem na Europa, eu não pudesse dizer: "agora vou pra casa." Os barulhos no meu ouvido e a ideia de que tenho que esperar meu tempo aqui passar (cinco semanas), seja como for, causaram uma dor física. A sensação era de que algo tinha sido amputado, ou que eu tinha acordado sem uma parte do corpo que ainda estava ali na noite anterior — e isso foi totalmente inesperado. Saí de casa com a ideia aventureira (é, talvez burrice, meu Deus, mas não posso fazer nada): finalmente ficar só, cinco semanas viajando sozinho, porque mulher e criança juntos numa casa é uma situação com a qual, por um lado, quando eu era mais jovem, não poderia lidar de forma alguma e inevitavelmente levaria a uma calamidade, por outro lado, agora que tenho mais de quarenta anos e cultivei certos hábitos inalienáveis, acho difícil me acostumar. E agora isso. E "isso", esse sentimento ficou. Às vezes sinto vergonha de mim mesmo, às vezes admito descaradamente, consigo esquecer trabalhando ou bebendo, duas formas de fuga, uma pra dentro, a outra pra fora, mas na madrugada insone nenhuma fuga ou resistência é possível. Daí é só ficar deitado, esperando o tempo passar. Escrevi muito para Noor e este é um dos motivos de não ter conseguido escrever pra você antes. Sei que você vai me perdoar.

No mais, todo dia ficar esperando que o dinheiro chegue ao HBU, todo dia esperanças inúteis e adiamento da partida, até que por fim na segunda-feira, 16 de julho, os cheques chegaram. Neste meio tempo, tive o bom senso de fazer o que não tinha feito em casa: me preparar. Fiz listas impecáveis de livros a serem adquiridos e artigos a serem copiados sobre Trevisan, Drummond de Andrade, Guimarães Rosa, li jornais e revistas, de maneira que posso dizer que os primeiros dez dias foram caracterizados por três fases sucessivas: euforia, depressão e ordem. Mas há aquelas viagens que, uma vez que começam mal, nunca mais entram nos eixos e, assim, ainda que o trabalho tenha começado a andar como planejado, permanece sempre um certo mal-estar, latente ou claramente tangível. De qualquer forma, na terça-feira, 17 de julho, exatamente uma semana mais tarde que o planejado, pude pegar o ônibus para Curitiba.

Você sabe que eu não tinha avisado minha visita a Trevisan porque, conhecendo-o um pouco pelas histórias que circulam por aí, tinha razões pra temer que ele se recusasse a me receber. O endereço que eu tinha era o da fábrica de cerâmica que ele ainda dirige. Fui até lá na manhã seguinte da minha chegada. Ele mesmo não estava; uma espécie de gerente (que conhecia meu nome porque costumava levar as cartas de Trevisan ao correio) me disse pra voltar à tarde; enquanto isso ele informaria o eremita, e aí era só esperar. Às três horas fui levado a uma salinha no andar superior e um pouco mais tarde apareceu Trevisan, um pouco mais velho do que eu o conhecia pela única foto em circulação. Pedi desculpas por meu método de investida e expliquei que o objetivo da minha visita era implorar a sua cooperação para a reunião de material bibliográfico — evitando enfaticamente a aparência de qualquer curiosidade sobre "o homem por trás do escritor". Funcionou. Foi o início de uma colaboração particularmente agradável durante o resto daquele dia e todo o dia seguinte. Do ponto de vista holandês, ele é a pessoa mais normal que você pode imaginar: quer apenas privacidade. Portanto ele se protege das hienas da imprensa sensacionalista brasileira, não quer ser incomodado por pessoas que não lhe interessam e, de vez em quando, manda algum jornalista pastar, concedendo a desejada entrevista mas sempre dando a mesma resposta, independentemente das perguntas feitas: o texto que eu usei no posfácio de *O Pássaro de Cinco Asas*. Este comportamento é considerado muito estranho aqui, e assim surgiu o mito do eremita e vampiro, o homem que só sai às ruas à noite, que escreve secretamente o que vê em caderninhos de anotações pretos, o homem com quem ninguém consegue conversar, etc.. Ele se diverte muito com tudo isso e acha bom assim, com uma certa mistificação. Aliás, no geral ele dá a impressão de se divertir muito, é muito falador, espirituoso, até mesmo alegre. Mas, de novo, apenas porque entendeu que meu interesse é por sua obra e nada mais. Ainda durante nossa conversa, ouvi o gerente/cérbero[41] repelindo alguém lá embaixo de maneira resoluta: "O sr. Trevisan não está." Enquanto todo mundo ali sabia que ele estava papeando comigo no andar de cima. "Quando é que ele volta?" "Não tenho ideia; nós nunca sabemos."

Encontrei mais de cem artigos sobre ele, uma parte em seu próprio arquivo, uma parte na Biblioteca Pública do Estado do Paraná. Quando sugeri, com a necessária cautela, que estava um pouco curioso sobre a relação entre a Curitiba de seus contos e a Curitiba real, ele me levou para um longo passeio. A realidade é consideravelmente mais enfadonha que a literatura. Curitiba é uma cidadezinha brasileira imensamente chata, civilizada, limpa. A cidade dos seus contos é o que ele se lembra. Nisso ele se deixa ajudar por um tipo curioso, um mendigo que se juntou a nós durante a caminhada, que parece um pouco débil porque fala de maneira incompreensível e não consegue articular duas frases seguidas sobre o mesmo assunto, mas que tem uma memória infalível para todos os crimes cometidos em Curitiba: por toda parte ele sabia apontar lugares onde o corpo deste ou daquele tinha caído, onde alguém tinha sido esfaqueado, a casa onde alguém tinha se enforcado, e então Trevisan (que traduzia a algaravia pra mim em língua de gente) se lembra dos casos na imprensa e assim reconstrói episódios famosos de um passado às vezes distante, que depois aparecem em seus livros. Alguns bordéis e inferninhos dos seus contos ainda funcionam, ele me apontou a boate *Marrocos*, com a lendária escada de trinta e um degraus ("não pagar a conta era descê-los num pulo só"). No passeio pude me surpreender mais uma vez com os mitos criados sobre ele por jornalistas evidentemente ressentidos: ele é uma figura conhecida nas ruas, cumprimenta vendedores de jornais, engraxates, para e bate um papinho com transeuntes, e ainda é um talentoso fofoqueiro. Sobre Guimarães Rosa, por exemplo, pôde relatar não só que era um notório frequentador de prostitutas, mas também contou anedotas de estranhas orgias urofílicas e outros excessos bastante inesperados pra esse escritor tão esotérico. Aliás, ele achava Rosa um pedante, insuportavelmente vaidoso, e um escritor nem tão grandioso

---

[41] Cão monstruoso de três cabeças que, na mitologia grega, guardava a entrada do mundo inferior, o reino dos mortos.

assim. *Grande Sertão: Veredas*, segundo ele, não chegava à altura de *Cem Anos de Solidão* (ao que eu me opus: o momento de *Grande Sertão* ainda virá, é como a *Montanha Mágica*, que cresce com o tempo). A propósito, entre todos os brasileiros, Trevisan considerava apenas Machado de Assis como um dos grandes da literatura mundial. Quando mencionei a recente tendência da crítica literária de duvidar da traição de Capitu em *Dom Casmurro* (que emprestei a você na tradução inglesa), porque não há nenhuma indicação explícita disso, ele caiu na risada: isso foi uma invenção de estrangeiros. Estrangeiros são pessoas decentes. Os brasileiros todos têm a mente suja. Nenhum brasileiro duvida da traição de Capitu.

Na sexta, 20 de julho, voltei cedinho para São Paulo. No banco: nenhum dinheiro. O HBU iria reclamar agora e enviar o dinheiro para o HBU no Rio. Depois de dois dias numa cidade provinciana, São Paulo era um alívio. Aquele cosmopolitismo. No elevador do hotel, encontrei um recepcionista e um hóspede. O recepcionista pra mim: "Este é um compatriota do senhor." Eu olhei para o homem. Não podia ser mais sul-americano: baixo, cabelos escuros, de bigode, chapéu de palha atrevido. Ele diz: "Sou argentino." Eu digo: "Sou holandês." "Oh", diz o recepcionista, "pensei que o senhor fosse paraguaio." Não faz nenhuma diferença. O dono do hotel é da Galícia, os recepcionistas são brasileiros, a cozinheira fala espanhol e a lavadeira italiano, embaralhado com palavras espanholas e portuguesas. E todo mundo entende todo mundo. Nenhuma conclusão em relação à origem (ao menos raramente a correta) é tirada com base na aparência.

Última noite em São Paulo. Ando pela São João com a cabeça baixa, um pouco pensativo, e de repente vejo coisas faiscando e queimando caindo bem perto dos meus pés. Olho pra cima: um incêndio irrompe num arranha-céu. Então vi que já havia carros da polícia, mas aparentemente não acharam necessário interditar a calçada. Atravessei a rua. Incêndio no sexto andar, alimentado principalmente por cortinas e persianas luxaflex nas janelas abertas. O fogo subia muito rapidamente. A cada novo andar alcançado aumentava o júbilo e o aplauso da multidão. Os bombeiros logo apagaram o incêndio, que era principalmente na fachada. Mas sete andares ficaram chamuscados. E as pessoas exultando, como se fosse uma partida de futebol.

Mais tarde naquela noite eu me despedi do "meu" português, o dono do bar da esquina. Estranho que um português no Brasil tenha pra mim algo de "próximo" (Europa?). Um homem dos mais simpáticos, possuidor do nome português mais trivial que existe, José Maria da Silva — e até agora a única pessoa na face da terra que conseguiu adivinhar a minha idade. "Neste ramo a gente adquire percepção pra estas coisas", foi sua explicação. Ofereceu-me várias doses de cachaça pela despedida, de modo que minha intenção de ir para o Rio no sábado de manhã não se concretizou. No fim ainda consegui pegar o ônibus das onze horas. Chegada às seis da tarde. De táxi para o que descrevi como "um hotel decente com um preço razoável". O preço era razoável, mas o ambiente era de um tumulto e decadência tão deselegantes que dava realmente vontade de vomitar. Neste meio tempo ficou claro pra mim que praticamente todo hotel no centro que não é muito caro, é um prostíbulo. A putaria, aliás, não é limitada a determinadas ruas, mas parece ser mais ou menos comum por toda a zona central. O quartinho onde fiquei com Noor em '73 era muito tranquilo em comparação com o buraco em que fui parar nesta primeira noite no Rio. Some-se a isso o fato de que hoje em dia até o mais humilde destes estabelecimentos tem rádio nos quartos com música pop pré-programada, e frequentemente também televisão com pornografia e violência, o que significa que o tumulto é ainda maior e dura mais do que quando alguém está simplesmente trepando. Levar o outro em consideração é algo totalmente estranho para as pessoas. Gritos e risadas, música ribombante, portas batendo às três, quatro, até cinco da madrugada — e quando eu, de manhã cedo, finalmente consegui dormir, sonhei que tinha chegado em casa. Mas eu não estava sozinho. Tinha pessoas estranhas junto comigo, com quem eu estava ensaiando uma ópera. Bem quando eu ia pegar cerveja na geladeira pra essas pessoas, Roos entrou pelo corredor. O mais louco foi que eu, até então, como o som da ópera era muito intrusivo e exigia atenção, não tinha pensado nela. Ela começou a saltar ao redor como uma boba, como ela costuma fazer quando fica um dia sem nos ver. Então eu acordei, naquele hotel horrível, e acho que jamais me senti tão miserável em toda a minha vida. Decidi nunca mais fazer algo assim sozinho. Ainda quero voltar ao Brasil, aliás vou ter que fazer isso, mas então em três. Pois é, quem teria imaginado. Mas desde então as coisas estão de novo bem melhores. Naturalmente, no domingo de manhã eu já saí logo cedo pra procurar um lugar melhor e encontrei. Lembrei-me, vagamente, que perto da rua de 73 tinha um hotel grande que naquela época era caro demais pra nós. E é caro mesmo (47,50 florins), mas para o Rio isso é bastante razoável. É tranquilo, é decente, e é portanto aqui que estou datilografando agora, diante de uma janela aberta, com uma partida de futebol na tv (sem som, só por ostentação) e essa tv está sobre um frigobar de onde eu acabei de pegar uma cervejinha.

Esta semana inteira fez um tempo lindo, sol, vinte e cinco graus, à noite um pouco mais fresco que de dia. Que diferença de São Paulo e Curitiba. Em Curitiba, principalmente, fazia um frio de matar. Durante o dia ainda dava pra suportar, mas depois do pôr do sol "despencava" até quase zero. E mesmo lá os brasileiros continuam a se portar como se fosse um país tropical em toda parte, ou seja: os bares não têm portas, não, são só aqueles salões azulejados, sem calefação. Eu comi num "rincón gaucho" (em espanhol), um tipo de pavilhão onde enormes pedaços de carne são assados e servidos em quantidade num espeto por um débil fantasiado de maneira folclórica. Faixa e chapéu, botas de montaria e esporas que tilintavam. Mas era superbarato, e perto do fogo, para mim, que estava de suéter, blazer e capa de chuva, dava pra suportar bastante bem, e ficava ao lado do meu hotel — onde tinha calefação. E depois o Rio, a uma distância de oitocentos quilômetros e uma diferença de vinte e cinco graus. Foi uma semana agitada. Finalmente (além da visita a Trevisan) começo a fazer o trabalho para o qual eu precisava estar aqui e que ao menos justifica minha estada. De qualquer forma, preciso de uma justificativa assim, e isso já há muitos anos. Acho que foi em 1974, durante minha grande viagem pelo Marrocos, que tive a sensação de que, na verdade, era indecente fazer turismo em países pobres só pra olhar. Toda a ideia de férias passou a ter algo de sujo pra mim: ficar sem nenhuma obrigação, só olhando coisas num país onde você não tem nada pra fazer. Desde então só tive vontade de ir para o exterior se minha presença for desculpada pelo fato de eu ter o que fazer ali e isso, em geral, é o meu trabalho. Mesmo com você, em Molières, não me sentia à vontade se eu não ficasse pelo menos uma hora por dia traduzindo. E agora, no Brasil, soma-se a sensação de que também tenho que justificar minha presença aqui para Noor e Roos. Bom, eu agora estou, portanto, trabalhando, mas apesar disso ainda não me sinto à vontade. É estranho: quando tenho compromissos com outras pessoas e estou com companhia, isso me distrai, mas ao mesmo tempo anseio por estar sozinho, e quando estou sozinho, é um prazer por um momento, no entanto logo sinto necessidade de distração, mas não saio, por exemplo, para assistir a um filme ou peça de teatro, ou explorar a cidade. Sabe-se lá por quê. Estou aqui na que é tida como a cidade mais linda do mundo e isso não me anima em nada. Aliás, este lindo só pode se referir à localização. A cidade mesmo, o centro, não tem nada de especial na arquitetura, é insuportavelmente agitada, barulhenta, suja, e eu me sinto irreversivelmente alienado das pessoas quando passeio durante o dia. Nunca se vê alguém com uma expressão introvertida. Tudo é direto, imediato, espontâneo, e começo a considerar isso mortalmente cansativo e entediante. É ainda pior aos domingos. Então fica tudo parado demais. Quase todos os bares estão fechados, a maioria dos restaurantes também. A cidade fica morta, as pessoas estão nas praias e há pouco que eu possa fazer. Atualizar minhas listas bibliográficas, embrulhar livros pra enviar, escrever. Seis anos atrás, na Bahia, eu às vezes até ia para a praia, aqui eu não gosto da atmosfera. As moças bonitas demais, aqueles ricos muito cheios de si, a *jeunesse dorée*, aquele estilo jet-set — e além do mais, o que é que eu vou fazer numa praia, não consigo não fazer nada, hoje em dia mais do que nunca. Fazer alguma coisa, isso é tudo.

Drummond de Andrade não estava na lista telefônica. Também não estava numa espécie de fundação onde ele trabalha de vez em quando, e as pessoas ali não tinham permissão de dar seu número de telefone. Então, uma noite fui até seu endereço. Ele não estava em casa, mas deixei um bilhete com o porteiro dizendo que eu voltaria na manhã seguinte às dez horas; se não fosse oportuno, ele poderia ligar para o meu hotel. Como ele não ligou, eu fui. A entrada foi difícil: o elevador não estava funcionando, então tive que pegar o elevador de serviço, que chegava do outro lado do apartamento. Como a empregada já tinha chegado, a porta daquele lado estava trancada, eles olhavam por pequenas aberturas, a chave tinha sumido, enfim. Drummond é um homem pequeno e frágil, por volta dos oitenta anos. Olhar desconfiado, voz entrecortada. Mas vital. Escreve, publica, é muito vivaz. Também detesta jornalistas e fotógrafos, como Trevisan; modesto, tímido. Aliás, o melhor é que esses homens modestos e tímidos mantêm ambos extensos arquivos e álbuns com fotos e tudo o que os jornalistas que eles odeiam escreveram sobre eles ao longo dos anos. Eu acho ótimo pois, em primeiro lugar, sei há muito tempo que não existe modéstia e, em segundo, era exatamente deste material que eu precisava. Drummond me entregou, até antes que eu pedisse, seu arquivo de fotos completo para que eu levasse para o hotel, cinco envelopes gordos cheios de material insubstituível. Primeiro fiz uma escolha grosseira e, a partir dessa, novamente uma segunda seleção para o livro. Foi um trabalho gostoso, ficar ali no quarto, com pilhas de fotos originais dos anos vinte e trinta em Belo Horizonte, e depois no Rio, até os dias de hoje. Nos últimos tempos ele está mais acessível, se deixa fotografar mais, até sorri nas fotos. Quando reparei isso, ele respondeu: "Agora sou tão velho que posso me permitir." Um dia depois eu o encontrei de novo, agora em sua editora, a José Olympio. O negócio é tocado pelo irmão do velho José Olympio, Daniel, um homem incrivelmente cordial, agitado, de fala rápida. Ele me encheu de material. Uma pinçada na estante. Você já tem isto? Espere um pouco. Mais uma pinçada. Tem isto? Leve. Levei para Drummond minha edição de Pessoa, que todo mundo achou linda. Causou impressão principalmente o detalhe de que a largura do livro tinha sido determinada pelo comprimento do verso mais longo, para não precisar quebrá-lo: isso seria impossível no Brasil. Um por um, todos os literatos foram entrando no pequeno escritório, convocados por Daniel, de maneira que depois de um tempo parecia que eu estava numa recepção. Comportadamente, todos os escritores foram buscar um exemplar de seus livros para me oferecer com elegantes dedicatórias. Eu achei, a propósito, surpreendente que todas aquelas pessoas estivessem ali: nunca vi tantos autores se reunirem na Arbeiderspers ou na Meulenhoff[42] num dia qualquer durante a semana. O que eles estavam fazendo ali? E quando você encontra alguns escritores "oficiais", membros da Academia Brasileira de Letras, percebe que Drummond e Trevisan de fato são pessoas bem diferentes. Que aqui eles realmente são modestos. O motivo pelo qual Drum-

---

[42] Duas importantes editoras holandesas.

mond se recusa a entrar para a Academia é o fato deste clube não ter nada a ver com literatura e tudo a ver com lobby. Como todo mundo que alguma vez na vida conseguiu ter uma obra impressa pode se candidatar, independente da recepção ou do tema, vários generais, que na juventude imprimiram uma brochura de seis páginas sobre balística ou sobre a cor da bicicleta de serviço, fazem parte da Academia, tendo usado suas relações influentes para agora poderem vestir aquele fardão de macaco de circo. Aliás, também me dei conta, durante o encontro, do quanto os escritores holandeses são pessoas tremendamente normais. Um romancista completamente desconhecido vem até mim e declama sua bibliografia, não omitindo as palavras de louvor na imprensa. Imagine isso na Holanda. Na redação da Bezige Bij[43] tem um tradutor estrangeiro e lá vem HM[44]: "Meu nome é HM. Meu livro de estreia, o romance AS, foi coroado com o prêmio RGP. Um dos meus romances mais conhecidos, HSB, é considerado pela crítica como uma das obras mais importantes sobre a Segunda Guerra Mundial. A história se passa em... o protagonista é..., trata de... blábláblá, blábláblá", e assim por diante.

Nem HM faria isso, ainda que algum tempo atrás tenha sido repreendido por Gerrit Komrij por estar mencionando suas "qualidades de escritor". Aqui isto está na ordem do dia. É claro que um escritor tem suas qualidades. Mas o que menos se quer ouvir a cada cinco minutos da boca de um autor é a expressão "minha obra". E nisso se reconhece novamente o lado bom tanto de Trevisan quanto de Drummond: nenhum dos dois fala em "minha obra", mas também não falam em termos menores, que também são suspeitos, como "meus livrinhos", "meus continhos", "meus poeminhas". Não, eles simplesmente falam de "meus contos" e "meus poemas", e é exatamente o que são: contos e poemas.

Estou começando a ficar cansado deste relato. Achei que eu não tinha nada pra contar, mas pulei a metade e ainda nem falei da redemocratização, da partida de futebol, do sabadoyle e do Sovaco de Cobra. Vou fazer um pequeno desvio.

Compro livros a rodo, especialmente em sebos, que florescem em grande número; falo com Drummond, Daniel, diversos outros; estou na

---

[43] Outra importante editora holandesa.
[44] Referência "velada" ao escritor Harry Mulisch.

Biblioteca Nacional. Segunda-feira passada eu estava no Maracanã, vendo Brasil x Argentina (2-1). Aquelas arquibancadas duplas, abarrotadas, a batucada, a música espontânea em toda parte, as bandeiras enormes — à distância é lindo. E nenhuma violência, todo mundo é revistado na entrada. Nenhuma violência, a gente pensa. Algumas fileiras atrás de mim, tinha uma argentina, que foi tão burra (ou corajosa) em não esconder sua origem embaixo do assento que quase sucumbiu sobre seu próprio peso. "Puta" e "filha da puta" foram as denominações mais amigáveis que ela recebeu durante toda a partida, principalmente nos momentos dos dois gols brasileiros. No ônibus cheio de torcedores bêbados no qual eu estava depois da partida: cusparadas, pintos duros fora da braguilha, xixi em passageiros sentados, vômito. E ainda por cima foi uma partida ruim.

Ontem dois extremos. À tarde fui ao colecionador de literatura e proprietário da maior biblioteca particular do Brasil, Plínio Doyle, onde todo sábado alguns escritores e intelectuais se encontram. Estas reuniões se chamam "sabadoyle", de sábado + Doyle. Como quase todos os escritores no Rio, Doyle também mora num amplo apartamento na Zona Sul, a luxuosa região no lado sul do Rio, onde ficam as famosas praias de Ipanema e Copacabana. Um dado sociológico interessante. Drummond estava lá, alguns amigos seus, e eu fui de mão em mão, como um exemplar de uma rara espécie animal, que apesar de tudo é bom conhecer. Chá e biscoitos foram servidos pela inevitável empregada preta uniformizada (nisso nada mudou em todos estes anos, continua igual). Um distinto "salão" do século dezenove, onde se fala sobre literatura e diversos assuntos transcendentes em tom abafado. Alguns grandes das letras brasileiras estavam ali. Ainda tive que escrever alguma coisa simpática ou original num livro de visitas. Depois de uma hora me desculpei com um compromisso fictício e me mandei pra um bar. À noite eu estava na Zona Norte, num subúrbio muito distante, num boteco de esquina chamado Sovaco de Cobra, pra onde fui levado por um conhecedor de música brasileira que conheci no hotel. Nos fins de semana, amadores, mas às vezes também músicos profissionais, tocam música popular brasileira naquele bar, por puro prazer, não num palco, mas entre as mesas e cadeiras. Tocam o autêntico samba e chorinho, com violões, percussão, flauta e cavaquinho (uma espécie de ukulele). O dono do lugar, De Paula, canta. Ontem estavam lá, como convidados, a legendária Elza Soares (a "ex" do também legendário, mas agora degenerado, maior ponta-direita de todos os tempos, Garrincha) e o outra vez legendário Nelson Cavaquinho, o mestre deste instrumento. Ela cantou, ele tocou, todos eles cantaram e tocaram, a noite inteira, até alta madrugada. O holandês, é claro, ganhou um lugar destacado, praticamente no meio dos músicos, de forma que eu, com instrumentos musicais à esquerda e à direita, fui forçado a ficar numa posição um tanto incômoda. A cachaça corria solta. Posição incômoda ou não, fiquei ali com o maior prazer por quatro horas seguidas e de vez em quanto até chorava, porque foi lindo. Tenho dolorosa consciência da insuficiência da palavra. Como se descreve música? Como se descreve um acontecimento musical, a emoção musical. A conversa entre uma coisa e outra — sobre o quê? Os rostos.

Agora presenteio você com a redemocratização. Ela se manifesta, ao menos é o que parece, principalmente nas tetas nuas penduradas em todo quiosque. É verdade que muito mais é permitido na imprensa. Muitos livros proibidos foram liberados. Seis anos atrás a *Playboy* era proibida, agora tem uma *Playboy* brasileira e mais umas duas ou três revistas com a mesma fórmula e nem são ruins (publicam contos, entre outros, de Trevisan). Só pentelho ainda é proibido. Considero-me incompetente para fazer avaliações políticas, coisa que no passado eu fazia esporadicamente. Em resumo: além de livrarias, o que mais eu vi do Rio? A partida de futebol, o sabadoyle, o Sovaco de Cobra. Isso relaciona uma realidade triangular a uma realidade que deveria ser circular. Não posso pensar num final melhor. Meus cumprimentos, entre envergonhado e aliviado.

Guus

P.S. Segunda-feira, 30 de julho. Hoje ainda não tinha nada no HBU. Eu viajo no dia 7 de agosto. O dinheiro será devolvido mais tarde (se é que foi enviado).

1984

Bahia, 24 de outubro,

Caro Paul,

Num famoso poema de Machado de Assis, um homem quer, na noite de Natal, evocar as lembranças natalinas de sua infância num soneto. Ele não consegue e conclui: "Mudaria o Natal ou mudei eu?" Eu não preciso recuar tantos anos, só onze, pra me perguntar: "Mudaria a Bahia ou mudei eu?" O que fez com que eu me sentisse tão feliz aqui em 1973? Naquele período eu tinha uma casa só minha, isso, é claro, faz a diferença. E vim sabendo que ficaria três meses e meio vivendo e trabalhando. Tive tempo para me acostumar, me aclimatizar e, principalmente essa aclimatização, tanto climatológica quanto psicológica, agora decepcionou. Em 1973 viajei de navio, uma transição gradual. Em 1979 voei de Amsterdã para São Paulo, de cidade para cidade, e naquela época do ano a temperatura nas duas cidades não era muito diferente. A transição agora, de Lisboa para a Bahia, foi esmagadora. Lisboa é tão Europa. Muito mais do que eu jamais tinha me dado conta. Parece até que é mais Europa do que Amsterdã, menos americanizada, mais *fin de siècle*. E daí você passa umas nove horas num avião, fica abafado, anseia por ar fresco, e chega na Bahia, *recebe* o ar fresco — e a primeira coisa que quer fazer quando chega na porta é: voltar pra dentro do avião. E isso às sete horas da manhã. Como se entrasse num banho de óleo morno. Você passa pela alfândega, chega ao saguão e ali estão as pessoas que querem imediatamente exigir coisas de você aos brados: "É por ordem." "Ordem? Que ordem?" "Aqui é tudo organizado. Administração! Regulamento!" "Que regulamento?" "Por aqui. É por ordem!" Enquanto isso, datilografam formulários sem sentido. Enfim, a questão era que eu tinha que pegar o primeiro táxi da fila — como se eu tivesse alguma outra intenção. Isso me deu uma desanimada e durante estes três dias permaneci assim boa parte do tempo. Salvador está decaindo em larga escala, o calor continua insuportável (embora eu sempre me gabe de que posso lidar bem com isso e não me lembrasse em absoluto de ter me incomodado tanto por esse motivo da última vez). Na manhã da chegada, depois de ter encontrado um hotel no "meu bairro", a Barra, tentei reconhecer o bairro. Bem, o bairro floresce da maneira que era de se esperar: butiques, pequenos restaurantes tipo bistrô com nomes tolos e da moda, pizzarias, aspirantes a jet-setters com óculos de sol tipo modelo de corrida, uma coisa e outra em típica combinação com a libertinagem desenfreada ao longo da avenida beira-mar. A pracinha triangular abaixo da nossa rua, a Princesa Isabel, ainda espuma com as cascas de coco, laranja, abacaxi e manga jogadas na rua, enquanto os mendigos, também não exatamente frescos, ainda ficam deitados na calçada da enorme farmácia. De tarde fui pra cidade, para o centro velho, a velha cidade alta. Não lembro mais se antigamente já era tudo tão decadente, mas agora fiquei com a impressão de que está tudo à beira de ruir. Os casebres, habitados ou não, escoram um ao outro, de muitas casas só restaram as fachadas, a parte interna desapareceu, foi demolida ou caiu em escombros, triste de ver. Há um fedor por toda parte, de terra, de gasolina, de merda, de podridão em geral. É claro que isso também faz parte da atmosfera, a tão famosa e tão cantada atmosfera da Bahia, mas na minha lembrança não era tão ruim assim. O Mercado Modelo, que pegou fogo no começo deste ano, está em reconstrução; a reabertura deve acontecer em dezembro. Até lá ele está funcionando num local temporário, bastante lúgubre, que lembra um hangar e é bem longe do centro, e a atmosfera também é obscena e chula. Não comi ali. Por que deveria. Era legal com Noor, aos sábados, no porto. Agora só iria decepcionar. No final do primeiro dia, quando comia uma pizza num restaurante ao ar livre próximo ao hotel, no delicioso ar tépido da noite, com uma cerveja grande e refrescante como companheira, finalmente, e pela primeira vez, fiquei um pouco satisfeito com minha sorte. (Não dá a impressão de uma decadência quase romana colocar uma frase assim no papel?)

Fui cedo pra cama (dez horas), acordei cedo (cinco horas). Os célebres momentos difíceis, embora ainda nem tão difíceis. Nenhum sentimento de carência, mas mais a pergunta (difícil o bastante): o que estou fazendo aqui? Antes das seis os primeiros rádios já estavam ligados lá embaixo (e eu estou no primeiro andar), carros com escapamentos quebrados e carburadores sujos descem a ladeira ruidosamente, tomo uma longa chuveirada e tento, depois de me secar, secar o suor que surgiu do esforço de me secar.

Paro nu diante da janela aberta por onde de vez em quando entra uma brisinha muito suave que traz um curto refresco. No primeiro dia ainda pensei: será que esqueci de secar o cabelo? Mas não, o suor flui espontaneamente. Estou falando de seis e meia da manhã. A primeira coisa que fiz ontem foi comprar a passagem de ônibus para o Rio, para amanhã. A viagem, de mais ou menos 1700 Km, leva vinte e oito horas e custa, no câmbio do dólar de hoje, menos de 40 florins (que é o que se paga à noite para um táxi do centro de Amsterdã até o Bijlmer). Na rodoviária, fui abordado três vezes em quinze minutos por indivíduos que precisavam visitar um parente em outro lugar e que pediam o dinheiro da passagem a todos que estavam parados em frente a um guichê. Andavam com pilhas de dez centímetros de notas de 100 cruzeiros na mão (100 cruzeiros são 10 cêntimos; a confusão com cédulas e quantias astronômicas é exatamente a mesma de dezessete anos atrás). Ontem à tarde, já saturado da cidade, decidi ficar no meu bairro e tomar um banho de mar. Boa ideia. Mar brusco, mais pra levar caldo do que pra nadar, mas depois da rebentação dá pra ir tão longe quanto quiser. Boiando de costas, na água quase morna, me senti num útero incomensurável, azul brilhante, e tive a sensação, em relação às pessoas na praia, que não era nada difícil amá-las desde que se mantivessem àquela distância. Isso, é claro, não era totalmente factível, mas mesmo depois, sentado na sombra de uma barraca com telhado de palha, com uma cerveja e uma cachaça ao meu lado, continuei me sentindo cheio de grande compaixão para com a espécie humana em geral, e em particular com dois meninos negros que conseguiram empinar uma pipa feita com uma bolacha quadrada de cerveja, um barbante mendigado ao dono do bar e um pedaço de alga como cauda. No fim da tarde eles ganharam alguns restos de comida de uma das barracas da praia, coxas de frango e um pouco de arroz que sobrou, efó e abará, ou como quer que se chamem estas delícias, e foram com isso, em dois pratinhos de plástico usados, até a beira do mar. Lavaram os pratinhos no mar, pois mesmo que a água seja salgada, é chique comer de um prato limpo. Uma cena assim (soa idílica, mas é claro que não desejo isso a ninguém, é o falso idílico de *Orfeu Negro*) — uma cena assim e não preciso mais ir para o centro. Sei que estive na Bahia, e de fato tenho a vaga sensação de que peguei este voo via Bahia, não tanto por causa da Bahia, mas por causa da viagem de ônibus da Bahia para o Rio. Aqui eu me sinto, pra citar a mim mesmo, definitivamente em "outro lugar", o que significa que até agora na verdade continuo em casa. E se há momentos de prazer, como hoje de manhã, quando fiquei na balaustrada da avenida beira-mar olhando para as carnes estiradas na areia, este humor é imediatamente estragado porque os mendigos não deixam a gente em paz nem um instante. Hoje também não tive nenhuma vontade de ir para o centro, o frenesi com táxis, ter que ficar fazendo contas, o dia inteiro, com todo mundo, quando na verdade não quero falar com ninguém. Meu constante mal-estar se deve ao fato de eu não ser mais um viajante. O reencontro com o Brasil me ensinou o que eu já sabia, isto é, que desde a última vez fiquei cinco anos mais velho e o tempo de viver com receptividade, acumular impressões, adquirir experiências, definitivamente já passou. Tenho que me virar para o resto da vida com o que fiz e acumulei até agora. De agora em diante, tudo terá que vir de mim mesmo. Viajar, viajar, países primitivos e assim chamados espontâneos — não preciso mais disso, certamente se a tal espontaneidade, como em geral é o caso, vem acompanhada de uma pobreza que não deixa nenhuma opção às pessoas a não ser abordar indivíduos que têm outra aparência (e que portanto, a seus olhos, são ricos, no que elas têm razão) para importunar suas vidas. Não sei se tem a ver com isso, mas um fenômeno estranho é que até agora falei mais espanhol do que português. Manolo, em Lisboa, hoje em dia já se dirige a mim falando espanhol, e ontem cheguei por acaso (não, não cheguei por acaso, fui propositalmente até lá) ao bar em frente ao hotel onde em 1973 passei os primeiros dias felizes. O hotel foi melhorado, o boteco está em decadência. O atual proprietário é um chileno muito melancólico, que não deixou seu país por motivos políticos (ele conhecia exemplos de abuso da condição de refugiado político que me lembraram nosso antigo vizinho no Bijlmer, em cuja casa agora moramos), mas, em suas palavras, técnicos, trabalhou na Petrobrás, foi demitido de lá em janeiro, e então abriu um bar, coisa para a qual diz não ter nenhuma vocação. É o cara mais simpático que encontrei até agora na Bahia. Ele queria, devido às relações do Brasil com os Estados Unidos, ir para os EUA, mas graças aos encantos da Bahia isso não aconteceu. Bem, este crédito eu ainda dou à Bahia. O bar agora está à venda, mas ninguém quer comprar.

Tenho a impressão de que olham mais para mim do que antigamente, e acho que também sei por quê. Não seria por motivos aparentes, mas inerentes: percebo que sempre ando pela rua *pensativo*, e que isso é perceptível, e que parece estranho aqui. Ando sempre matutando e formulando meus pensamentos, e isso faz com que eu tenha a sensação de ser o único ser humano da minha geração, um estranho em meio a pessoas que parecem nunca pensar e só falam, falam, falam. Como podem? Como conseguem? E de novo distraído me assusto com uma buzinação louca ou um automóvel que surge de algum canto aparentemente impossível, e isso também provoca risos. Ninguém aqui se assusta com essas coisas. Os carros estão por toda parte, e onde não tem carro tem buraco. Procurar tranquilamente pelo nome de uma rua, por exemplo, não é possível sem correr o risco de cair num bueiro. Ontem eu vi (exceção edificante!) um jovem negro, vendedor numa barraquinha de pentes, canetas e chaveiros, totalmente imerso na leitura de um livro. Alienado do mundo, negligenciando seu negócio. A leitura é algo tão incomum aqui, que não pude deixar de inspecionar o rapaz mais de perto. Uma protuberância alongada em seu calção me levou a certas suspeitas sobre a natureza de sua leitura. As suspeitas foram confirmadas quando, quinze minutos depois, no caminho de volta, passei de novo por ali: o livro não estava mais ali, a protuberância não estava mais ali, e em seu lugar havia manchas.

Hoje de manhã andei até não poder mais neste bairro luxuoso para encontrar um lugar que vendesse cachaça. Uísque tinha em toda parte, e vodca, e vinhos franceses de preço proibitivo, mas nada de pinga. Agora há pouco, voltando da praia, vejo na esquina da minha própria rua um "minimercado" bem abastecido de pinga. Moral: a gente não aprende mesmo com a experiência. Só aprendemos o que já sabemos. A sabedoria é inata. Não há muitas novidades.

Portanto, na verdade não aconteceu nada nestes dias em Salvador, e mesmo assim escrevo facilmente páginas inteiras, e com a certeza de que escrevo apenas uma fração de tudo o que ando pensando pelas ruas. Não, vai ser bom quando eu tiver trabalho pra fazer no Rio, e mais tarde em Florianópolis. Agora vou tomar banho pela terceira vez hoje. Estou bebendo muito, quero dizer água, fico de boca aberta embaixo do chuveiro e bebo até não poder mais, mas quase não faço xixi: sai tudo pela pele. A temperatura nem está tão terrivelmente alta, trinta graus, mas o ar é úmido e à noite a temperatura praticamente não diminui. Agora estou ouvindo um barulhinho de chuva. Não faz diferença. Já vi pessoas estiradas na praia na chuva. Anseio pela viagem de ônibus. Vou postar esta carta amanhã de manhã, na rodoviária. Embaixo da minha janela (agora são nove horas da noite) está havendo neste momento uma confraternização com outros hóspedes do hotel, com cantoria e violão e muita conversa alta, e também não aguento isso. Escuto um italiano que explica mais ou menos a alguns de seus conterrâneos o que ele pensa que é a língua portuguesa e o Brasil. Ele fala alto, e animado, e sem hesitação. É mais novo que eu. Conta histórias da carochinha. Não é burro. Vi no livro de visitas que ele é professor universitário. É descontraído, fala abertamente, tem uma mulher no braço e uma criança a seus pés, todos o escutam, riem com ele, ele conhece o Brasil, eu o odeio. Por que eu não consigo fazer isso? Vejo este tipo de pessoa por toda parte. O que me resta além de ser alcoólatra? Assim não tem mais graça? Eu só o ouço, não o vejo, mas eu sei: ele não sua. Em todos os países quentes por onde passei ao longo da vida, sempre me chamou a atenção o fato de que algumas pessoas, justamente as pessoas em ternos de três peças e envoltas numa gravata, não suam. Falei sobre isso com o chileno do bar. Ele disse: "Cobras não suam. Você alguma vez já viu uma cobra suando?" E você?

Guus

Rio de Janeiro, 2 de novembro
Caro Paul.

A primeira semana no Rio acabou, e não posso dizer nada além de que foi muito diferente de 1979. Eu já esperava que fosse menos catastrófica (afinal Roos tinha dois anos na época, agora tem sete, já vai pra escola, entende as coisas), mas não tão menos. Principalmente aquela primeira semana em 1979, quando me apoquentei tanto por ter esquecido os cheques de viagem e ser obrigado a ficar uma semana inteira em São Paulo, e isso depois não desapareceu completamente. Também me lembro que daquela vez eu me perguntava se decerto era bom que eu me sentisse mal porque Noor, tendo ficado em casa, então não precisaria ficar mal com o fato de eu me sentir bem, ou se decerto era ruim que eu me sentisse mal porque então ela poderia se sentir ainda pior. Isso foi menos bobo do que parece, pois agora quase briguei com Noor por telefone porque acontece que ela realmente acha ruim que eu me sinta bem. Então me lembrei disso, porque a verdade é que simplesmente não tenho tempo pra estes caprichos no momento. E isso é principalmente porque, agora que a edição de Drummond e o projeto de Machado ganharam alguma notoriedade, descobri, pra minha perplexidade, que virei notícia aqui. Daí o fato de ter um compromisso atrás do outro, e até planos pra uma entrevista na televisão, junto com Drummond (ideia de Vavá, que trabalha na Globo). Bem, sejamos sinceros, quando se trabalhou tanto quanto eu, às vezes isso faz um bem danado. Mas não começou por causa disso.

Salvador foi uma decepção, e eu devia ter sabido. Não foi muito tempo atrás, e inclusive na própria Bahia, que eu me dei conta de que a repetição de uma experiência traz consigo o risco de decepção? E talvez ainda pior tenha sido o fato de eu *não ter nada pra fazer*. Não, toda aquela parada de três dias teria sido um *equívoco*, não fosse o fato de que com a viagem de vinte e oito horas de ônibus para o Rio, a metade de mim que havia ficado na Europa finalmente chegou. A viagem de ônibus foi como um pouso prolongado de avião — o que também era a intenção. Esta é uma segunda diferença com 1979: daquela vez a segunda metade nunca chegou realmente.

A viagem de ônibus me fez bem. Quem pode continuar abatido quando, confortavelmente encostado na janela, passa pelo vilarejo Amélia Rodrigues e, na entrada e saída, lê uma placa com a inscrição:

Entre sorrindo
Saia aplaudindo
Amélia Rodrigues,

que você tem autorização de recitar para os amigos com a minha tradução — junto à qual deve ser absolutamente mencionado que se trata de um punhado de casebres tão empoeirados, abandonados por Deus e o diabo, tão isolados, sujos e melancólicos que qualquer um pagaria pra não ter que pisar ali.

Sim, a viagem de ônibus foi boa, eu me tranquilizei. Me fez pensar em um conto de Guimarães Rosa, "Nada e a nossa condição", no qual comentam sobre o personagem principal: "Passou a paisagem pela vista" (a tradução americana, estúpida, é claro, traz o que qualquer um menos Rosa teria dito: *His eyes traveling across the landscape*). Bem, no ônibus, deixei que a paisagem passasse por meus pensamentos. E o resultado foi: nada. Naturalmente, a paisagem é plena. Plena paisagem. Árvores, arbustos, bois, cabritos, cachorros, cercas, riachos, secos ou não, abutres, pessoas, casinhas, de barro ou alvenaria, formigueiros, colinas, açudes, secos ou não, muretas, postes de eletricidade, fios, plantas secas, cactos — resumindo, a janelinha do ônibus está repleta o tempo todo. Mas a verdade é que a repetição, e portanto a quantidade incompreensível de tantas "coisas" consecutivamente, durante tanto tempo, resulta em nada. Vazio. Tranquilidade. Escrevo isso porque sei que você irá concordar, mas tenho consciência de que pra muita gente será incompreensível. Mais uma coisa. O zumbido do motor, a uma velocidade constante mantida por muito tempo e numa mesma rotação, tem um certo tom que tem a tendência de com o tempo se desintegrar, por assim dizer, em diferentes tons, que juntos formam uma melodia que se repete continuamente em nossos ouvidos, enquanto a velocidade e a rotação permanecerem as mesmas e à qual também é acrescentado um texto, às vezes bastante arbitrário. Passei horas ouvindo (e dormindo) com a melodia e as palavras: "Oranje boven, houd er de moed maar in".[45] Gosto pessoal e preferências são impotentes nesta questão, que fique claro. Melodia e texto são determinados e impostos pelo meio de transporte. O viajante fica passivo, inconsulto. Em repouso quase hipnótico.

Choveu a maior parte do trajeto, à noite também, ao modo tropical. Ruas inundadas por lama fluindo ferozmente, carros com água até metade das rodas, pessoas encharcadas e vermelhas da lama que os carros espirravam nelas, tudo, tudo molhado, vermelho, embaixo de lama. As paradas muito desoladas, principalmente à noite. Os micromundos com um posto de gasolina, oficina, lanchonete, restaurante, banquinhas com

---

[45] Trechos da canção holandesa de motivação patriótica "Halleluia Kameraden", de Adèle Bloemendaal.

petiscos, jornais e revistas, inclusive pornográficas, artigos folclóricos, cartões postais, lembrancinhas, pessoas cansadas e entediadas, mendigos, crianças seminuas, quase todo mundo descalço, encharcado, corpos dormindo sob jornais, e pode até ser que na Índia seja pior, mas isso pra eles não seria consolo — ainda que soubessem. Na parada em Vitória da Conquista, sete e meia da noite, pude observar uma cena interessante: homem bêbado com mulher e bebê. Briga, sob grande interesse dos espectadores, que aqui não se inclinam nem um pouco a virar a cabeça envergonhados. Quando o marido continua a beber pinga provocativamente, a mulher põe a criança nos braços dele e caminha para o ônibus, pra obrigá-lo a segui-la. Ele vai atrás hesitante, para na frente de um senhor bem arrumado, gordo, barbudo, óculos de aro grosso, boné xadrez, conversa com ele por um momento e empurra em seus braços a criança, que o senhor segura um tanto espantado. O marido se apressa a beber mais uma pinga, e nesse meio tempo o bebê, que aparentemente nunca tinha visto uma barba de tão perto, começa a remexer e puxar. Até isso os espectadores apreciaram. A mulher volta, nova cena, ela vai até o senhor barbudo, conversa com ele, e ele vai, ainda com o filho dela nos braços, atrás dela até o ônibus. O marido realmente não vê saída e segue desanimado para o ônibus. Um pouco mais tarde o tal senhor volta, livre da criança, e logo depois novamente o marido que, na hora da partida, vai rapidamente tomar uma última pinga.

Chegando ao Rio, como eu disse, minha outra metade se juntou a mim e o tempo estava maravilhoso. Sérgio estava me esperando e me levou no carro de Vavá para a casa dele, onde ainda estou. Digo "ainda" porque inicialmente eu planejava ficar não mais que uma noite. É uma casa antiga (da virada do século), no mesmo estilo, e inclusive na mesma rua, da casa onde Machado de Assis viveu os últimos vinte e quatro anos de sua vida. É claro que, particularmente pra mim, isso é muito especial, mas a casa está em estado de abandono. Antes do pai de Vavá comprar e iniciar obras de restauro, ficou vazia por vinte anos. Uma joia de casa, agora toda suja e coberta de poeira. Ruim para os pulmões, portanto, de maneira que tive que tomar Lomudal extra na primeira noite e decidi ou me mudar para o hotel de 1979, ou para o apartamento em que Sérgio deveria se instalar esta semana. Até agora, no fim da semana, ele ainda não está no tal apartamento e neste meio tempo eu percebi que, apesar das circunstâncias, a asma curiosamente tem me incomodado muito pouco. Sinto-me muito à vontade nesta casa. Nada mais de inseguranças, insatisfações com as pessoas e comigo mesmo, entranhas em ebulição, dúvidas e tremedeiras, e isso, claro, também é um motivo pra ficar aqui, além de que este quarto, na verdade negligenciado, de fato é lindo e aconchegante, aliás, o único habitável. Doze metros de comprimento e cinco de largura, alto, vigas de madeira, assoalho antigo de tábua. Em uma das extremidades mais curtas, duas janelas de batente com venezianas, que através de algumas árvores dão vista para a rua Cosme Velho, a rua que no tempo de Machado era um oásis de tranquilidade, mas hoje é um inferno porque todo o trânsito que sai do túnel Rebouças se comprime pra passar por ela. Agora não sei se é um sinal de que as coisas vão bem ou mal comigo se eu disser que, grande parte do dia e da noite, seja em minha escrivaninha aqui atrás, seja em minha cama sob a janela do lado nordeste, nem escuto mais o barulho. Entre as duas janelas, uma mesa com coisas minhas, mais pra cá uma mesinha com mais coisas minhas, no meio, junto da parede, um conjunto de sofá surrado com mais coisas minhas — sim, eu tomei conta da casa. Fora isso, aqui e ali mais algum mobiliário bagunçado, velharias, antiguidades, uma televisão cheia de botões, e então chegamos à outra extremidade, junto à minha escrivaninha, a cama de Vavá, com um mosquiteiro que me parece uma amostra forçada de tropicalismo, pois não há mosquitos, e as coisas de Vavá. Perto da cama, a porta para a cozinha, onde há uma geladeira quebrada e uma que funciona, e bem atrás a cozinha propriamente dita, com tampo de pia rachado e fogão enferrujado. Essa parte dá a impressão de ser sustentada por teias de aranha. A porta de trás, e evidentemente também a porta da frente, dão acesso a um lugarzinho com uma máquina de lavar quebrada e num canto o banheiro, que, por se assemelhar a um criadouro de insetos, me faz lembrar da minha primeira residência no Brasil, em 1967 — (Será que foi por isso que fiquei aqui? Pra fechar um ciclo? Voltar à humildade do começo justamente porque eu *poderia* me permitir um hotel luxuoso?) No mais: pó de cal por toda parte, tábuas, sacos de cimento, tudo o que tem a ver com reformas. No alto, morro acima, mais um andar e meio, terraços, um jardim grande, bastante inclinado e coberto de mato, tudo em ruína e caos. Daqui a um ano deverá estar pronto, inclusive com a instalação de uma piscina. Vou continuar bem amigo do Vavá.

No dia seguinte à chegada, sábado, almoço com os pais de Sérgio, e depois: praia. No almoço também estavam Vavá e um irmão de Sérgio. Foi sorte eu ter falado tanto espanhol antes de chegar ao Rio, porque havia me esquecido que eles eram de origem argentina. A língua corrente na casa dos Zalis é o portunhol, muito fácil: você escolhe de uma das duas línguas o que se encaixar melhor. O apartamento me pareceu muito luxuoso, mas para o bairro (entre Copacabana e Ipanema) deve ser bastante comum. Na verdade, nem é muito grande, e eu começo a acreditar que a impressão de luxo é provocada pela abundância de plantas tropicais, que transformam o menor terraço ou sacada num caramanchão romântico e exuberante. Mas não posso deixar de mencionar que no banheiro, em frente ao vaso e ao bidê, tem uma bancada com um espelho de cerca de dois metros de largura e um de altura, de maneira que quem se senta na privada se vê refletido em plena glória. Quando cheguei a televisão estava ligada e pai Zalis estava descalço com um fone de ouvido regendo Beethoven junto ao toca-discos. Pessoas muito informais. Eu também logo tirei os chinelos e fui submetido a uma prova de uísque. Pai Zalis conseguiu obter uísque escocês, mas por um motivo qualquer o lote de dez garrafas acabou no Paraguai (se é que entendi direito, e raramente entendo direito este tipo de coisa), e lá, suspeitava-se, a bebida teria sido batizada. O teste consistia em escolher entre dois copos qual era o Balantine's batizado e qual o verdadeiro. Minha reputação permaneceu incólume, adivinhei certo. Pai Zalis produz os tecidos dos quais são feitos os famosos biquínis brasileiros, e mãe Zalis põe os modelos no mercado. Não é mau negócio, eu acho, pois embora os biquínis sejam pequenos, muito pequenos, também são muitos, muitíssimos. Sim, então aconteceu. Finalmente, pela primeira vez nas quatro visitas que fiz ao Rio em minha vida, senti em meus pés a areia da tão cantada praia de Ipanema. Devo dizer que inicialmente surgiu a velha e temida questão: "Meu Deus, o que estou fazendo aqui?" Até que sou bastante interessado em sexo e na beleza feminina, mas esta exposição realmente maciça era um pouco demais pra mim. Seria uma metáfora estranha dizer que através das folhas não se vê mais o arbusto, mas a verdade é que, em tão grande abundância, a excitação desaparece. Eu já sabia, pelo que li nos jornais brasileiros em Amsterdã, que a última moda era deixar, de propósito, os pentelhos aparecendo no alto do biquíni, e que entre as nádegas não passava muito mais que um fio, e muito bem, vejo isso passando ao alcance das mãos, diante dos meus olhos em geral tão ávidos, e só penso: "É verdade." Cada parte da praia tem sua clientela cativa, na qual todo mundo conhece todo mundo. Como um bar favorito ao ar livre, com vendedores de cerveja, pinga, caipirinha a cada dez metros, seria de ficar desesperado, não fosse uma circunstância tão feliz. Nestas praias as pessoas não ficam torrando em silêncio; elas se levantam, conversam. Isso significa que a densidade populacional é consideravelmente maior que em Zandvoort[46], por exemplo, onde as pessoas em geral ficam deitadas. Praticamente ninguém se atreve a entrar na água e justamente agora a água está deliciosa. Trata-se apenas de se exibir, o corpo, os corpos, a corporalidade, o próprio corpo, seu corpo, o corpo dele, o corpo dela, é o paroxismo do corpo, e, primeiro, pra poder produzir este espetáculo, e, segundo, pra poder apreciá-lo, tem que gostar muito disso (e também não ter outras coisas em mente como, por exemplo, ler um livro). Na praia, Sérgio logo quis me apresentar a uma multidão de amigos e amigas, mas, depois da extensa refeição, preferi me deitar um pouco. Mais tarde, após ter entrado na água (e ele, naturalmente, não), ele me arrastou da rebentação *linea recta* até algumas amigas. Bem, aí você fica ali jogando conversa fora por cinco minutos, e daí vai até outros amigos e amigas, e mais cinco minutos de tolices. E assim o tempo passa. Talvez, pra agradar a Sérgio, eu ainda vá à praia mais uma vez — isso não afeta minha convicção de que minha vocação não está em Ipanema ou Copacabana.

Naquela mesma noite tinha um show do grupo MPB4 (um quarteto de música popular brasileira), ao qual Sérgio ia, de novo com amigos e amigas a quem ele gostaria de me apresentar, mas pelos céus, eu nunca

---

[46] Cidade com as praias mais próximas a Amsterdã.

vou à praia, e naquele dia fui, e nunca vou a shows, deveria ir também àquele show? Domingo, recusei súplicas prementes de mais uma ida à praia, caminhei pela cidade vazia e escrevi uma carta pra Noor. Segunda-feira fiz fotocópia da carta, enviei — e então comecei, normalmente, meu trabalho. Antes de mais nada telefonemas, marcar compromissos. Em geral, considero uma benção das viagens a ausência de telefone. Bem, nesta casa o telefone não para de tocar, e como Vavá vai para o trabalho durante o dia e à noite não está em casa, eu preencho a função de secretária eletrônica. (Entendi que essas pessoas, a cada segundo que não estão trabalhando, não fazem nada além de fazer coisas umas com as outras, e isso tem que ser combinado por telefone. Hoje à tarde percebi o mesmo na casa de Sérgio. Não passam cinco minutos sem que o telefone toque ou que alguém precise ligar. Ficar em casa? Ler um livro? Parece que isso não existe. Ficar sozinho é o pior palavrão. Assim que a campainha do fim de semana toca, as pessoas pegam, quase como um reflexo condicionado, o caminho mais curto pra praia ou o carro pra sair da cidade.) Portanto, atendo o telefone aqui em casa, e entre a anotação de um recado e outro ("André está procurando você por toda parte", "Uma amiga ligou, não disse o nome", "Tilly tem que falar urgentemente com você") consegui marcar meus próprios compromissos.

Na terça, almoço com Ledo Ivo, um escritor de uns sessenta anos, nordestino de Alagoas, que se interessou muito por mim desde que ouviu de alguém que anos atrás um holandês alto andou perambulando por Maceió, e que sou eu. Eu o conhecia de rosto, das contracapas dos seus livros, e não estava totalmente tranquilo sobre o encontro: olhos grandes, escuros, ameaçadores, pra não dizer sinistros, expressão de titã impetuoso. A princípio severo: "O que você traduziu? No que está trabalhando agora? Pra que você está aqui? Por que português?" Então, depois de um gracejo meu, porque não consigo levar essa coisa toda a sério, de repente soltou uma gargalhada. Ele só fala gritando, então imagine sua gargalhada. Pouco a pouco ele foi derretendo, se tornou até carinhoso quando sua esposa apareceu com cerveja e copos. Pergunta se eu gosto de cerveja. Cerveja é nossa bebida nacional, me apresso em dizer. Todo holandês é viciado em cerveja. Na mesa, duas empregadas mantêm nossos copos cheios. Ledo inclusive enuncia a pergunta que eu até agora não tinha ouvido nenhum intelectual enunciar: se eu conheço cachaça. Ainda terei oportunidade de voltar a falar deste casal, pois amanhã vou me hospedar em seu sítio perto de Teresópolis, nas montanhas (e no dia seguinte no sítio do grande tradutor brasileiro, Paulo Rónai, um pouco mais adiante na serra, em Nova Friburgo.)

Depois do almoço, uma passadinha na José Olympio, a editora sobre a qual li no jornal que tinha falido e sido vendida, como pude constatar. Na verdade, foi comprada pela Rank Xerox, mas nada mudou e ela continua a publicar livros. O antigo diretor, Daniel Pereira, foi catapultado a diretor honorário da Xerox, ou algo assim, mas isso é só pra permitir que ele continue fazendo o que sempre fez, assim como o restante da equipe. E pela enésima vez eu penso: "Ah, é, Brasil." Daniel me reconhece, imediatamente me apresenta à pessoa com quem ele por acaso está conversando, nos deixa a sós e desaparece. No fim não foi desagradável, no máximo um tanto surpreendente. O homem mais gordo que jamais vi. Vestido em preto sacerdotal, mas é um escritor, Antônio Carlos Villaça. Sua barriga fica pendurada entre as coxas, sem que isso pareça diminuir a extensão do tronco. O mais impressionante é que seus gestos e sua maneira de agir não são pesados ou desajeitados, mas elegantes. Quando ele se levanta, pode-se desenhar uma linha curva (inclinada) do topo da sua cabeça até os pés, preenchida dos dois lados num oval quase redondo. Ele tem uma barba num rosto de bebê profundamente satisfeito e muito carinhoso. Vai como um hipopótamo de uma secretária até a outra, se despede de todas com um beijinho e me abraça com as palavras: "Somos amigos."

Quarta-feira, passagem de ônibus comprada e depois para o centro saquear minha primeira livraria. Quinta-feira, ontem, portanto, um almoço embaraçosamente chique no último andar do edifício colossal onde fica localizado o grupo Manchete (revista, estação de tv, editora), onde o pai de Vavá trabalha como diretor do departamento de televisão, e recentemente também Sérgio, na seção de fotografia. Naquela noite, Vavá tinha planejado um coquetel aqui em casa, e mais tarde um jantarzinho num restaurante aqui perto, com Sérgio, evidentemente, e o adido cultural do Consulado Holandês, Johan Dirkx, e sua esposa Marisia. Vavá mantém relações amistosas com os Drikxes e nós já tínhamos jantado na casa deles na terça-feira (agora que escrevo sobre tudo, parece uma coisa meio maníaca, ao menos pra mim), porque ele queria conversar comigo sobre a possibilidade de traduzir literatura holandesa no Brasil: quem poderia ser o tradutor, quais os autores, etc.. A mesma pergunta surgiu hoje de manhã com Drummond de Andrade. Ele está bastante impressionado com meu trabalho de tradução, não porque eu o traduzi, mas principalmente por causa do projeto-Machado, e lamentou que não houvesse no Brasil ninguém que fizesse o mesmo trabalho na direção inversa. A este respeito eu disse o mesmo que Johan Drikx tinha dito, isto é, que o único tradutor que eu conhecia era Walter Costa, em Florianópolis, e que, na minha opinião, grande parte da literatura holandesa em prosa, por questões temáticas (problemas resultados da educação protestante, Segunda Guerra, "nossas Índias") seria mais difícil de vender no Brasil do que a poesia, que por definição já tem uma natureza mais universal. Então Drummond sugeriu que eu fizesse uma antologia de poesia holandesa em tradução bruta para o português, que ele se ofereceu (muito tímido) a retrabalhar depois e transformar em verdadeira poesia em português. Certamente não me falta trabalho, mas poesia holandesa em tradução de quem realmente é um dos maiores poetas do mundo — como recusar algo assim? Hoje à tarde liguei imediatamente para Johan e ele irá tentar arrecadar fundos para subsídio. Isso é realmente algo maravilhoso. E pra mim também algo novo. Tenho a sensação, ainda que eu já esteja perto dos cinquenta, que tenho muito mais futuro que passado. E essa, é claro, é uma ótima sensação, mas pra chegar ao fim desta carta, vou me limitar ao passado muito próximo: o presente.

Como Sérgio mora dobrando a esquina de Drummond, foi mais prático almoçar na casa dele. Seus pais não estavam, mas sim seu irmão (que também é fotógrafo da revista Manchete), Vavá e um amigo de São Paulo. Os cinco cavalheiros (dos quais quatro, recém chegados da praia, esportivamente despidos), matavam o tempo com um papo agradável, aguardando pela refeição, que era preparada na cozinha por uma velha senhora negra e foi servida um pouco depois. Nós só tivemos que nos sentar à mesa e apenas precisamos levantar um dedo para nos servir. Ah, eu sei muito bem, e há muito tempo, que esta situação é mais complicada do que nós pensamos (o que a velha senhora negra faria se não pudesse ser empregada? etc.), mas nunca vou me acostumar de verdade, assim como nossas amigas brasileiras na Holanda também não conseguem se acostumar a fazer elas mesmas o trabalho doméstico. Vou sempre sentir um mal-estar quando, depois que Sérgio me traz até a porta da garagem no carro de seu pai, com ar condicionado, um homem escuro, já de uma certa idade, salta para abrir servilmente a garagem e assim evitar que Sérgio, um jovem de vinte e poucos anos, tenha que sair do carro. Naturalmente (mesmo sabendo que não adiantaria), falei com Sérgio a este respeito. Entendo seus argumentos, ele entende os meus, mas de alguma forma não nos compreendemos — e isso será sempre assim. "Veja o que acontece quando você não tem empregada", ele diz, "veja pela casa de Vavá." (O fato de Vavá uma vez por semana mudar a poeira de lugar e arrumar um pouco a casa demonstra uma mentalidade emancipada que é excepcional, se não for única.)

Como já disse, nos fins de semana as pessoas vão pra praia ou fogem do Rio. Foi esta última opção a do alegre quarteto. Foram para Petrópolis, na serra, para a fazenda de uma prima do prefeito, ou algo assim, com a firme intenção de passar o fim de semana inteiro dentro e ao redor da piscina, com cerveja e moças bonitas por perto. Eu também poderia fazer isso, não fosse por meus compromissos menos lascivos na serra.

Compromissos, compromissos, não é nem um pouco o meu costume, mas se eu olhar esta semana, esta única semana... O que eu disse no início sobre toda esta atividade, e os motivos pra isso, é em parte verdade, mas o real motivo naturalmente é que o susto da última vez ainda está em mim, por isso quero que minhas ações sejam determinadas pelo esforço, pra evitar que surja de novo a questão: O que é que eu estou fazendo aqui? Que é a pior coisa. Fazer algo, eis aí minha única desculpa pra estar em algum lugar, levando tudo em consideração, estar *ali* para existir. Por isso atendo a convites entre os quais alguns talvez nem sejam tão legais ou interessantes, mas que evitam que eu tenha o tempo de me fazer a tal pergunta e ter pesadelos de madrugada. Não acredito nem um pouco na opinião tão difundida de que sonhamos justamente com as coisas que reprimimos na vida cotidiana. Como prova o sonho desta manhã, nem tão deprimente, mas intrigante. Foi pouco antes da minha partida. Minha mãe, Noor, Roos e eu íamos comer no Il Giardino. E deu tudo errado. Pra começar, entrei na porta errada, ao lado do restaurante, e era a porta da casa de uma ex-namorada (só Deus sabe quem) de quem eu tinha acabado de me separar. Só percebi o equívoco quando já estava no quarto e empurrei minha família, que me seguia cegamente com bastante severidade pra fora, o que fez com que minha mãe quase caísse, cambaleando, se eu não tivesse conseguido segurá-la por um braço. "Não", ela disse, "eu não me desequilibrei, só preciso ajeitar meus dedos dentro do sapato." Lá dentro estava lotado, de maneira que fomos sentar num banco perto da porta. Aparentemente, alguém ainda quis dar uma volta primeiro, porque logo em seguida estávamos num táxi. Depois de algum tempo eu gritei: "Nós não temos que ficar dentro de um táxi, temos que ir para o Il Giardino. Vire aqui, à direita, por favor!" O motorista dobrou à direita, no que parecia ser a Reinier Vinkelskade. Naquele momento não estávamos mais todos os quatro no táxi. Noor estava comigo, na garupa da motocicleta, aquela de 1968, você ainda deve se lembrar, a BMW 350, e eu seguia o táxi, onde estavam minha mãe e Roos. "Legal que você também possa andar na moto", eu disse a Noor. Por mais que eu acelerasse, não conseguia alcançar o táxi, e na Stadionweg, perto da curva com a Beethovenstraat, em direção ao Apollohal, eu o perdi definitivamente de vista. Pouco depois a moto pifou, e paramos em algum lugar perto da ponte onde estão as esculturas de Hildo Krop. De repente Roos também estava ali, portanto só minha mãe deveria estar em algum lugar dentro do táxi, sem ter a menor ideia de onde ficava o Il Giardino. Joguei as peças da moto, que neste meio tempo tinha se partido em duas, contra o parapeito da ponte e Roos gritou: "Ah, minha arma quebrou." Ela tirou da mochila uma espada que eu tinha comprado uma vez numa casa de festas, que já tinha quebrado a ponta uma vez, e que agora tinha quebrado logo abaixo do punho. "Ah, estas coisas são de ferro fundido, quebram fácil", disse Noor. E aí ficamos ali, de repente também com uma grande mala preta, e este foi o fim do sonho.

Agora que releio, suspeito vagamente que, embora durante o dia eu pense bastante em todas as pessoas mencionadas, reprimo mesmo algumas coisas. Mas o quê?

"Sabidas e esquecidas", classifico sob este rótulo as coisas que eu conhecia, tinha esquecido e que agora identifico novamente. Os chuveiros elétricos ao ar livre. O costume das pessoas de não fazer um pedido num bar, como nós fazemos, mas ordenar. Bater no balcão do bar (não esperar que alguém que está ocupado termine o que está fazendo): "Ei, aqui, um pão com salame e uma cerveja." Não dar descarga no banheiro depois de mijar, mesmo que as instalações funcionem perfeitamente, inclusive pessoas completamente civilizadas, artistas e intelectuais. Mendigar cigarros na rua, sem palavras, só com gestos dos dedos indicador e médio duas ou três vezes indo e vindo em direção à boca — meu Deus, o rodeio de palavras que a gente às vezes precisa fazer pra descrever um gesto supercomum. É por isso que os romances do período naturalista são sempre tão longos. E esta carta. Com saudações relativamente alegres.

Guus

Rio, 14 de novembro

Caro Paul,

Hoje à tarde, às 16:00 horas em ponto, eu estava na Rua Presidente Wilson, onde Josué Montello iria me esperar para me dar a oportunidade de participar de uma sessão da Academia Brasileira de Letras, a mais sagrada instituição da literatura brasileira. Josué ainda não tinha chegado, foi o que me disse um porteiro. Fiquei sentado num banco em frente ao prédio. Um Machado de Assis de pedra me olhava do lado direito, fundador e primeiro presidente desta instituição, abaixo e do lado esquerdo, eu mesmo olhava as bundas que passavam de calças jeans, e ainda que eu seja tão ligado a Machado e não tenha nada a temer dele, eu sabia o que era mais agradável. Passou meia hora, e como eu estava sentado de maneira tão chamativa, um outro porteiro veio me perguntar por quem eu estava esperando. Josué Montello? Mas ele estava justamente esperando *por mim*! No andar de cima! Subi e, sim, nós nos reconhecemos de 1979, na José Olympio. Tapinhas em diversos pontos inofensivos do corpo. Nos sentamos em uma mesa longa na qual um cardápio com a data 14 de novembro 1984 prenuncia uma refeição mortalmente tediosa, da qual eu felizmente não iria participar. Uma xícara de chá com um biscoitinho seco como uma rolha já era ruim o suficiente. Já do meu banco, lá fora, eu tinha visto passar, além das já citadas bundas, algo mais, subindo as escadas e entrando pela porta, a saber, "os imortais", como são chamados os membros da ABL. A dificuldade, já neste momento tão prematuro da carta, é como descrevê-los. Não há duas pessoas iguais, portanto também não há dois imortais. O que eles têm em comum é que todos dão impressão de serem extremamente frágeis. Eles são, com exceção de uns dois, velhos ou muito velhos. Andam devagar, olham com atenção onde colocam o pé, não é bem vacilar, mas é inevitável a impressão de que, se você lhes der um empurrãozinho, eles não só cairiam mas se despedaçariam em cacos, de um momento para o outro, como que tocados por uma varinha mágica, desintegrariam de pessoas ainda há pouco praticamente vivas num redemoinho de pó e ossos pulverizados. Quando eles saem do táxi, confrontados com o mundo real, parecem atormentados por uma certa desorientação. A visão da Academia realmente parece lembrá-los do objetivo da expedição que os fez ultrapassar o limiar de suas casas e com uma ligeira pressa que, associada à fragilidade de seus físicos, faz o coração do espectador disparar de medo: dirigem-se para a segurança deste castelo. Uma vez dentro, no andar de cima, diante da longa mesa com chá e biscoitinhos, sua motricidade adquire até uma certa elegância enferrujada, como a repentina disponibilidade com que o pai, que tirou uma noite livre da mãe, entra em seu bar preferido na esperança de rever os velhos camaradas.

Da mesa para a sessão. Presidente Austregésilo de Athayde, Vianna Moog, Cyro dos Anjos, Josué Montello, Antônio Houaiss, Aurélio Buarque de Holanda, Américo Jacobina Lacombe, José Cândido de Carvalho, Evaristo de Moraes Filho, Lyra Tavares, Orígenes Lessa, José Honório Rodrigues, August Willemsen, em ordem bastante aleatória, era mais ou menos este o grupo. Uma salinha relativamente pequena. Uma tribuna sobre um palco, tendo atrás o presidente, secretário e mais dois dignitários, entre os quais um padre. Ao lado uma mesa de som. Duas secretárias corriam com microfone e gravador até cada um que abrisse a boca, e como apesar de tudo nós afinal estávamos no Brasil, foi um rebuliço só. Havia um busto de Machado, impulsor disso tudo, sobre a cadeira do presidente. Na tribuna os livros, uma corujinha, um martelo, uma composição de aves do paraíso feitas de prata. Austregésilo deve ter sido um homem bonito no passado. Agora um velho leão de juba branca, caspa nos ombros e dentadura trepidante, desajeitado com o microfone. Olho para a direita: quarenta retratos de imortais brasileiros mortos. Olho para a esquerda: quarenta retratos de imortais brasileiros mortos. Paredes verde-claro. Mosquitos. O ruído do ar condicionado e um balbuciar intermitente e discreto, torna difícil de entender a gagueira dos idosos, o que é pouco atenuado pelos microfones, especializados em efeitos de eco e microfonia.

Talvez eu esteja exagerando um pouco. Mas algumas figuras valorosas, como Cyro dos Anjos, Orígenes Lessa, e mesmo figuras impressionantes como Vianna Moog e Austregésilo, parecem exceções. E aí eu penso: que vaidosos e fúteis gostem disso, eu entendo. Mas por que pessoas realmente inteligentes, escritores de valor e peso, iriam querer entrar pra este clube? Se Drummond tem motivos pra não querer entrar, por que João Cabral quer? E Manuel Bandeira, Guimarães Rosa, muitos outros — foram todos membros. Rosa levou sua imortalidade tão ao pé da letra que morreu de um ataque cardíaco três dias depois de ser empossado. Sou interrompido nessas contemplações por Josué, um rapazote de menos de setenta anos, que toma a palavra, e de maneira muito clara, pra chamar a atenção para a visita deste embaixador das letras brasileiras na Holanda. Em seguida colocam o microfone na minha cara. Como isto é um show de marionetes e não há pessoa mais eloquente do que eu, desde que eu possa fazer um pouco de teatro, esta circunstância inesperada não me causou nenhum problema significativo. Uma meia dúzia de palavras bem escolhidas, aplauso e minha parte está feita. O quarto de hora que se seguiu foi preenchido com um relato de viagem de Antônio Houaiss, que tinha acabado de voltar da União Soviética, ou URSS, enfim, eu ainda chamo de Rússia. Um outro membro tomou a palavra depois pra fazer uma homenagem a um autor falecido já no século passado e com razão caído no esquecimento, e quando os presentes já se levantavam pra buscar um bom refúgio, um retardatário ridículo ainda pediu a palavra pra chamar atenção para a situação lamentável em que se encontrava, na Bahia, depois que quebrou o fêmur em um acidente, a filha de um membro da Academia de Letras falecido vinte anos atrás. Isso foi realmente desolador, mas Austregésilo, que de repente teve dificuldade em conter o riso, respondeu que a ABL na época já tinha enviado uma pensão mensal à viúva, que a filha tinha avisado que morava com uma amiga rica, que ele agora gostaria de saber se aquela pensão tinha mesmo sido recebida e, caso sim, onde e como estava a situação com a amiga rica, mas que uma ajuda financeira sempre poderia ser dada por uma única vez, considerando que os proventos da ABL previstos para o próximo ano totalizavam cerca de 400.000 florins. De onde vem tudo isso? Será que uma vez eles não podiam pagar minha viagem?

No final, o bocejante grupo se reuniu em torno da mesa de chá. Até o chá é uma herança de Machado, segundo Graciliano "um mulato que se arvorava inglês". Estou contente por Machado estar morto, pois assim como é grande minha admiração pelo escritor, tenho certeza que teria me entediado ao extremo com a pessoa. Um por um os imortais foram desaparecendo, os últimos remanescentes apertavam as mãos secas uns dos outros antes de pegar o táxi pra casa, assim como eu. Eu, naturalmente, ainda não sou realmente imortal, mas meu nome e minhas palavras estão registrados nas atas, e isso já é um começo.

Vavá acabou de chegar em casa e agora está deitado embaixo do mosquiteiro descansando de um dia exaustivo de trabalho. (Tenho que retirar o que falei antes sobre o mosquiteiro. Os mosquitos me acharam. As picadas de Teresópolis mal tinham desaparecido e eles me atacaram de novo barbaramente. A preferência desta escória é estranha. Por que gostam tanto de pernas, e das minhas ainda por cima? Principalmente a tíbia e os tornozelos?) Para não incomodar o seu sono apaguei todas as luzes, menos a luminária desta escrivaninha, e como esta máquina de escrever não faz barulho, posso continuar tranquilamente. Esta maravilha eletrônica é completamente diferente da máquina infernal de antigamente. Lendo o que você escreve sobre Amsterdã, a cidade, os programas de tv, Bhagwan, então sinto uma confirmação do sentimento que descrevi antes: eu estou aqui. Não que o Rio seja a "minha cidade", certamente não, ou que eu tenha esquecido como é "aí", mas está longe, ou parece que faz muito tempo, mais do que o tempo que estou ausente, e isso vem naturalmente do fato de que passa tão rápido. Semana passada, por exemplo, agora já é uma espécie de buraco entre dois finais de semana. Trabalhei bastante em casa, nas palestras de Florianópolis, e no mais só me lembro de Gilberto Freyre. Falando em pessoas velhas. Uma figura mitológica, oitenta e quatro anos, o antropólogo mais famoso do Brasil desde 1930. Daniel Pereira me disse entusiasmado por telefone que Freyre queria tanto almoçar comigo, mas quando fui até a José Olympio o bom homem não fazia a menor ideia de quem eu era e que eu estava aqui. Fisicamente um pouco acabado, a cabeça funciona bem, mas em companhia de desconhecidos ele fica um tanto confuso. Sabendo que eu traduzo literatura brasileira, ele começa prontamente a murmurar qualquer coisa em inglês. Depois de ser repreendido por dois colaboradores, ele autografa pra mim um exemplar da vigésima quinta impressão de sua obra prima de 1933, sobre a qual me foi assegurado pelo menos dez vezes, por cada membro do grupo de dez pessoas, que agora também será lançada em polonês. Fui convocado pra estar lá ao meio dia, mas todos se dispersavam por toda parte para reuniões em salinhas laterais e a cada dez minutos Daniel pegava no meu braço: "Augusto, vamos comer", mas ficou em divagações enervantes por quase duas horas. No fim, o grupo (funcionários da José Olympio e a comitiva de Freyre) foi para o restaurante que ficava no andar de cima, onde o almoço estava preparado, acompanhado de Coca-Cola. Fui empurrado ao lugar de honra, ao lado de Freyre, mas isso não teve nenhuma consequência para a conversa, pois bem na frente dele havia um rádio na mesa, com o volume bastante alto, que transmitia uma entrevista que ele tinha dado naquela manhã. Uma entrevista de uma hora, da qual me libertei graças a duas senhoras benevolentes da editora que, depois de me questionarem sobre meu trabalho de tradução durante um cafezinho, me convidaram para me hospedar em sua casa de praia em Cabo Frio no fim de semana — e, desde a última carta, esse não foi o primeiro convite que me senti obrigado a declinar educadamente. O louco é que: a gente viaja, e viaja, e deveria aprender a nunca esperar nada, eu também não tinha nenhuma esperança concreta deste encontro, e no entanto as coisas aqui sempre ocorrem de um jeito diferente. Eu sabia que Freyre, no passado um homem bonito, bom de garfo e copo, desejado pelas mulheres, agora era um frágil fantasma, mas é de ficar triste ver um homem assim falar no rádio mais uma vez por uma hora inteira sobre o que o tornou famoso cinquenta anos atrás. E aí fico ruminando sobre velhice, demência e morte. Tive que pensar em tudo isso, enquanto o grupo estava distraído com outras coisas, quando fui olhar no saguão as fotos dos muitos escritores brasileiros publicados pela editora José Olympio e que ao longo dos anos visitaram aquele prédio. Só alguns sobreviventes: Drummond, o próprio José Olympio, Daniel. Todos os outros mortos: Manuel Bandeira, José Lins do Rego, Aníbal Machado, Graciliano Ramos, Guimarães Rosa e mais um montão de outros, cujos nomes não dizem nada a você. Mortos, mortos, mortos. Daniel, que em 1979 era um urso, agora tem uma tétrica cicatriz de uns 15 centímetros no pescoço, come pedacinhos de pão embebidos em leite. Plínio Doyle, outro urso, teve um derrame, está semiparalisado, agora já consegue se arrastar um pouco, felizmente a cabeça ainda está boa, mas numa visita como a desta tarde, tudo o que vi foi declínio, doença e morte.

Credo, o que estou fazendo. Enfim, estes são os pensamentos que me aparecem de vez em quando, e daí a melhor coisa a fazer é anotar.

No dia seguinte seria a entrevista na Globo, junto com Drummond, mas não aconteceu, porque, com a presença de Drummond, ficou mais importante e será transmitida num horário melhor, o que provocou algumas mudanças, sei lá. A gravação agora será na sexta-feira, depois de amanhã. Fiquei contente com o adiamento, pois já tinha falado demais nestes últimos dias, na José Olympio, e no fim de semana anterior, com os dois senhores na serra.

Belo passeio do Rio a Teresópolis. Primeiro os subúrbios do Rio, que se comparados tornam os de Paris um paraíso, depois a baixada em torno do Rio, imunda, fétida, poluída, permanentemente empeçonhada e podre, e então começam as montanhas, que embora nem sejam tão altas, como saímos do nível do mar, a subida é grande. E, como devo dizer, a própria grandeza é diferente dos Alpes ou dos Pirineus. O relevo é desleixado, desestruturado, caótico. Pontas de rocha gigantes, estranhas, sem vegetação: o "Pão de Açúcar", do Rio, é apenas uma das muitas que tem aqui. Perspectivas repentinas. Vegetação tipo "couve-flor" no horizonte.

Uma abundância e diversidade tão grande de plantas, árvores, flores, que você não consegue nem imaginar que existam tantas. Esta paisagem não é a Europa, esta proliferação bestial. E Ledo Ivo tem seu sítio em meio à natureza, num vale. Um sítio é um pedaço de terra com uma casinha pra morar e um pequeno terreno, mas no caso dele acho que podemos falar em fazenda. Ele me explicou a extensão em quilômetros quadrados e hectares, mas eu não consigo visualizar nada com essa informação. Em todo caso, a extensão é toda uma parte do vale e das montanhas altas que ficam atrás e ao redor da casa. Cavalos, muitas aves, arrendatários, plantações com todo tipo de verduras, milho, cana de açúcar, frutas — um mundinho autossustentável. Um táxi me levou da rodoviária de Teresópolis até o sítio, uns doze quilômetros. Ledo já esperava dando risada e me conduziu pra dentro da casa, que é formada por uma "casa velha" (já existente quando eles compraram o terreno, hoje destinada a empregadas e hóspedes, onde ficam quartos, sala de jantar e cozinha), e uma casa nova, que eles mesmos mandaram construir, com mais quartos, o escritório de Ledo, salões luxuosos com aparelhos de televisão nos dois andares (além de uma terceira tv na "casa velha"). O banheiro na casa velha, para as empregadas, só tem água fria, eu poderei tomar banho na "casa nova", que tem água quente. Vinte metros montanha acima tem uma espécie de chalé: o ateliê do filho deles, que é pintor. Ledo parece, ainda mais para um brasileiro, mais novo do que seus sessenta anos. Corpo atarracado, vivaz, dinâmico, com uma presença enérgica. Sua esposa, Ledda, suponho que tenha a mesma idade, mas parece um pouco mais velha, ainda que não seja menos vivaz e dinâmica. Pequena, frágil, com um tipo um tanto autoritário. Quando cheguei, as duas empregadas estavam almoçando na cozinha (o casal já tinha comido, eram duas e meia), e Ledda foi logo me adulando (sempre interessante a diferença de altura), pôs um dos meus braços em torno de si e disse para as empregadas que adorava homens altos. Depois dessa entrada animada, fui levado ao meu quarto, o mesmo que João Cabral de Melo Neto, amigo deles, costuma ocupar. Em seguida fui levado à mesa na sala de jantar, puseram uma excelente refeição à minha frente, após o que Ledo e Ledda se sentaram à mesa e ficaram me observando comer, depois vagueavam pela casa, gritando uma coisa e outra um para o outro, cerveja na mão, ela também com um cigarro na outra. Ele começou a falar de cachaça de novo, em particular uma muito especial, com erva-doce. Infelizmente João Cabral tinha praticamente esvaziado a garrafa em sua última visita, de maneira que só tinha sobrado um copinho para mim. Antes do almoço também fui apresentado à mãe de Ledda, uma senhorinha de noventa e sete anos, que anda mal, escuta mal, mas muito lúcida, como ficou claro pelo fato de ter ficado imediatamente apaixonada por mim. Ela envolveu minha mão em duas mãozinhas muito velhas, me olhou com um olhar intenso e amoroso, e gritou: "Tão lindo, que olhos azuis, veja só que belo rapaz. Que você viva muito e seja muito feliz, e sua mulher e filhos também." Já gritando, desejei a ela algo parecido, ela ouviu com atenção e então recomeçou: "Veja só, não é uma maravilha..." "NÃO, MINHA SENHORA, A MARAVILHA É A SENHORA!..." Na mesa ela ficou observando como eu comia, de vez em quando punha uma mão sobre meu braço, como que para sentir se era de verdade. A conversação era cordial, ainda que não livre de alguma confusão.

"Tão bonito..."

"É, e instruído também. Escreveu teses."

"Eu não..."

"E queijos. Queijos holandeses. Há muitíssimos queijos holandeses!"

"Certamente, mas na França..."

"Por que José Lins do Rego não foi traduzido para o holandês? Um romance como *Pedra Bonita*..."

E perguntas, perguntas, eles também, intelectuais, sem esperar pelas respostas. Qual é o equivalente holandês da cachaça, qual é a bebida nacional (como se eu já não tivesse dito), quanto ganha um professor universitário na Holanda, na França, na Alemanha. Perguntas, curiosidade, *fome* de Europa, Europa!

Depois do almoço, visita guiada. Por toda parte. Sem começo nem fim. Ela sempre se aproximando de mim. "Olhe aqui, Augusto", "Ouça só, Augusto", "Augusto, venha pra cá, olhe lá — do meu lado direito, com o braço esquerdo levantado na minha frente, apontando para algo na minha esquerda, de forma que seu seio esquerdo encostava no meu braço direito (ou estas coisas só existem no meu cérebro pervertido?). E então

222

de novo ele, com sua voz bombástica: "Augusto, você pode ir por aqui, por ali, quilômetros, até onde consegue enxergar deste lado, é tudo nosso." Depois de ele ter repetido isso algumas vezes, ela o corrigiu, suave, mas resoluta: "Meu." Aha, pensei, acreditando ter achado a resposta para uma pergunta que eu já me fazia há algum tempo, como um escritor razoavelmente conhecido, mas que não é autor de best-sellers, consegue juntar dinheiro pra ter uma fazenda assim. Também me fez pensar na anedota do português que ficou rico no Brasil e recebe a visita de um parente: "Estas casas, todas minhas. Esta rua aqui, toda minha. Aquele navio, meu. Esta casa, minha casa, eu mesmo mandei construir. Este jardim, eu mesmo mandei fazer. Este saguão, esta escadaria, tudo meu. Este quarto, meu. A mulher lá, na cama, é minha mulher. E o cara deitado ao lado, sou eu." Pensei em contar a piada, mas não o fiz.

Por toda parte circulam ou ficam deitados cachorros encantadores, abanando o rabo. Gritaria de pássaros nos bosques. Coaxos, gorjeios bem pertinho, zumbido de colibris, um pequeno paraíso. Com moradores estranhos. Depois da visita guiada, é hora do cochilo. Eu de fato durmo um pouco. Acordo com as pernas cobertas de picadas de mosquitos. A gente nunca ouve falar disso, mas eles também deviam existir naquele outro paraíso. À noite converso um pouco com Ledo em seu escritório, sobre Machado e tal. Mostro a ele um exemplar do *De psychiater* (reservado para Paulo Rónai), ele consegue deduzir os títulos originais dos contos lendo os títulos holandeses, e fala: "É difícil ver isso: uma coletânea de contos *exclusivamente* de obras primas." Agora, conversando, ele parece ser capaz de ouvir também, ainda que lhe seja difícil. Quando está com a palavra, aí ninguém segura. Ele fala rápido, mas claramente, staccato, o sotaque nordestino. Mais tarde nos sentamos na varanda, quer dizer, Ledo e eu nos sentamos, ela se senta de vez em quando, se levanta agitada, circula um pouco, grita alguma coisa de longe — tenho a impressão de que ela mantém um nível constante ao longo do dia, não tanto de embriaguez, mas daquele ânimo que é consequência de beber moderadamente por muito tempo: ligeiramente ébria, não bêbada. Cachorrinhos vêm mordiscar meus pés descalços, um cachorro bem maior, chamado Bobalhão, fica sempre tentando colocar seu focinho enorme em qualquer parte do corpo de não importa quem. Ledo grita em vão pra que ele vá embora. Pela primeira vez há, talvez há anos, vejo de novo o que as pessoas chamam de céu noturno. Um firmamento. Uma lua, tão clara como se fosse desenhada. Estrelas. Silêncio, exceto o som de animais. Rãs, grilos, sapo-martelo: klop, klop, klop, horas a fio. Vagalumes. Quando fui ao banheiro, desejei boa noite a todos, me recolhi ao meu quarto, e bem quando eu estava nu, Ledda entra. Ela fecha a porta com calma e grita de fora: "Se ainda precisar ir ao banheiro, pode ir." Isso é coincidência, ela é louca ou o louco sou eu? Me pergunto se acaso vou receber uma visita durante a noite, mas fica só nos mosquitos.

No dia seguinte, domingo, mais uma conversa "séria" com Ledo, entre outras coisas sobre o plano do filme de Kees Hin ("o escritor na sociedade brasileira"). Ele quer muito participar, e me assegura que João Cabral também gostaria. Em seguida, é de novo hora de relaxar. Fazemos uma caminhada pela fazenda e, na volta, passando pela cozinha, me colocam um copo de cerveja na mão (estava quente, muito quente, tanto para a época do ano quanto para aquela altitude). Eram onze da manhã.

"Já?"

"Sim. Começou."

A filha deles chega, com o marido e três filhos. Aos poucos a piscina fica cheia. Criancinhas com uma mangueira na piscina. A filha de biquíni no sol. Nós, os outros, conversando sob um toldo. Tiram fotos. Almoço e a partida. A filha e o genro me levam até a parada de ônibus na estrada. De Teresópolis até Friburgo não é longe, oitenta quilômetros, mas justamente neste pequeno trajeto circulam os ônibus lentos, que param muito. Uma viagem de três horas. É impressionante como os brasileiros têm medo de vento. Estava mesmo muito quente, eu ficava feliz quando o ônibus andava e entrava um ventinho, mas então todos fechavam imediatamente as janelinhas sem deixar nenhuma fresta. O sítio de Paulo Rónai fica menos distante do mundo habitado que o de Ledo Ivo, mas é por culpa da cidade, que cresceu em sua direção. Na verdade, é mais uma chácara, de tamanho mais modesto, uma mansão com um terreno em volta. Rónai é um judeu húngaro naturalizado brasileiro, e vale a pena conhecer a sua história. Nascido em 1907, estudou latim em Budapeste e na Sorbonne. Foi professor de latim e de francês na Hungria. Aprendeu outras línguas como autodidata, entre elas português. Sem jamais ter estado em Portugal ou no Brasil, já tinha traduzido algumas coisas do português para o húngaro, entre elas poemas do brasileiro Ribeiro Couto, quando foi levado para um campo de concentração em 1940. Naquela época os campos ainda não eram permanentes nem dirigidos ao extermínio. Depois de meio ano ele conseguiu uma espécie de licença, e viu a chance de fugir para a França. Lá ele encontrou um brasileiro afrancesado, Dominique Braga, que lhe deu para ler uma tradução do Dom *Casmurro*, de Machado. Rónai foi tão tocado por este livro que decidiu emigrar para o Brasil: onde se escreve livros assim deve haver uma literatura fascinante. Ele só não sabia como. Braga o aconselhou a procurar o cônsul brasileiro em Haia, Ribeiro Couto. Rónai escreveu a Ribeiro Couto e perguntou se ele era parente do poeta de mesmo nome que ele havia traduzido. Era o próprio e ele o ajudou a conseguir o visto. Rónai veio para o Brasil em 1941, em 1945 se naturalizou, trabalhou como professor e catedrático, e principalmente como tradutor e organizador de grandes projetos coletivos de tradução (entre eles a obra completa de Balzac). Agora, com bem mais de setenta, está aposentado e há uns cinco anos deixou seu apartamento no Rio e vive retirado em Friburgo, no sítio que ele já tem há vinte e dois anos com sua esposa que (como a minha) se chama Nora.

O táxi chega, eu desço e logo aparece o homem baixo, de cabelos eriçados: "Augusto!" O tom cerimonial, que pensei ter ouvido nas conversas telefônicas que tivemos anteriormente, estava mais na sua voz, que, sabendo que ele é húngaro, evoca lembranças de canções da Puszta, seja lá como forem. Ele me levou até a varanda, para onde sua esposa também veio, bem mais jovem que ele, uma mulher pequena, frágil e ao mesmo tempo forte e amável, com um aspecto muito inteligente e sensível. Eles logo ficaram preocupados por eu não ter trazido roupas de frio. À noite pode fazer muito frio. Fomos pra dentro, ele mergulhou num armário de bebidas e serviu uma taça de Tokay, "apenas para ocasiões muito especiais". Não pude deixar de comentar que, até aquele momento, eu só conhecia Tokay das histórias do Barão de Münchhausen e isso tornou a ocasião ainda mais especial. Me refresquei um pouco, dei a ele o meu

225

Psychiater e enquanto conversávamos a mesa foi servida. Eles têm uma empregada, uma moça branca que usa calça jeans, que se movimenta pela casa como se fosse filha deles (agora percebo que esta observação na verdade é disparatada, até desagradável, para quem não sabe nada sobre o Brasil). A casa é bonita, de bom gosto, concebida por Nora, que estudou matemática e é arquiteta. E sim, você talvez possa entender, aos poucos fui tendo uma vaga sensação, associações e lembranças, naquele momento ainda sem palavras, mas que agora, agora que tenho que pôr em palavras, se resumem mais ou menos a: sim, sim, Europa meu senhor... À noite um lanche, chá com cognac, pra variar. Eles não são bebedores, só tarde da noite, depois de horas conversando, ela foi olhar se "por acaso" tinha uma cerveja na geladeira. E tinha, mas pra conseguir colocar o líquido propriamente num copo eu tive que dar uma mãozinha. Ele tomou dois meios copos, ela nada. Sobre o que falamos todo aquele tempo? Num primeiro encontro assim é difícil ir além das generalidades: coisas de sua vida, minha escolha pelo português, experiências de ensino. Não chegamos a assuntos específicos (de "tradutores entre iguais"), mas é claro que falamos muito sobre Machado de Assis, e a mistura de perplexidade e admiração com que a crítica na Europa e, portanto, também na Holanda, recebe um escritor do século passado, de um país desconhecido, uma literatura desconhecida, que se revela assim tão moderna. Quando mencionei uma ressalva feita por alguém na Holanda após a publicação de *Quincas Borba*, e que, principalmente algum tempo atrás, também era muito ouvida na crítica brasileira, de que Machado se repetia em seus personagens, sua descrição de caráter, situações, expressões espirituosas e coisas do tipo, Paulo me deixou sem palavras por algum tempo com um comentário que eu já formulara pra mim mesmo *exatamente com as mesmas palavras* e também tinha escrito em algum lugar pra usar mais tarde: "Quem não tem nada a dizer está sempre inventando algo novo. Quem tem algo a dizer continua a repetir aquilo a vida toda." Agora não sei se ainda posso utilizar essa observação, pois vai parecer plágio. Mas é verdade, ninguém escapa disso, e para ilustrar ele contou uma anedota sobre Tolstói, que depois de muito tempo sem ouvir nada de uma revista para a qual havia enviado um conto foi tirar satisfação. Na redação acabou descobrindo que tinha esquecido de pôr seu nome no texto e que o conto estava numa gaveta, com a deliberação: "Não publicar. Imitação ruim de Tolstói." Além disso, ficamos, é claro, bastante impressionados com o fato de ambos termos nossos destinos, em certa medida, determinados por uma tradução, o seu por *Dom Casmurro*, o meu por *Os Sertões*. Também mostrei a ele as traduções para o português (que eu tinha recebido do Consulado) das críticas da minha tradução da edição de Drummond, e os dois ficaram surpresos com o alto nível da crítica literária na Holanda. Isso diz muito sobre as resenhas de livros no Brasil, uma vez que achamos a crítica na Holanda tão abaixo do padrão. Por fim ficou tarde e ele ficou cansado. Ele aparenta ser bastante velho (parece que passou por uma operação recentemente), anda com dificuldade, se deixa cair pesadamente nas poltronas. Suas pálpebras pendem sobre os olhos, dos quais a gente então só vê a metade inferior, mas se estas duas metades de fato aparentam olhar com cansaço, ao mesmo tempo nos olham com muita curiosidade e amabilidade.

Na manhã seguinte, extensa visita à biblioteca, uma dependência separada da casa, sobre a qual falam com uma certa veneração. Segundo ele me disse, Nora tinha conseguido o milagre de planejar a construção de tal forma que as estantes de sua antiga casa (no Rio) coubessem ali. Na noite anterior também tinha me chamado a atenção que eles, casualmente, sempre contavam coisas um sobre o outro: "Daí Paulo disse..." "Nora então conseguiu fazer..." Fiquei emocionado com a afinidade daquelas duas pessoas, que davam a impressão de estarem envelhecendo juntas de maneira tão harmônica. São idosos da maneira que a gente gostaria que todos fossem. Na biblioteca ele tinha (além de uma grande quantidade de livros e artigos que eu procurava — sim, também trabalhei) uma coleção surpreendente de cartões postais, cuidadosamente organizados por tema em dezenas de caixas, dos anos vinte até hoje, de praticamente todas as partes do mundo. Da Holanda ele tinha, entre outros, o que ele denominou o cartão "mais picante" de sua coleção, e era a foto histórica dos anos sessenta de Phil Bloom[47] nua, com as tulipas sobre a virilha, em frente ao

---

47 Phil Bloom (1945) é uma artista holandesa que fez parte do movimento Fluxus. Foi também a primeira pessoa a aparecer nua num programa de televisão na Holanda, em 1967.

Lieverdje[48]. Explico a ele as diversas associações: "Tulipas de Amsterdã", Provo, happenings, o Spui, o Lieverdje e com isso o valor do cartão aumentou consideravelmente pra ele. Depois Nora foi para "a cidade", pra resolver algumas coisas e fazer fotocópias dos artigos que eu queria. Paulo e eu almoçamos juntos, com vinho verde (porque esta também era uma ocasião especial). Ainda conversamos um pouco sobre o possível filme de Kees Hin, do qual ele também gostaria de participar (já percebi que se este plano não se concretizar não será por culpa dos escritores brasileiros). Nora demorou bastante, começou a chover, ele ficou preocupado. Jandira, a empregada, riu complacente: "Ele sempre se preocupa tanto quando dona Nora vai pra cidade..." Nesse meio tempo, eu já tinha preparado a minha pouca bagagem, Nora chegou, e eu ainda tive que escrever alguma coisa no livro de visitas, e de preferência também um poema em meu próprio idioma. Dei uma folheada: francês, alemão, inglês, húngaro, japonês, hebreu. E agora? A impressão que os dois deixavam me trouxe uma ideia, embora eu esperasse que ele não pedisse por uma tradução, pois achei bastante atrevido e também um pouco sentimental (a quadra "O amor é um perfume pela casa", do *Idylle*, de Nijhoff[49]). Mas é claro que ele quis saber o que significava, de maneira que eu, um tanto tímido, dei uma tradução rudimentar. Por sorte ele estava principalmente interessado em deduzir as palavras holandesas em idiomas conhecidos por ele (ou fingiu que era isso?). Na despedida, tive a sensação de que deixava a casa como um filho.

Segunda-feira à noite de volta ao Rio, depois de um fim de semana cansativo, mas memorável. Em ambas as casas, ainda que os moradores sejam tão diferentes, eu, com Noor e Roos, somos igualmente bem-vindos, e quanto antes melhor.

São dez horas. Vou comer.

---

[48] Estátua emblemática da capital holandesa, localizada no Spui, região mais central da cidade, que representa o típico menino de rua de Amsterdã da primeira metade do século XX.
[49] Martinus Nijhoff, poeta holandês (1894-1953).

Quinta-feira, 15 de novembro

Hoje à tarde fui a uma partida de futebol no Maracanã, com Sérgio e seu irmão. Vasco da Gama x Fluminense, 2-1, excelente partida, o melhor jogo entre clubes que já vi no Brasil. O estrondo e o rumor no estádio, de grupos de batucada e 100.000 pessoas frenéticas gritando ininterruptamente por uma hora e meia, fazem com que a gente não escute nada dos sons do jogo (chutes na bola, o apito do juiz, topadas), de forma que se tem a sensação de estar assistindo a um filme acompanhado pelo som de outro filme. Tudo junto um enorme atentado ao órgão auditivo. Mas apesar disso, na volta, no carro, o rádio é ligado no volume máximo, porque o silêncio é a pior coisa que existe. E é claro, falando ainda mais alto, porque ficar quieto é fazer silêncio, e o silêncio... Eu estava com fome, nós íamos comer no centro, mas, naturalmente, primeiro tínhamos que pegar outras pessoas, e na casa de cada um paravam e ficavam conversando, conversando, e aí o telefone também não parava. Metade das vezes que ligavam, aliás, era engano. E a culpa não era das conexões telefônicas, que melhoraram muito nos últimos anos, mas de quem telefonava. Vejo isso em Vavá. Disca um número enquanto está conversando com alguém ou assistindo televisão. Aliás, tudo o que fazem parece ser feito ao mesmo tempo que outra coisa. A improvisação pode ser o "forte" do Brasil, concentração é o grande fraco. Daí a dificuldade, mesmo entre intelectuais, de manter uma conversa, de realmente tratar de um assunto. Toda conversa pode ser interrompida a qualquer momento, e como por magia o assunto também desaparece. Não se fala *sobre* alguma coisa, fala-se por falar. Obsessivamente. Estou há quase três semanas na casa de Vavá, e em todo esse tempo ele não esteve em casa *nenhuma única* noite. Não porque esteja me evitando, mas porque eles estão sempre fazendo alguma coisa com outras pessoas.

É, ainda estou aqui, surpreendentemente saudável, apesar da onipresente poeira e da presença de um gato chamado Zig (a princípio pensei que Vavá tinha a intenção de ter um segundo gato, que então se chamaria Zag, mas Zig veio de Siegfried, depois que Vavá ouviu uma ópera de Wagner; sugeri a ele que derivasse o nome de Sigmund, pois a barulhenta pulsão de vida que desabrocha em Zig começa a não nos deixar dormir). Zig come os restos que Vavá traz pra casa dos restaurantes, mas também sabe muito bem como se virar: hoje a cozinha estava cheia de peninhas e ontem ele caçou um camundongo. Eu estava junto e fiquei observando. O jogo de gato e rato. E com efeito, ele o comeu todinho krak, krak, ossinhos, rabinho e tudo. Meu Deus, o que é que estou escrevendo sobre o Brasil? Em 1967 falei de um camundongo com patinhas amputadas que eu tive que afogar, e agora falo sobre um que foi comido. E você ainda tinha me pedido, pouco antes da partida, desta vez mais do "Brasil" e principalmente do "Rio" em minhas cartas. Bem, isso virá, mas também me lembro que você ainda acrescentou que talvez agora fosse mais difícil: que eu, por agora saber que as cartas seriam publicadas, não conseguiria mais reagir e escrever com toda a franqueza. Naquele momento eu também não sabia até que ponto isso iria me influenciar. Agora sei: não faz nenhuma diferença. Não consigo escrever de outra forma a não ser pensando no destinatário, e é este pensamento que em grande medida define o tom e o conteúdo do que escrevo. Sou uma pessoa muito influenciável. A presença de alguém, ou mesmo o pensamento disso, pode fazer com que eu fale ou escreva de outra forma. Escrevi três cartas pra Noor, de onze, oito e cinco páginas, então você pode até pensar que está tudo lá. Bem, a verdade é que nas minhas cartas pra você repeti poucas das coisas que contei a ela, e se houve alguma sobreposição, o *tom* foi outro. (Esta reflexão sobre a minha escrita de fato equivale a uma metaliteratura sobre um próprio egodocumento, o que se poderia chamar de masturbação em quadratura, se fosse para sugerir uma definição.)

Mas eu fiquei com Vavá e esta casa. Que nós ainda estejamos aqui tem a ver com o apartamento de Sérgio, no qual ele deveria ter se instalado já na primeira semana da minha estada, quando então Vavá e eu iríamos morar com ele. Mas surgiram dificuldades, aborrecimentos com o fiador, intrigas e corrupção, coisas das quais me lembro muito bem de 1967. Apareceu um segundo candidato para o apartamento, mais digno de crédito, segundo registros populacionais e sei lá mais em que arquivos cadastrais e catastróficos os antecedentes de ambos foram verificados — é de ficar louco de raiva, tão humilhante. E isso que Sérgio foi o primeiro e o apartamento já estava praticamente prometido pra ele. Por este tipo de coisa ele sente saudade da

Holanda. Aliás, as coisas "tipicamente brasileiras", a que nós amamos dizer que nunca iremos ou queremos nos acostumar (não conseguir marcar compromissos, improvisar tudo o tempo todo, imprevisibilidade, corrupção), *eles mesmos também acham terríveis.* "Ah se os holandeses tivessem ficado no Brasil!" eles exclamam. "Ah se eles tivessem nos colonizado. Agora isso aqui não seria esta bagunça." Eu tento abrandar (Indonésia, Suriname), mas minhas objeções, abstratas como são, sempre perdem de fatos concretos. E agora de volta à entrevista. Deveria ser amanhã, mas foi adiada de novo. Pra segunda-feira. E então realmente terá que acontecer, porque na semana que vem estarei em Florianópolis e na seguinte já volto pra casa. O que Vavá tem que aguentar na Globo deve ser traumatizante. Querer levar algo de qualidade para a TVbrasileira é pedir pra ter frustrações. Seu programa sobre Amsterdã, que nos pareceu tão superficial durante a gravação, aqui foi considerado intelectual demais. Foi cortado, está na prateleira, e a intenção agora é que a citada entrevista entre mim e Drummond seja incluída, pois com a presença de Drummond, com seu incontestável prestígio, o filme se torna mais apresentável. Ao menos foi o que eu entendi. A cada hora ouço uma história diferente de Vavá, porque ele também ouve a cada hora uma história diferente das pessoas na Globo. Com frequência, eu o vejo chegar em casa morto de cansaço e desanimado. E entendo muito bem. Se você visse a televisão aqui: uns doze canais, só no Rio, o dia inteirinho no ar, nenhuma tomada pode durar mais que trinta segundos, e publicidade a todo instante. Se uma tomada durar mais que meio minuto, as pessoas ficam entediadas, mudam pra outro canal, os índices de audiência caem e a estação de TV perde anunciantes — e, portanto, grana. Por causa desta lei de ferro, a cultura é um negócio impossível na televisão daqui. Só tem brincadeiras de auditório, música pop, esporte, telenovelas, séries americanas, etc.

Mas bem, no que diz respeito ao apartamento de Sérgio, ficou tudo em ordem esta semana. Ele se muda este fim de semana, e Vavá também. Pra mim não vale mais a pena me mudar. Tenho pilhas de livros aqui, na semana que vem estou viajando e os últimos dias já serão bastante ocupados. Além disso, até a ida para Florianópolis esteve incerta. Eu tinha combinado com Walter Costa que estaria disponível para palestras na universidade de lá na semana de 12 a 16 de novembro. Quando cheguei no Rio, tinha uma carta de Raul Antelo, o coordenador do curso, com a informação de que eles queriam que eu fosse em dezembro. Escrevi que poderia adiar minha visita em uma semana, de 19 a 23 de novembro, mas que em dezembro era impossível. Na semana seguinte, recebi um telefonema e um cartão de Walter Costa dizendo que era uma pena, e se apesar disso não gostaria de ir a Florianópolis por questão de amizade. No dia seguinte ao cartão, recebi um telegrama de Raul Antelo avisando que uma passagem de ida e volta Rio-Florianópolis estava a caminho para uma palestra sobre Guimarães Rosa, entre 21 e 23 de novembro. E por fim esta semana Walter Costa me ligou (às vezes o telefone é bastante útil) e disse que eles gostariam de três palestras. Chegamos a um acordo sobre duas: "Guimarães Rosa" e "tradução", nesta ordem, dias 21 e 22 de novembro, e é nisso que estou trabalhando ultimamente. Vou conseguir preparar. Recusei qualquer compromisso no próximo fim de semana.

Depois da partida de futebol (afinal foi aí que comecei), na casa "das outras pessoas", lesado como eu estava por conta da algazarra no estádio e do trânsito infernal na volta, já não aguentava mais aquela agitação, barulheira, falação e a maldita marcação de encontros, então disse que queria ir pra casa. Sozinho? Não, Augusto, sabe o que vamos fazer: vamos todos para o cinema, está passando um bom Hitchcock, e depois vamos jantar. Nós, nós, sempre nós. Minha necessidade de solidão virou pânico. Eu mal me despedi decentemente, minha partida mais pareceu uma fuga. Comi uma coisinha na nossa rua e nunca aquele quarto empoeirado na barulhenta Rua Cosme Velho me pareceu mais bonito, amplo e tranquilo como quando entrei ali naquela noite com um suspiro de alívio. Raras vezes na vida passei por um período em que encontrei tanta gente o tempo todo (acho que só uma vez em 1967!) e conversei tanto e ainda tive que recusar tantos convites gentis, de outra forma jamais conseguiria concluir o que vim fazer aqui. Como isso funciona? Bem, Vavá pergunta casualmente se eu iria almoçar na casa de seu pai no sábado (passado). Já tinha encontrado seu pai, o velho Moisés Weltman, algumas vezes, entre outras quando fui à revista Manchete, um homem simpático, de fisionomia cansada, e eu já havia cancelado um almoço uma vez, portanto não podia fazer isso de novo, ainda mais porque minhas roupas eram lavadas e passadas lá. Almoço, portanto. Irmão e irmã de Vavá. Na mesa, ninguém dá muita bola pra mim. Ótimo. Estou ali como o primo silencioso. O que eu teria a dizer? A conversa é sobre dinheiro: a restauração da casa do Cosme Velho. Daí, às três horas, para o sabadoyle: Plínio Doyle, tendo sabido que eu estava na cidade, tinha me ligado e convidado para este sábado, com ênfase, para não dizer que exigiu que eu fosse. E o homem tinha acabado de ter um derrame, então como recusar? Depois que foi explicado aos presentes quem eu era e o que eu fazia (com homens é assim, como você sabe, sempre o mesmo), a conversa recaiu naturalmente sobre Machado e ficou nisso por um tempo considerável, até que chegou um homem realmente muito bonito, algo parecido com Michel Piccoli, outro intelectual conceituado, diretor de uma revista literária, com o espantoso nome de Leodegário A. de Azevedo Filho, que eu conhecia de publicações, e este, por sua vez, ao saber quem e o que eu era, me puxou (não antes que Olga Savary conseguisse, ainda na entrada do elevador, enfiar por entre os botões da minha camisa um convite para o "lançamento" da primeira antologia de poesia erótica brasileira), porque ele julgou que eu deveria estar presente, naquela mesma tarde, num congresso linguístico na Casa Rui Barbosa, uma fundação cultural no palacete onde antigamente vivia o escritor de mesmo nome, até hoje conhecido como "a Águia de Haia", desde que na Conferência de Paz de 1907, em Haia, apresentou ao mundo a eloquência brasileira, de modo geral, e chamou a atenção para a existência de um tal país chamado Brasil. Em uma dependência daquela casa, no fundo de um extenso jardim, numa pequena sala de conferência, três senhores estavam sentados atrás de uma mesa num palco, dos quais um se dirigia às cerca de quinze pessoas presentes e os outros dois outros cochichavam entre si. Enquanto escolhi com cuidado um lugar no fundo da sala, meu guia logo foi para a mesa dos palestrantes para uma palavrinha com um dos senhores que cochichavam. Este então interrompeu o discurso do que falava ao público pra informar que entre os presentes se encontrava um professor holandês que tinha traduzido praticamente toda a literatura brasileira. E se eu não queria me sentar junto a eles na mesa. Ele mesmo ofereceu sua cadeira e, sob um aplauso discreto, me dirigi ao palco pra continuar ouvindo de lá o discurso do sr. Gladstone Chaves de Melo, a quem eu tinha ouvido contar a mesma história em Amsterdã, em 1976. Na sequência, debate, e o pedido pra que eu honrasse a plateia dizendo algumas palavras. Por sorte me veio algo em mente, algo que poderia até ser interpretado (não acredito que alguém tenha feito isso) como uma crítica velada ao perpétuo falatório linguístico sobre os dialetos. A uma pergunta da plateia sobre como os portugueses acreditam ouvir algo brasileiro no português africano, enquanto para os brasileiros soa um pouco como o português de Portugal, o palestrante respondeu com um discurso de quinze minutos que se resumia ao fato do português da África ter a *pronúncia* de Portugal, mas a *melodia frasal* do Brasil. Isso pode até ser verdade, mas não me parece menos verdadeiro (e portanto disse isso) que aqui seria o caso de um tipo de lei acústico/psicológica que não tem nada a ver com filologia, e que faz com que nós, em geral, notemos no modo de falar do outro, antes de mais nada, não o que se *assemelha* ao que estamos acostumados, mas o que *difere* dele. E o sorriso que se iluminou no rosto de todos se alargou ainda mais quando eu disse que com a minha pronúncia, misturada como é de pronúncias de Portugal e do Brasil, acontecia o mesmo em pequena escala: os brasileiros ouvem um sotaque português, os portugueses um sotaque brasileiro. Brilhante ou o quê? Depois que terminou, apertos de mão, compromissos marcados e por fim fui levado pra casa por mais um professor. Lá tive um tempinho pra recuperar o fôlego, antes de sair para a festa de inauguração da casa de Johan e Marisia. Ele já tinha me ajudado escrevendo o esboço de uma carta para o Ministério Holandês de Relações Exteriores pra que eu possa voltar novamente ao Brasil no ano que vem, em conexão com a tradução da antologia poética (afinal Drummond já está com oitenta e dois anos, temos que nos apressar) — então como recusar? Foi o quarto evento social naquele sábado, e você me conhece bem, Paul, pra saber que este não é *nem um pouco* o meu costume. Mas não estou reclamando. Até demos boas risadas. Me chocou, e me chocou muito, a ponto de ficar sem palavras, ter ouvido naquela festa da boca de um rapaz, muito saudável, sem nenhuma dúvida um verdadeiro homem de negócios holandês, novamente a pergunta, com exatamente as mesmas palavras que ouvi dezessete anos atrás da boca de pessoas exatamente assim, numa festa como esta, igualmente impressionado: "Literatura brasileira? E isso existe?" E ainda achar engraçado. Espirituoso. Percebo (em profusão) que meu trabalho ainda não acabou. Um e outro ansiava por saber quando a tradução de Drummond, da qual já se falava, finalmente sairia. Felizmente meus amigos Sérgio e Vavá também estavam lá, e Mauro, e Tilly, e contei todas as anedotas, bem comportado, então demos boas risadas.

Enfim, tem sempre alguma coisa. Tarde da noite, cansado de cultura, fui pra minha hora de vida secreta e estou bebendo caipirinha e estufando num boteco sórdido. A cor predominante na ocasião é o amarelo, uma cor que eu em geral detesto, mas a esta altura minha tolerância não tem mais limites. Minha "nostalgie de la boue" já não pode ser como foi um dia — fujo pra lá quando a cultura se torna demais pra mim, e fujo de lá quando a lama chega ao pescoço. Durante o dia é um estabelecimento relativamente asseado, com toalhas nas mesas, pessoas que almoçam, normalmente, com garfo e faca. À noite se torna um desvairado domínio de prostitutas de ocasião, bêbados, vagabundos, mas também (e é disso que eu tanto gosto, que a quebra e fusão de camadas sociais é possível em bares como este no Brasil) distintos senhores engravatados e funcionários de escritórios com suas pastas de documentos. Nada de intelectuais. Esta é uma ideia tranquilizadora. Ali ninguém me procura. Ninguém faz ideia de que estou ali. Vavá, discreto, nunca pergunta onde eu estive. Uma hora fazendo nada num boteco obscuro: minha vida dupla.

Uma vez você comentou que minhas cartas poderiam ser escritas de qualquer lugar. Talvez isso seja uma prova de que "aqui" não me sinto em "outro lugar". Isso, é claro, é um raciocínio subsequente, mas assim como é verdade que um boteco descrito aqui acima não existe em toda parte, também é verdade que eu agora tenho a sensação de não ter nada a contar simplesmente porque estou *muito* "aqui". Vim muitas vezes. Tornou-se normal. A gente só consegue se surpreender com as mesmas coisas até certo ponto. Já não tenho mais "histórias". Quando me lembro da excitação, da emoção, quase beirando o medo (mas um medo delicioso), da expectativa de tirar o sono que Mieke e eu tínhamos em 1966 só de falar os nomes, de provar o som mágico das palavras "Brasil", "Rio de Janeiro" — é, isso não tem mais. Isso foi em 1967, também em 1973 — em 1979 já não tinha e agora ainda menos. Rio de Janeiro. Me lembro quando entrei pela primeira vez na baía no "Amazon", em 1967. Eu queria olhar sem me deixar influenciar pela magia do nome. Fechei os olhos e pensei: "É Nápoles." Mas então eu não sabia como era Nápoles, então não funcionou. Pensei: "É Barcelona." Sabia como era Barcelona, mas isso também não ajudou. Abri os olhos e o que eu vi era o que eu sabia do Rio de Janeiro, e a magia do nome era inseparável da realidade. Depois de cada retorno os amigos perguntavam: "Como foi no Rio?" Rio, Rio. Rio de Janeiro? A cidade mais sobrestimada do mundo. Localização linda, é claro. A baía, as montanhas, as praias, o sol — pra mim até a chuva. A natureza é ok. As pessoas também. Mas, mas. Nas praias as pessoas são bonitas. No entanto, à medida em que você se afasta das praias, pra dentro da cidade, elas ficam menos bonitas — e a cidade também. O centro velho tem atmosfera, em outros bairros aqui e ali ruazinhas e casinhas bonitas, e o resto é uma baderna. E o que ainda há de interessante, o que é? Os brasileiros chamam, com alguma ternura de "vestígios coloniais" e se orgulham disso (no entanto não moram ali, a casa de Vavá não ficou vazia por vinte anos?). Mas pra quem conhece Portugal não é nada de especial. No fim, da arquitetura antiga, o mais bonito no Rio, e em todo o Brasil, é o que se parece com Portugal. Bem, não preciso vir ao Brasil pra isso. Com a arquitetura moderna é diferente. A ausência do que eu uma vez chamei de nosso "critério estético" torna possível que ao lado de uma enternecedora casinha sejam construídas torres futuristas, sejam escritórios ou catedrais, que nos horrorizam a nós, do Velho Mundo. Mas o Velho Mundo é um viveiro de preconceitos. Por que o que nós chamamos de mau gosto não pode ser intrepidez? Daqui a cem anos, o que para nós hoje é novo e feio será antigo e então bonito. Então podemos muito bem achar bonito desde já. Mas quando raciocino assim não estou fazendo mais do que comparar a Europa e a América (e pensando bem foi o que sempre fiz em minhas cartas nestes dezessete anos). A verdade é que o Rio de Janeiro, no que se refere à arquitetura urbana, não se compara a Lisboa, e muito menos a Amsterdã. Quer que fale algo sobre o Rio, Paul, como você pediu? O Rio é uma cidade podre. O ar não é poluído, mas tóxico. Houve momentos (penso, por exemplo, na praia de Botafogo, outro desses "nomes mágicos") em que eu não apenas me dei conta de estar respirando ar poluído, mas tive a sensação aterrorizante de que estava, literalmente, numa câmara de gás. Mesmo à noite, na cama, sinto no nariz a titilação que é consequência do monóxido de carbono no ar. Não há como escapar, a sujeira está em toda parte, carros por toda parte, barulho por toda parte. Os carros não só andam por toda parte, eles também correm muito. A velocidade máxima (sempre que possível amplamente excedida) é de 80 Km/h; há lugares em que vale uma velocidade mínima de 50 Km/h. Mais velocidade: mais poluição, mais barulho. O barulho não só é mais alto, também dura mais. De madrugada, entre três e meia e quatro e meia, é o único horário em que faz silêncio na minha rua. Um outro tipo de barulho: música como poluição acústica. Música em quase todas as lojas, nos bancos, correios, farmácias, rodoviárias, frequentemente tão alta que é preciso gritar pra ser ouvido. Parece não incomodar ninguém. Silêncio, isso sim incomoda. Sempre tem música de fundo. Em toda parte. Até nas casas de intelectuais, ainda que então seja Mozart, naturalmente. Mas isso é ainda pior. Mozart não é pra acompanhar tagarelices, caramba. Eu odeio música de fundo, de forma sanguinária. Se a música é bonita, não quero conversar; se é feia, não quero ouvir. O urbanismo? Caminhar não é possível. Em toda parte, onde você poderia andar na calçada sem cair num buraco, tem carros estacionados. Você tem que ziguezaguear entre eles, subindo e descendo da calçada, com o trânsito passando do seu lado zunindo. De fato, é assombroso que uma imagem do Brasil possa correr o mundo baseada na Zona Sul do Rio (Copacabana, Ipanema), enquanto a Zona Sul não é o Rio, assim como o Rio não é o Brasil. A imagem de praia, sol, bundas e peitos em biquínis, e carnaval. Se você só vê isso (e é o que fazem quase todos os estrangeiros e muitos brasileiros), você está alienado da realidade, ao menos de uma parte dela. Passei de carro com Sérgio pela chique Barra da Tijuca, de onde, pelas ruas laterais da avenida, avista-se uma favela gigantesca que se estende quase até as nuvens e que, estima-se, abriga meio milhão de pessoas. "Sim", diz Sérgio, "é um outro mundo." Não dá pra chamar isso de alienação ou esquizofrenia. Seria preciso inventar uma palavra para o estado de espírito que torna possível viver com duas realidades e fazer de conta que uma na verdade não exis-

237

te. Pois Sérgio, um rapaz sério, simpático, não disse isso pra se livrar do assunto. E isso é justamente o mais grave: é um outro mundo. Por acaso eu me aventuro numa favela? E o mundo "deles", o Rio de Janeiro daquela imagem, é algo que me deixa indiferente. Semana passada combinei com Vavá no terraço de um restaurante que "eu com certeza tinha de conhecer", que no fim pertencia ao circuito mais "in" dos influentes, pessoas do jet-set, gente jovem e muito bonita, muito voltada para a aparência. Bem, conhecemos isso em Amsterdã também. Vavá apareceu lá com duas garotas lindas, um pouco depois chegou Sérgio, vieram mais algumas garotas, todo mundo se conhecia, e então é um tal de se abraçar e dar beijinhos e sentar pra falar bobagens. Esta moda também chegou a Amsterdã. O grupo pareceu bastante surpreso quando eu, diante da esperada pergunta sobre o que eu tinha achado dali, respondi que não achava grande coisa, porque era justamente o tipo de lugar que não varia de cidade pra cidade. Como a Leidseplein numa noite quente de verão, um pouco maior, com mais árvores, mais pessoas, mais barulho.

Se você tirar tudo isso, sobra alguma coisa do Rio? Claro que sim, e é o Rio que eu amo, o que ainda resta do velho Rio, o bairro dos hotéis de 1973 e 1979, Lapa, Glória, Tiradentes, Rua da Carioca (caso você algum dia vá até lá). Há uma atmosfera colonial tardia, um pouco lisboeta, mas mais exuberante, mais libertina, mais ousada. Não se pode dizer que é bonito, em muitos lugares é sujo, degenerado, mas tem personalidade. Parece perigoso, mas em nenhuma outra parte me sinto tão seguro. Em torno da Tiradentes fica a área com mais prostituição, com shows de strip-tease e travestis, bares gays, mas também com a maioria das livrarias. Principalmente sebos enormes, verdadeiros paraísos para quem procura livros. Portanto, preciso ir até lá com frequência para o meu trabalho. Mas veja: este também não é o mundo dos meus jovens amigos. Quando no primeiro dia eu considerei trocar a casa de Vavá pelo hotel de 1979, quase entrei numa briga com Sérgio. Um "professor universitário" na Praça Tiradentes, não dá. Não, Augusto (isso com um sorriso meio piedoso, meio suplicante), você realmente não pode fazer isso. "Mas em 1979...". "Eu sei, mas não dá. Vamos procurar outra coisa pra você, no Flamengo, em Botafogo, algo assim..."

Agora vou por um instante para a minha vida secreta, pois felizmente ainda se pode encontrar por toda parte (menos na Zona Sul) um pouco do "meu Rio", e felizmente ninguém sabe do meu "boteco amarelo". Amanhã tricoto um final digno pra este capítulo.

Sexta-feira, 16 de novembro

Nada de fim digno. Estou esperando Cícero chegar daqui a pouco (é, os nomes clássicos aqui), que vai me levar pra almoçar, de novo em companhia de escritores, desta vez um pouco mais novos. Depois para o centro, confirmar meu voo com a TAP, pegar a passagem pra Florianópolis, reservar o voo Rio-Salvador e postar esta carta. Viajo na quarta-feira, 28 de novembro, de manhã cedo, e chego na quinta por volta das duas horas. Acho que não conseguirei mais escrever. Cinco semanas não é nada. Tive que comprimir tanta coisa aí. E o tempo que me resta certamente será ainda mais apertado.

Vamos lá, então, uma chave de braço pra você e para a Mirjam um carinhoso estrangulamento. Seu

Guus

Amsterdã, 2 de dezembro

Caro Paul,

Você não tem coração nessa sua carcaça? Precisava fazer isso de novo? Não podia esperar uma semaninha? O que tem Molières que o Brasil não tem? Achei irônico que justamente você não estivesse no comitê de recepção. Mas também (e isso é menos irônico) fiquei grato por sua ausência. Depois do retorno, jamais pensaria em escrever pra outra pessoa, ou pra mim mesmo, mais um relato sobre os últimos dias no Brasil. Como você não está aqui, tenho que fazer isso.

Ainda assim, é diferente escrever de Amsterdã. A sensação de estar "em casa" tira uma espécie de necessidade. Me pergunto por onde começar, coisa que nunca faço "lá". Lá eu simplesmente começo, pelo começo, ou no fim, ou em algum lugar do meio. A carta decide por mim. Agora eu tenho que decidir. Muito bem, opto pelo mais fácil: vou voltar ao dia em que enviei a carta anterior, 16 de novembro. Mas as dúvidas permanecem. Será que devo contar sobre mais um almoço? Que um jovem escritor, sem que eu pedisse, me entregou fotocópias de *todas* as críticas sobre a sua obra? Ou que, no escritório da Transbrasil, de repente alguém veio por trás e pôs as mãos sobre meus olhos, e que era Marisia Dirkx, e que com isso um dos principais encantos de cidades grandes assim foi abalado, a saber, o fato de que posso caminhar com a reconfortante certeza de não encontrar conhecidos — vale a pena contar isso? Estou no caminho errado. Sem dúvida escrevi coisas que não valiam ser mencionadas. Ou não valiam pra um, e pra outro sim, depende de com o que se compara. A questão é que, assim que você se faz esta pergunta, não consegue mais pôr palavra nenhuma no papel. Em todo caso, daquele fim de semana não há nada que valha mencionar: comprei livros, trabalhei. Segunda e terça também. Sim, porque a entrevista também não aconteceu na segunda-feira, embora desta vez não por causa da Globo: Drummond não pôde. Foi adiada em uma semana, para o meu penúltimo dia no Rio. Não se encontrava em lugar nenhum o LP de João Cabral, que eu sabia que tinha sido lançado há um ou dois meses. Em todas as lojas de discos do centro (e são muitas) era a mesma coisa (gritando para ser ouvido com o estridente som ambiente): "Quem?"

"João Cabral de Melo Neto. Um poeta brasileiro."

"Ah, o senhor quer poetas brasileiros? Aqui, Vinícius de Moraes."

"Não, não este. Estou procurando João Cabral de Melo Neto."

"João Ca... Como?"

"João... Deixa pra lá."

Depois de (ou com) Drummond, o maior poeta vivo. Ninguém nunca ouviu falar. No sabadoyle, no último sábado, as pessoas conheciam, claro, mas ninguém soube me dizer onde conseguir o disco.

Terça-feira à tarde rumo a Florianópolis, com escala em São Paulo. A gente sobrevoa a cidade por vinte minutos e não se vê nada além de luzinhas. São Paulo tem tantos habitantes quanto a Holanda, treze milhões.

Chovia em Florianópolis. Walter Costa e Raul Antelo de capa de chuva, gente de sombrinha, carros com limpadores de para-brisa se movendo furiosamente — tinha me esquecido como era. A parte antiga de Florianópolis fica numa ilha perto da costa e é ligada à parte nova, no continente, por duas pontes. O táxi nos levou, por um longo caminho acompanhando a costa, para o meu hotel, fomos comer, os três, e pra encerrar eu fiz, sozinho, um pequeno passeio noturno por uma cidade calma e silenciosa, na verdade não tão calma, pois achei um "boteco amarelo", que não era amarelo, mas uso a cor aqui como designação de tipo.

Na manhã seguinte, bem antes do horário combinado de oito horas (bem quando eu estava cagando, em parte pelo nervosismo), o telefone toca. Concluo rapidamente a minha toalete, ou aquilo que deveria ser terminado antes, e corro pra baixo, onde Raul me aguarda. A aula é às nove horas. Que horário. De táxi para o campus. Vejo um pouco da ilha. Montanhosa. O campus fica longe. Não gosto de campi. Chegamos cedo demais, é claro. Perambulamos um pouco e batemos um papo numa salinha. Professor fulano, professor sicrano. A primeira coisa que me chama a atenção nesta sala de aula são as cadeiras. Carteiras com apoio largo do lado direito para escrever (simultaneamente cadeira e mesa), nas quais eu mesmo me sentei em 1967, em São Paulo. Pela primeira vez em dezessete anos estou novamente numa sala de aula no Brasil, mas agora do outro lado da mesa. Meus pensamentos voltam a São Paulo, me lembro da bagunça nas aulas. E, sim, aqui também: levantam e saem, entram, falam, fumam. A porta uma hora aberta, depois fechada. Umas cinquenta pessoas, pelo menos. Às dez horas a porta é aberta e entram mais uns trinta estudantes, que ocupam as últimas cadeiras e se sentam confortavelmente no chão. Incerteza: estou me alongando muito? Já é o público da próxima aula? Não: em algum lugar foi divulgado por engano que minha palestra seria às dez horas. Não fica mais silencioso. A dúvida sobre a sensatez de minhas palavras atrapalha a concentração, mas me dá uma bela frase final: digo que eles devem esquecer o que eu disse, e que eles mesmos devem ler, reler e mais uma vez ler Guimarães Rosa, pois afinal é dos livros que me veio tudo. Na sequência, debate, é o costume aqui. Na Holanda também, mas não passa de civilizados quinze minutos. Aqui as pessoas esperam por isso. Ninguém é tímido demais pra abrir a boca em público. Pelo contrário. Ter a palavra é legal, e mais legal ainda ficar com a palavra. As perguntas são formuladas de forma tão prolixa que me vejo compelido a reformulá-las em sua essência antes de começar a responder. Só por volta das onze e meia as pessoas se consideraram satisfeitas com o oferecido, e então, é claro, vêm os inevitáveis obstinados que querem trocar ideia pessoalmente com o professor: uma senhora mais velha que falava português com sotaque americano, um homem alto que começa a falar em alemão, uma argentina que fala portunhol, uma moça italiana que fala espanhol e um brasileiro de Recife que persiste num inglês ininteligível. Me sinto bastante exausto e fico feliz por poder conversar com Philippe Humblé, um professor visitante flamengo com quem posso falar holandês.

Nós quatro (Walter, Raul, Philippe e eu) vamos almoçar juntos. Subimos a crista da montanha que divide a ilha numa metade chuvosa e outra ensolarada. Do alto, lindas vistas para o mar e, do outro lado, para a baía e o continente. Do lado do sol uma grande lagoa, ao longo da qual dirigimos por um bom tempo até chegarmos, por pequenas ruelas, a um restaurante rústico. Fora o carro, nada aqui faz lembrar o século vinte. Perfeito silêncio. Cem anos atrás o Brasil inteiro deveria ser assim. A palavra "intacto" ganha de novo significado. Nenhum sinal de indústria. Pescadores na lagoa. Zumbido do vento, assovio de passarinhos. Alguém, bem longe, canta uma canção. Que tranquilidade, que alívio depois do Rio. Por que não moramos aqui? Com certeza eles podem me utilizar na universidade. Mas as consequências financeiras esfriam meu entusiasmo. A conversa, enquanto comemos deliciosos camarões e peixes frescos, recém-pescados, é praticamente do início ao fim sobre dinheiro. Percebi o mesmo durante outros encontros, com meus amigos no Rio, com escritores. Dinheiro, dinheiro, dinheiro. Deve ter a ver com a economia maluca de um país assim, a inflação que é uma realidade diária, a existência de uma economia paralela, um dólar paralelo, o que torna possível a invenção de truques pra levar vantagem. É claro que é bom que exista esta possibilidade, mas neste meio tempo os truques têm que ser inventados, e todos estão ocupados com isso o tempo inteiro. E, em segundo lugar, a preocupação com dinheiro tem simplesmente a ver com o fato de que as pessoas não têm muito. Como professor universitário eu teria que me contentar com menos de um terço do que recebo aqui, enquanto publicações e revistas não pagam (é "pela honra") e os honorários de tradução são aproximadamente um décimo do que se paga na Holanda. O preço do livro aqui (aqui? Lá. Agora estou na Holanda, mas meu pensamento está "aqui" "lá") é ridiculamente baixo pra mim. Paguei 50 florins no Rio por um dicionário de cinco volumes, o maior da língua portuguesa, e do qual cada parte tem o tamanho do mais recente dicionário Van Dale de línguas estrangeiras (que por assinatura custa 110 florins cada volume). A coleção de trinta e dois volumes de Machado, dos anos trinta, mais de um metro corrido de livros, arrematei por 90 florins. Mas os acadêmicos brasileiros reclamam do preço do livro. Então dá pra ter uma ideia de como eles estão. E mais uma coisa: a universidade lá é democratizada. E quando os brasileiros, que gostam de falar, dizem que ficam loucos com as reuniões, então posso imaginar como é. Eu vi, com o devido horror, aquelas salas de reuniões cobertas de fumaça. Raul reclamou pra caramba. Cada pum que você solta tem que ser justificado numa reunião. Era como se eu ouvisse meus colegas do Seminário de Espanhol. Felizmente pude convencer Raul de que lá era ainda pior, contando a anedota tão consoladora quanto histórica de que lá, naquele seminário, alguns anos atrás, eles se reuniram para discutir seriamente a proposta de que a partir de então, nas provas, só poderiam testar se um estudante havia *lido* um determinado livro, mas não que também tivesse *compreendido*.

Depois do almoço me deixaram livre. Começou de novo a chover, e no meu quarto de hotel faço o que já deveria ter feito antes no Rio e que agora posso: escrever cartões postais. Mais tarde, à noite, encontro Walter e Philippe, que trabalharam na universidade até as nove horas. Minha palestra da manhã seguinte, que deveria ser às dez horas, também será às nove. Quando Walter e Philippe vão embora, fico mais um pouco num bar ao ar livre. O estado de Santa Catarina, do qual Florianópolis é a capital, é um dos mais prósperos do Brasil. Aqui não se vê miséria, diz Raul, como no Rio, São Paulo e em outras grandes cidades. Mesmo assim, engraxates de sete anos circulam até depois da meia noite, enquanto meninas esfarrapadas da mesma idade pedem cem cruzeiros (dez cêntimos).

Tenho sempre comigo um maço de notas de cem cruzeiros no bolso, mas as meninas, duas irmãs, uma de sete e uma de oito, conversam um pouco comigo, uma delas ainda consegue pular corda enquanto mendiga, e elas me enternecem: dou a quantia extravagante de mil cruzeiros, um florim. Encantadas, elas correm pra dentro do meu "boteco amarelo" e pedem sopa. Pergunta: será que Raul não conhece sua própria cidade à noite, ou isso ainda não seria o que um brasileiro chama de miséria?

Na manhã seguinte Raul vem me buscar de novo, e um pouco mais tarde descobrimos que a palestra será mesmo às dez horas. Menos pessoas, umas trinta, mas com mais interesse no tema (tradução). Tem menos bagunça, eu estou mais tranquilo, sinto em mim mesmo e nas pessoas que está indo melhor que no dia anterior. O assunto se presta a exemplos concretos, exemplos de má tradução não são difíceis de encontrar, então logo pude ter as risadas na palma da mão. A discussão também é bem animada, embora no final, perto do meio dia, eu estivesse de novo bastante cansado. Pra eles falar é algo como respirar; talvez pra mim também, mas com o esforço exigido durante um ataque de asma. De preferência eu iria sozinho para o hotel, comer sozinho qualquer coisinha e encontrar os rapazes de novo à noite. E digo isso. Repetidas vezes. Mas parece que eles não escutam. Será que meu desejo é tão incompreensível? Portanto almoço de novo com Walter e Philippe. Sempre me espantou que nos países do sul as pessoas consigam comer e falar ao mesmo tempo. Principalmente Walter, falador vertiginoso, não me dá nenhuma trégua. Perguntas, perguntas. Digo que estou cansado, me limito às respostas mais curtas possíveis, mas depois de quinze minutos ele já acabou e eu estou diante de um prato cheio de comida fria. Agora é sempre assim. À tarde, finalmente sozinho, passeio um pouco pelo centro da cidade, que não tem muito a oferecer. Provinciana. Mas tranquila. Tranquila demais? Eu não aguentaria um ano inteiro no Rio. Em Florianópolis talvez sim, mas com a condição de poder ir e vir todo mês para o Rio ou São Paulo. Florianópolis foi meu primeiro encontro com o sul do Brasil. Outra demografia: poucos negros (Walter diz que são discriminados). Sinto a proximidade de colônias de imigrantes: sobrenomes alemães nas portas e lojas. Talvez isso seja menos interessante — por outro lado, meu hotel é extraordinariamente asseado e tudo funciona "à moda" europeia. Acredito sentir também a proximidade da fronteira de língua espanhola: no meu "boteco amarelo", aqui e ali feições de ciganos mediterrâneos, que não se vê no Rio. À noite, jantar com Raul e uma amiga, Walter, Philippe e Cléber Teixeira, um editor de livros refinados para bibliófilos, num restaurante bem distante, localizado no continente, onde tudo, os camarões, os peixes, e também a caipirinha, eram realmente de primeiríssima classe. Mas por mais caro que seja, é quase impossível gastar mais que dez florins. É o jantar de despedida, na manhã seguinte bem cedo um automóvel da universidade me leva até o aeroporto e eu mal chego em casa e o telefone toca: Rubem Fonseca (que você talvez se lembre dos contos na *Maatstaf*[50]) confirmou o jantar que havíamos marcado previamente para aquela noite na casa dele. É, ainda vou ter que aguentar firme nestes últimos dias. Rubem Fonseca, outro escritor (como Trevisan, Drummond, Cabral) com aquela imagem de vida reservada, timidez, aversão a entrevistas, a estranhos, etc.. Um homem extremamente gentil. Bem humorado. Sessenta anos, olhos vivos, uma cabeça ossuda, bem portuguesa, que revela a origem de seus pais. Talvez odeie restaurantes, mas gosta de amigos, de comer e beber — em sua casa. Era um grupo misto, quatro mulheres, quatro homens, entre os quais Cícero Sandrony, um jornalista que me colocou em contato com muitas pessoas. Uma noite alegre, então o que posso contar a respeito? No dia seguinte, sábado, mais um almoço, com Cícero (uma régia feijoada), de novo com outras pessoas, entre as quais um músico, que me contou que o Sovaco de Cobra, onde eu gostaria de ir naquela noite, tinha fechado. À tarde o último sabadoyle, depois para o apartamento de Sérgio, e por fim jantar com Sérgio, Vavá, Mauro e respectivas namoradas — jantar de despedida oferecido por mim. Meu Deus, quando releio isso não entendo como consegui. Enquanto aqui ninguém me tira de casa. Domingo passei o dia inteiro embalando livros, um último jantar com os Dirkxs e na segunda de manhã finalmente seria a tão esperada ENTREVISTA. Tudo estava em ordem, câmera, pessoas, Drummond. Vavá me buscou. Para a Globo. A câmera reservada não es-

---

[50] Revista literária holandesa publicada de 1953 a 1999.

tava disponível. Nestes casos, é possível pegar uma outra câmera, mas isso leva tempo: andar, conversar, telefonar. Vavá liga para Drummond pra dizer que estão um pouco atrasados, mas o pobre mal tem tempo de terminar de falar, porque Drummond informa que o compromisso, que alguém deveria ter confirmado na sexta-feira anterior, não foi confirmado, de maneira que ele agora tem outros compromissos, inclusive na terça-feira. Poucas vezes vi alguém ficar tão triste como Vavá. Ele suava em bicas. Em cerca de dois minutos sua camisa ficou tão molhada como se ele tivesse entrado no chuveiro com ela. E ele, feliz por estar tudo certo, ainda me mostrou antes o cenário, a entrevista curta (não mais que três minutos, pense nos índices de audiência!), perfeitamente ajustada para o final de seu filme, e agora: tudo *foutu*, por culpa de outra pessoa. Neste meio tempo, a câmera chegou, o pessoal para a luz e o som, mas Drummond não estava lá. Ficamos olhando desamparados um para o outro e chegamos simultaneamente à mesma ideia: então que seja só comigo. E foi como aconteceu. Num cantinho confortável, respondo a três perguntas e viro de vez em quando a cabeça para um Drummond imaginário, que terá que ser incluído mais tarde. Corre tudo bem. Quase nada precisa ser refeito. Em dez minutos minha "metade" da entrevista está pronta. Vavá está radiante. Estou feliz por ter podido ajudá-lo a salvar um pouco da causa perdida. E é assim que se trabalha aqui. Todo dia. Ter que depender de brasileiros para a sua sobrevivência não é bolinho. Há sempre incerteza. E a cada três ou quatro meses reclamar do salário e pedir aumento (coisa que ninguém gosta), pois o chefe nunca dá por conta própria, mas o cruzeiro despenca dia após dia. Agora Vavá ganha mais que três meses atrás, mas tem um poder de compra menor. Televisão, pense. Um mundo ultrarrápido. É dureza.

Da Globo para Marisia, que me ajudou a transportar meus cento e trinta quilos de livros em seu carro, após o que fiquei ocupado nos correios, do meio dia às cinco, auxiliado por um funcionário prestativo e hábil, empacotando tudo em treze caixas adequadas para o transporte por correio marítimo para Amsterdã. Terça-feira, último dia no Rio, fiz compras. Finalmente achei o disco de João Cabral num shopping center gigantesco, horrível. Gigantesco e horrível, sim, mas com a única loja de discos que tinha, por exemplo, um estoque razoável de música clássica e onde circulava um vendedor, um mulato lindo, de dois metros de altura, que sabia exatamente quem era João Cabral de Melo Neto e tirou o disco da prateleira com mão certeira. Por fim, como se tivesse que ser assim, naquela tarde haveria uma recepção na José Olympio, algum jubileu, e foi uma bela oportunidade de me despedir de todos de uma só vez. Cícero e sua esposa, Vianna Moog, Josué Montello, Plínio Doyle, Antônio Callado, Daniel Pereira, diversas funcionárias da editora, porteiros e ascensoristas — abracei a todos, na cordialidade fácil que resulta do desapego que temos com a proximidade de uma despedida. Ajudei o adorável hipopótamo Antônio Carlos Villaça a entrar num táxi. O veículo arriou e suas molas suspiraram, os pneus da direita se expandiram dobrando de largura, mas ainda foi possível dirigir. Um braço saindo da janela continuou acenando até a esquina. Depois eu mesmo peguei um táxi, com minha bagagem, pois também já havia me despedido do Cosme Velho, como de uma casa querida, pra dormir a última noite no apartamento de Sérgio. Naquela noite jantamos, Sérgio, Vavá e eu, num restaurante conhecido, e na manhã seguinte Vavá me levou até o aeroporto.

Passei metade do dia em Salvador, das onze até as cinco. Como uma cidade pode mudar dependendo do nosso humor. Em férias, na Espanha ou Portugal, também reparei com frequência que o último dia era o mais bonito. Justamente quando ia embora eu encontrava as pessoas mais simpáticas, conversava com mais facilidade, eu era pura gentileza com o que anteriormente tinha me irritado o tempo todo. Horas caminhando por Salvador — podridão, onde? degradação, onde? Faço algumas compras e todos são igualmente gentis. Tapinha no ombro, afago na barriga, beliscãozinho no braço. O calor não me incomoda, o tempo voa, e por fim eu mesmo voo.

Uma viagem útil e que correu bem em todos os aspectos. Perdão: visita de trabalho. Viajar, reparei agora, para mim se tornou definitivamente: fazer o mesmo que faço em casa, mas em outro lugar. No Rio, embora eu naturalmente não conheça a cidade tão bem quanto Amsterdã, conheço muito bem os caminhos que também sigo em minha própria cidade pra realizar o meu trabalho. Não fui ao Pão de Açúcar, nem ao Corcovado, e nem mesmo vi Copacabana. Quem é de Amsterdã também não faz passeio de barco pelos canais, não é? Já perambulei bastante. Tenho a sensação de que sei como é em toda parte. O Amazonas? Sei como é. Já viajei uma vez por um rio daqueles. E aí, tantos mosquitos... Mesmo assim ainda tenho minhas dúvidas. Veja, não vou, por exemplo, começar de novo sobre o Japão, e a Índia me parece totalmente nefasta. Fica longe demais, tem muito pouco a ver com as coisas com que eu me ocupo. Tudo o que eu poderia viajar no Brasil tem a desculpa de que tem a ver com o meu trabalho e, como você sabe, eu preciso dessa desculpa pra viajar. Portanto, o Amazonas, Belém, todo o Norte — às vezes penso que quero, outras vezes acho que me falta curiosidade. No mais profundo do meu ser não estou interessado no que *difere*, mas no que se *assemelha*, não no que acontece ou muda, mas no que não acontece, no que é imutável, e esta é uma péssima base pra viagens e pra relatos jornalísticos/informativos, com análises políticas e sociais e coisas do tipo. E ainda assim estas cartas não poderiam ter sido escritas em qualquer lugar. Tenho consciência de mudanças em mim mesmo como consequência do confronto com esta sociedade essencialmente caótica e anárquica. Acredito que não poderia viver ali pra sempre, mas sempre vou querer voltar, porque irradia algo de libertador. É claro que há outras sociedades caóticas, até mais caóticas, mas aqui eu falo a língua, e uma estada em Portugal, ainda que eu ache o país tão agradável, nunca terá um efeito libertador sobre mim. Eu amo o Brasil? Será que também gostaria de voltar se não tivesse nenhum trabalho pra fazer? Pergunta difícil. Pense apenas nas duas Salvador: a cidade que eu detestei na chegada e que me comoveu na partida. O prisma do humor pode mudar radicalmente as coisas, e com isso minha opinião e sentimentos a respeito. O fenômeno "empregados", por exemplo. Às vezes digo a mim mesmo: do que você está se queixando? Se aquelas pessoas se beneficiam *sendo* empregadas, então é simplesmente esplêndido pra mim que eu as *tenha*, não é? Um argumento muito desrespeitoso, é claro, não "pode" de jeito nenhum, mas caramba, é bom quando você não precisa perder tempo fazendo compras, cozinhando, arrumando a casa, lavando louça, todas essas coisas. Olhe pra Machado, com que frequência ele se dirige a suas *leitoras*. Elas tinham todo o tempo, pois os escravos faziam o trabalho de casa. Os homens tinham seu trabalho fora de casa e liam o jornal, as mulheres liam livros. Eu às vezes me pergunto, será que as feministas bradariam tanto atualmente se tivessem empregados? Os aborrecimentos começaram com a abolição da escravatura. Agora as mulheres também querem fazer coisas agradáveis, mas não podem, não têm tempo, pois não há escravos. Se é pra ser realmente sincero, então minha conclusão é: com certeza não quero ter empregados, não há discussão, mas eu gostaria de poder querer. Estou me desviando. Humor, era sobre isso. Outro exemplo: o trato com as pessoas, sobre o qual falei bastante, pode me deixar furioso: aquela superficialidade, as eternas baboseiras, e, no entanto, paradoxalmente, posso ter saudade do Brasil exatamente por causa dessa forma de interagir: aquela facilidade, o amigável toque físico, o gestual reconfortante. O sinal de positivo como cumprimento, frequentemente até antes que algo tenha sido dito, é um indício: nada de complicações, tudo ficará em ordem, somos amigos. Pois também é essencialmente (segundo paradoxo) uma sociedade não violenta, não obstante a onda de pequenos e grandes crimes, que aliás grassa em todas as cidades grandes, e não é só destes tempos. Machado já reclamava, cem anos atrás, sobre a insegurança do Rio, roubos, assaltos, assassinatos. E pare uma vez pra ler sobre a Amsterdã de duzentos anos atrás, no diário de Jacob Bicker Raye. Hoje há mais violência porque há mais pessoas. Mas também há mais mídia, e violência é notícia, e tudo de bom que as pessoas fazem o dia inteiro não é notícia. E a gente se esquece que vivencia isso o tempo todo. Me lembro, por exemplo, do policial que apareceu na nossa porta, no Cosme Velho. Lá tem sempre dois policiais de guarda. Eles não interferem no trânsito, é uma tarefa impossível, estão ali por estar. Uma vez encontrei Vavá na porta. Ele estava saindo, eu chegava em casa, Johan deveria passar lá e eu tinha que dizer a Johan que ele, Vavá, estava no restaurante Lamas. Johan não veio e um pouco mais tarde eu mesmo tinha que sair. Naquela noite eu encontrei Johan e ele disse que tinha estado lá e que, quando ninguém abriu a porta, um dos dois policiais lhe disse que tinha ouvido Vavá e eu combinando. Uma coisa mínima, certo, mas aquele homem não precisava fazer isso. Coisas assim tornam a vida mais agradável. O trânsito é um inferno. Todo mundo fura o sinal e, assim que surge a luz verde, quem não está na frente começa automaticamente a buzinar. Irritante. E idiota também: com todos os fura-sinais, é melhor esperar o sinal ficar verde. Os ônibus, onde possível, andam na velocidade máxima, fazendo barulho, serpenteando, cantando pneu nas curvas, furando o sinal — tudo verdade. Mas *dentro* dos ônibus você simplesmente paga, já há décadas, numa catraca. O imbecil é o holandês que inventou o strippenkaart[51]. Foi essa merda que iniciou o círculo vicioso de viajar sem pagar passagem e consequentes aumentos de tarifa. Uma catraca significa: um segundo homem no veículo (portanto, criação de emprego e alívio nas tarefas do motorista) e a impossibilidade de viajar sem pagar. E ainda tem um aspecto humano nisso: numa cidade tão grande, com tantas linhas de ônibus, nem todo mundo sabe se aquele é o ônibus certo. Daí você para na catraca, pergunta ao trocador se aquele ônibus passa onde você quer e, se não for o caso, você pode descer na parada seguinte sem pagar.

Coisas mínimas, certo. Mas a vida cotidiana é feita de um monte dessas coisas mínimas. Então, mais uma vez: eu amo o Brasil? Alguns anos atrás via-se com frequência um slogan, *Brasil: ame-o ou deixe-o*. Ou em inglês: *Love it or leave it*. Acredito que faço as duas coisas ao mesmo tempo: sempre volto. E a pergunta se eu também faria isso se não tivesse trabalho não é nem um pouco difícil: aparentemente, escolhi este país há muito tempo para ter trabalho lá.

Agora acabou mesmo, Paul. Não pode dizer que não mantive você atualizado até o último instante, se não sobre o Brasil então, em todo caso, sobre mim mesmo. Adeus, e até breve.

Guus.

---

[51] Cartão em que se carimbava as passagens do transporte público, usado na Holanda até 2011.

Este livro foi produzido no Laboratório Gráfico
Arte & Letra, com impressão em risografia
e encadernação manual.